가부장제국 속의 여자들

가부장제국 속의 여자들

이득재

문화과학사

여자라는 이름들의 '나모그라피'*

　우리 시대의 여성들은 수많은 이름들을 가지고 살아간다. 일제시대
에는 '부란기'(孵卵器)라는 이름으로, '정신대'라는 이름을 가지고, 가
부장제 하에서는 늘 '전업주부'라는 이름으로, IMF시절에는 '수퍼우먼'
이라는 이름으로 호출당하며 살아왔다. '여자라는 이유 하나만으로 모
든 것을 참고 살아왔던' 여성들은 이제 "당신은 무작정 던졌다지만 내
가슴은 멍이 들었네" 같은 노랫말을 더 이상 받아들이지 않는다. 언제
라도 '황혼이혼'할 준비가 되어 있는 탓이다. 국내적으로 유흥산업에
노출된 여성들의 숫자가 '생계형 외도'를 포함하여 150만 명을 훌쩍 넘
어섰고 일본, 태국 등으로 매춘노동을 떠난 여성들의 숫자도 부지기수
다. 그들은 이 시대에 성매매노동자라는 천형의 이름을 안고 국제적으
로 횡단하며 살아가고 있다.

　IMF시절 이후 신자유주의의 광풍이 한국에 몰아치면서 우리시대의
여성들은 이제 '비정규직 여성노동자'라는 절박한 이름을 부여받고 살

---

* 이름을 뜻하는 네임(name)과 그래프(graph)를 합성하여 만든 조어이다. 여성들이 호출
되고 명명되는 숱한 방식들을 보여주는데, 그 명명과정에서 여성은 해방되는 것처럼
보이지만 실제로는 가부장제국, 즉 남자의 제국에서의 억압과 배제의 논리가 여성에
게 작동될 뿐이다.

여자라는 이름들의 나모그라피 (Namography)

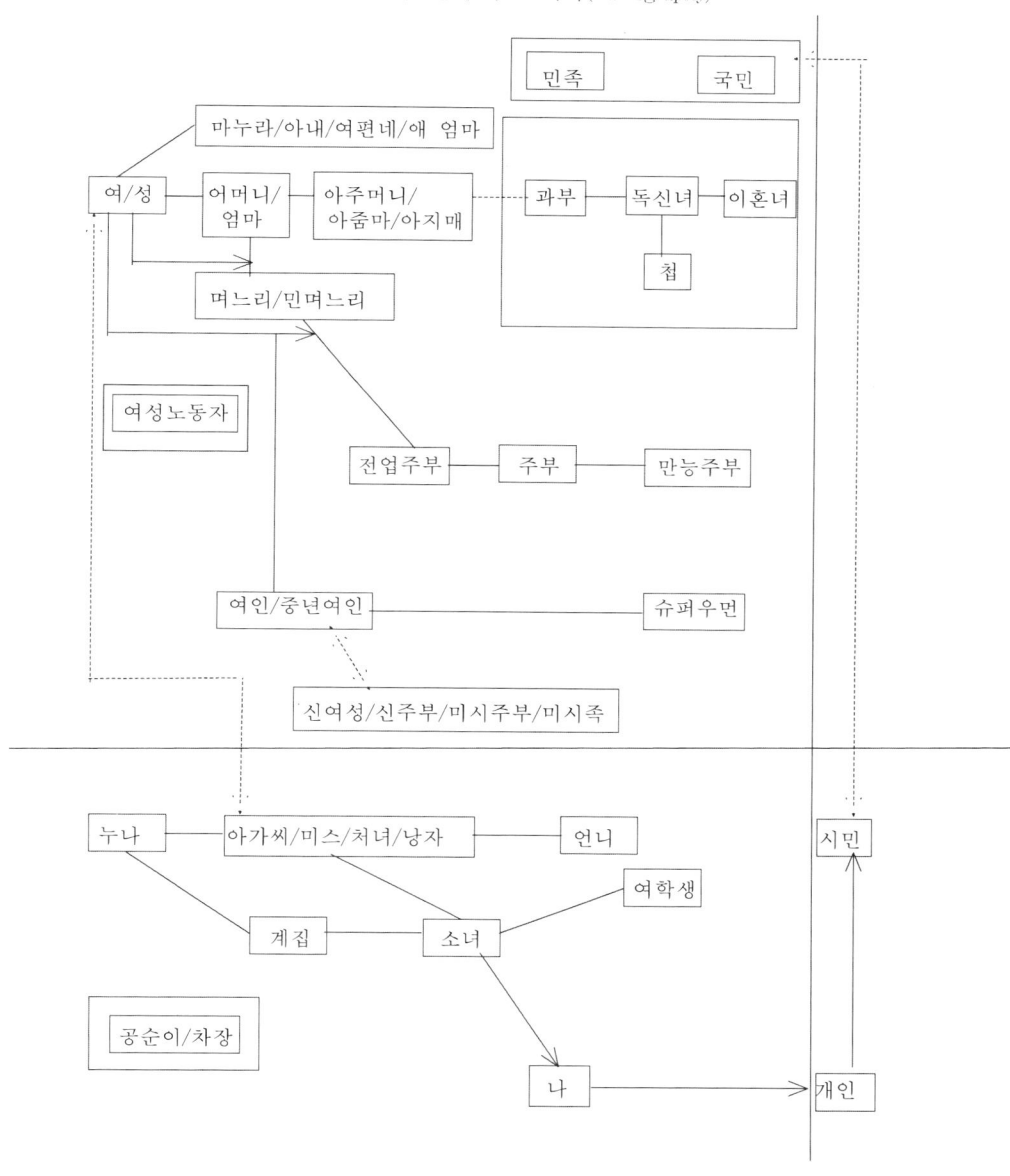

아간다. 일본의 경우 여성 취업자 중 35%가 임시직이고 우리나라는 4명 중 3명이 비정규직 여성노동자들이다. 몇 해 전 울산인권영화제에서 〈밥·꽃·양〉이라는 영화가 남성노조에 의해 상영금지당했다. 그리고 그 밥짓는 아줌마들은 '여자라는 이유' 하나로만 차별당한 것이 아니라 신자유주의 구조조정 국면에서 '비정규직'이라는 이름을 부여받으면서 곱차별당했다. 중첩된 차별, 다시 말해 가부장제 하에서 당하는 차별과 신자유주의의 제국 밑에서 당하는 차별이 복합상승효과를 낸 것이다. 게다가 연령차별까지 합친 차별이라면 더 말해 무엇하랴.

우리시대에 여성들은 미 제국의 이익을 위해 이라크에 파병된 젊은 오빠들을 닮았다. 나이 어린 오빠들은 한 번 뿐인 파병일 수 있지만 우리시대 여성들은 하시라도 호출당하고 파병될 만반의 준비가 되어 있다. 이탈리아 용병들은 르네상스라도 꽃피웠다지만 가부장제국으로 파병된 우리네 여자 용병들은 가부장제국을 확고하게 만드는 데 쓰였을 뿐이다. 자식의 이름을 빌어 '아빠'라고 부른다지만 자기 남편보고 '아빠'라고 부른다는 것은 아무리 생각해 봐도 정신착란이고 그 정신착란은 가부장제의 무시무시한 효과이다. 한 인격체로서의 여자를, 자기 남자보고 '아빠'라고 부르는 '딸아이'로 둔갑시켜 버리니 말이다. 가부장제의 위력이 얼마나 대단하길래 이런 인간개조가 가능한 것일까. 어쨌든 우리 시대의 여성들은 '부란귀'로 '수퍼우먼'으로 '전업주부'로 '아줌마'로 '미시족'으로, 그리고 무엇보다 '어머니' 등으로 좌충우돌 숱한 이름들의 바위에 부딪히고 깨지며 수천년 동안 남자들의 그 잘난 가부장제국으로 파병된 용병이었다. 병든 남자 '수발'을 들어주며 여성이 아니라, 아니 인간이 아니라 남자의 '수족'으로 '거뜬하게' 살아왔던 우리 시대의 여성들은 돈 한 푼 못 받고 무임금노동을 한 용병이자 가부장제국의, 말 그대로 '기계'였던 셈이다. 그런 기계를 두고 열녀라 하여 포상하는 우스꽝스러운 일은 지금도 벌어지고 있다. 어쨌든 우리에게 빨래하는 여성은 세탁기였고 방바닥 닦는 여성은 청소기였다. 세탁기, 청소기 광고에 유독 여성들이 모델로 등장하는 것은 여성들을 말 그대로 기계화, 노예화하자는 이데올로기일 따름이다.

그런데 희한한 일은, '모성'이라는 이름으로, 그리고 '충·효'라는 봉건윤리로 여성들을 유혹하고 가부장제의 안방으로 끌어들여 '안방마님' 노릇을 시키더니 이제는 그마저도 그만두라 한다. 왜 그럴까? 이유는 비교적 간단하다. '일하는 여성'이라는 이름의 유혹은 '모성'이라는 이름의 유혹보다 강하다. IMF 이후 우리 시대의 구석구석은 어마어마하게 불안정한 대류에 휩싸이기 시작했다. 물론 그 진원지는 신자유주의다. 남성노동자보다 임금이 60-70% 밖에 안되면서 일은 더 많이 하는 저임금·장시간 노동에 시달린다. 그럼에도 불구하고 남자보다 더 쉽고 더 간단하게 언제라도 직장에서 쫓겨날 '만반의 준비'(?)를 갖추고 있어야 한다. '일하는 여성'이라니? '워킹 우먼', '파워 우먼'이라니? 이 현란한 유혹의 이름은 신라골품제 같은 학벌사회에서 공부께나 한 부르주아여성들에게나 어울리는 말이다. 게다가 말이 일하는 여성이지, 이 말은 '여성'에게, 가부장제 안에서는 '어머니'로서, 가부장제의 외부, 다시 말해, 노동강도가 더 세어지고 비정규직으로 넘쳐나며 어느 누구나 신분의 초동요 상태에 휘말려 들어가 있는 신자유주의 '제국' 안에서는 '일하는 여성'으로서 이중고를 안겨주는 것뿐이다.

그렇다면 여성을 가부장제와 제국이 이중구속하는 '가부장제국'(patriarchal empire)에서 해방시키는 방법은 없을까? 여성을 가부장제국의 기계가 아니라 욕망하는 기계로 전환시킬 방법은 없을까? 본인은 그 전략을 이 책에서 여러 가지로 탐색해 보고자 한다. 한풀 한풀 벗겨보면 결국 손에 아무 것도 쥐어지지 않는 양파 같은 단어인 '모성성'의 메타포에서 벗어나 여성들은 끊임없이 외출을 시도해야 한다. 세상이 그 외출을 '바람기'라고 비아냥거려도 상관없다. 남자, 남자의 팔루스, 부란기, 자궁, 생식, 자식, 착한 여자 등 무수한 메타포들과 언어들로 이루어진 사슬을 비껴가야 한다. 조선시대 이후 여성을 둘러싸고 생성되어 온 숱한 표상들의 이항대립체계도 무너져야 한다. 여자가 소녀취향을 보이면 덜 떨어진 여자라고 폄하되거나 재떨이 가져오라는 남자의 명령을 거부하면 졸지에 나쁜여자가 되고 마는 작금의 사태도 변해야 한다. 여자를 둘로 쪼개 착한 여자, 애 잘 낳는 여자, 고분고분한 순종적인 여자, 예쁜 여자, 일 잘하는 여자 등만 가부장제국 안에 파병 편입시켜 용병으로 사용하고, 아줌마, 요부, 돌아치는 여자, 나쁜 여자 등은 가부장제국에서 배제시키는 오늘날. "남자, 남자의 약속이 미워요. 바보 같은 여자랍니다. 단 한 번의 추억만을 간직한" 여자라고 심수봉처럼 탄식만 하고 있을 문제가 아니다. 가부장제의 주인은 남자이고 제국의 주인은 미국에서 발신되는 신자유주의이며 남성에 비해 여성만이 배제되고, 여성 중에서도 여성노동자, 비정규직 여성노동자가 배제되고, 사무실이 아니라 식당에서 일한다는 이유로 아줌마들이 차별받듯이 차례대로 척척 배제·차별되는 우리 사회 구조 안에서는 여성 너나할 것 없이 '나쁜여자'가 되어야 하고 '소녀'가 되어야 하며, '비체'(the abject)가 되어야 한다. 그리고 무엇보다 '가인'(家人)이 아니라 '가인'(佳人)이 되어야 한다. 자식이라는 사슬을 끊어야 한다고 말한다고 해서, 생명여성주의, 돌봄의 윤리마저 헌신짝처럼 버리자는 얘기는 아니다. 다만 자판기인생으로 전락한 여성의 자리를 박차고 나오라는 주문을 던지는 것뿐이다. 자식이 커피 뽑아달라고 하면 커피 뽑아주고, 쥬스 뽑아달라고 하면 쥬스 뽑아주며 자식에게 자기 인생을 소진시키기만 할 뿐 자기 인생은 도대체 돌보거나 즐기지 않는 자판기-여성을 나의 인생에서 '뽑아버리라'는 것뿐이다.

러시아영화 중에 에이젠쉬타인의 스승인 미하일 롬이 만든 영화 〈침대와 소파〉라는 것이 있다. 이 영화는 러시아영화 중 최초의 여성영화인데, 친구 집에 빌붙어 소파에서 겨우 잠을 자고 밥이나 얻어먹던 사람이 친구가 장기출장을 가자 드디어 소파에서 침대로 올라간다. 친구는 출장에서 돌아왔지만 여자는 애를 가졌고 애를 낳은 후 여자는, 예상과 다르게 두 남자를 버리고 집을 나간다. 이러한 가인의 외출은 가출이 아니라 출가인 셈이거니와 욕망하는 기계는 바로 이러한 아름다운 출가행위에서 생산된다.

물론 이런 얘기만 하면 허황된 주장으로 끝날 수 있다. 여성을 가부장제국으로부터 해방시키고 진정으로 출가시키려면 사회구조가 확 변해야 한다. 조선시대에 여성들의 '출가'는 출가가 아니라 여성을 가부장제국으로 출병시키는 합법적인 통로였고 국가의 정당화논리였지만 여성 스스로 가부장제국으로부터 탈주하려면 앞서 말한 전략도 필요하겠지만 무엇보다 여성들의 진짜 '출가'를 지원하기 위한 시스템이 마련되어야 한다. 아이들이 해도 달도 아닌데 해와 달 천체운동의 리듬에 맞춰 자고 일어나듯이 아이들의 시간에 맞추어 살아가는 여성들이 자신을 만들어 나가고 자기만의 시간·공간을 확보하려면 어머어마한 제도적인 손질이 필요하다. 우리시대에 여성이 한마디로 말해 '시계'와 같다는 것은 두말할 필요가 없는 사실이다. 남편보다 일찍 일어나 그

깜깜한 새벽녘에 밥을 지어야 하고 유치원 끝나는 시간에 맞춰 아이들을 데려와야 한다. 물론 외국이라고 해서 여성들이 시계로서의 위치에서 완전히 해방되어 있는 것은 아니지만 외국이든 우리나라든 그런 것과 관계없이 가부장제국 안에서 일어나는 모든 '삶의 전쟁'을 용병으로서의 여성에게만 전가시키고 전리품은 남자, 자본, 국가가 챙겨가며 여성에게는 그 알량한 '사랑'이라는 말과 '가족'만 달랑 남겨주는 사태만큼은 막아야 한다. 헤겔이 안티고네를 자연적인 영역, 사랑, 가족의 끈과 혈연의 대표자로 본 것에 대해 페미니즘 이론가 쥬디스 버틀러(Judith Butler)가 『안티고네의 주장』에서 비판하고 싶었던 것은 결국 헤겔이 가족이라는 자연적인 영역과 국가라는 보편적인 질서를 분할하고, 가족은 자연에 국가는 보편적 질서에 귀속시킴으로써 가부장제와 가부장국가의 음험한 이데올로기를 유포시키고 있다는 것이 아닐까.

　그렇다면 다시, 우리시대에 여성들은 어디에 서있고 또 어디로 가고 있는 것일까? 백 번을 곱씹어봐도 우리 시대의 여성들은 가족과 국가의 이중적인 포획장치로부터 자유롭지 못한 것 같다. 제국은 여성을 이항대립의 표상체계 안에서 전업주부와 워킹우먼 사이로 피드백시키면서 가부장제를 유지하고, 제국 안의 가부장제는 남자, 국가, 자본이 짜고 치는 고스톱 같은 공모체제로 인해 강화되어 나갈 뿐이다. 잘 나가던 남자를 졸지에 '사오정'으로 만들고 더 나아가 스스로를 사오정으로 인정하게 만드는 신자유주의제국 혹은 시장의 제국이 지구적인 거미망을 치자, 여성사회복지, 가족복지 시스템은 마련되어 있지 않고 그저 양육비 얼마 하는 식의 물량공세만으로 만사를 해결하려고 하는 우리 사회에서, 여성들은 '어머니'라는 메타포의 망령을 여전히 떨치지 못하고 있다. 백여 년 전 두 여성이 어머니가 되어야 한다는 잔혹한 현실을 이기지 못해 목숨을 버렸듯이 우리가 사는 이 시대에 잔혹국가가 어느 여성보고 어머니가 되라고 주문하고, 학벌이 세습되는 잔혹국가에서, 대학까지 마치려면 막대한 교육비가 들어가는 나라에서 애를 낳아 기르라고 주문하는 것은, 참으로 무책임한 일이다. 금수강산(錦繡江山)이 아니라 금수강산(禽獸江山)인 가부장제국에서 말이다.

우리시대에 여자들은 수많은 이름들을 가지고 살아가지만 사실 김기덕 영화의 제목 마냥 '수취인불명' 상태에 들어가 있다. 여자들이 '집'으로 사물화되어 있는 오늘날 그 익명의 여자들은 가부장제국의 작동논리로 인해 가인(家人)으로 전락하고 가인(佳人)과 통신두절된 상태다. 이 책은 그 두절된 통신을 회복시키고 아름다운 가인과 교감을 나누려는 시도이다. 돌아온 편지에 다시 '여자'라는 이름을 뚜렷하게 박아, 숱한 표상들을 통해 '여자'를 '모성성'의 성(城)에 유폐시킨 채 다시 배제·차별하는 이 사회에 분명하게 전달할 수 있도록 말이다.

2004년 9월
이득재

가부장제국 속의 여자들

목 차

1부

여성성과
모성성의 각축
—근대적인 성의 풍경

01 나는 어머니가
되기 싫어요

1931년 4월 8일 오후 4시 45분. 영등포역에서 오류동 편으로 2Km 가량 되는 경인선 레일에서 때마침 서울로 향해 오던 경인열차에 몸을 던져 두 젊은 여성이 자살을 했다. 그들 중 한 사람은 서울 정동 이화전문학교에 입학한 홍옥임이라는 21살의 처녀였고, 또 한 사람은 동덕여고 3학년까지 다니다가 혼인한 김용주라는 19살 되는 젊은 여성이었다. 자살을 한 두 여성은 모두 풍족한 가정의 딸들로서 상당한 교육까지 받은 사람들이었다.

홍양과 김씨는 친형제 이상으로 절친하였고 김씨는 결혼생활에 대단한 불만을 갖고 있었으며 더욱이 남편이 방종하여 늘 그것을 비판하고 있었다. 홍양은 평소 문학책을 애독하였고 세상을 비관하는 편이었다고 한다. 두 여성들은 자살하기 전 다음과 같은 유서를 남겼다.

홍옥임	김용주
아버님! 먼저 가는 여식의 불효를 널리 용서하여 주시옵소서. 여식은 허무한 진세塵世에 살기가 너무 욕 되옵기에 영원한 나라를 찾아가오니 모든 죄를 관용하옵시고 아버님께서는 어느 때나 오직 정의의 길을 걸어가시기만 불초여식은 마지막 부탁하나이다.	이 세상은 참으로 허무합니다. 그러나 저 세상은 영원무궁한 것이 아닐까요.

이 사건은 당시 신문 잡지 등 언론계를 떠들썩하게 만들었다. 젊은 두 여자의 동반자살 자체가 충격적인 것이었지만 더 충격적인 것은 동성끼리의 철도정사사건이었기 때문이다.

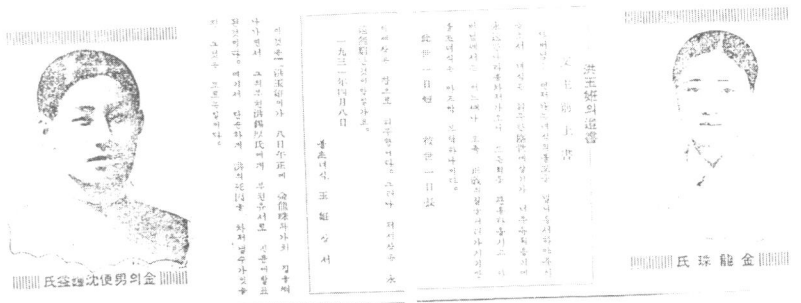

당시 신문에서는 이 사건을 두고 동성연애로 인하여 생긴 비극, 동성연애에 의한 동정정사라고 이야기하였다. 당시 이만규는 「소극적 죽엄」이라는 글에서 이 사건의 충격적인 의의를 두고 다음과 같이 말하였다.

이번 김홍양인의 자살사건은 조선에서 교양있는 여성의 동성애로 인한 정

사사건으로 처음이니 만큼 크게 주목될 것입니다. 여성에게 있어서 동성애
문제는 경시할 수 없는 문제라고 생각합니다만은 여기서 길게 말할 것은 안
되겠습니다.

　두 여자의 동반자살에 대해 당시 언론은 두 여자가 남긴 유서에
바탕해 생의 권태를 느낀 나머지 자살을 했고 그러한 죽음은 아무런
가치도 없는 경솔한 죽음이었다고 분석했다. 자살은 문제를 스스로
적극적으로 해결할 수 없을 때 나오는 소극적인 행동일 뿐이라는 것
이다. 김씨는 정신적 육체적으로 사람을 피폐하게 만드는 결혼생활
에 대한 불만으로 죽음을 선택했고, 홍양은 부유한 집에서 인생 전
부를 부모에게 의탁한 채 살아가는 자신의 모습에 환멸을 느끼다가
김양을 동정하여 같이 자살을 했다는 식이었다. 소파 방정환은 좀더
구체적으로 「정조와 그의 죽엄」이라는 글에서 김씨가 홍양과 동성
연애를 하였는데, 이것으로 인해 김씨는 결혼한 상태에서 자기가 정
조를 지키지 못한 것이라고 느껴 죽음을 선택한 것이라고 말하였다.
정조라는 묵은 관념에 지배되어 일생을 그르친 것은 너무도 지각없
는 행동이라는 것이 방정환의 생각이었다.
　이광수도 「두 가지 죄와 책임」이라는 글에서 "이번 김·홍 양 여
성의 정사사건은 근래에 드문 충동을 일반에게 주었다고 생각합니
다"라고 하면서 그들의 두 가지 죄를 다음과 같이 지적하였다. 한
가지 죄는 그들이 자녀로서 부모에 대한 은정과 의리를 저버린 것이
고, 다른 하나는 사회인으로서 사회에 대한 부담과 의무를 배반하고
자기 개인의 향락에 불만족한 것을 이유로 죽음의 길을 택한 것이라
는 것이다. 두 여자가 자기개인의 향락주의, 이기개인주의를 버리
고 민족과 사회를 위하여 나서서 이바지할 생각이 있었다면 그렇게

한심한 짓을 하지는 않았을 것이라는 것이 이광수의 생각이었다. 임효정도 「갑업는 죽엄」에서 "조선의 딸로서의 사명을 잘 고찰하였다면 이 죽엄은 생기지 않았을 것"이라고 하면서 이광수와 비슷한 수준의 이야기를 하였다. 다시 말해 여자가 단순한 여자가 아니라 민족의 딸이자 어머니이며 부모에 대한 자식이라는 생각을 했다면, 자살을 선택하지 않았을 것이라는 말이다.

하지만 과연 그런 것일까?

이 사건에 대해 주목할 만한 반응은 조현경이 쓴 「피를 철로에 흘릴진대」에서 찾아볼 수 있다. 조현경은 이 글에서 '기집애'로 태어난 여자의 저주받은 운명에 공감하면서 남녀의 차별적인 대우에 주목하였다. "한 개의 사람으로서 사람다운 교양을 받아보지 못하고 남의 집 며느리감 소위 현모양처라는 구실 아래서 노랑저고리 다홍치마 속에서 인형노릇을 하고 더부살이의 생활을 하는 것이 아직까지 우리의 자라온 경로가 아니었는가?" 이렇게 말하면서 조현경은 홍양과 김씨의 동정정사사건의 원인을 다음과 같이 진단하였다. "더 살면 무엇하랴. 결국은 너와 나도 저렇게 저 모양으로 살다가 죽을걸 어머니의 생활이 그러하고 언니의 생활이 역시 다른 것이 없다. 차라리 순결한 우정을 품고 죽어버리는 것이 좋지 않으랴, 하고 죽은 것이 아닌가." 그러면서 조현경은 구미의 여성, 북국의 여성들이 자기들의 이상을 쫓아 불합리한 제도를 개혁한 사실을 상기시키면서 '맑은 신인'의 출현이 기대되는 시대에 죽은 두 여자를 위로하고 있다.

식민시대의 한국에서 동성연애 문제는 이 사건 이전에도 존재하고 있었다. 1926년 『여성』지의 기자는 「문데의 동성련애」라는 글에서 "가튼 녀학생 중에 동성련애하는 것"을 가장 주의할 문제로 지적하면서 동성런애의 현장을 다음과 같이 전해주고 있다.

엇더한 학교를 물론하고 다 잇는 사실이다 학생 간에 서로 련애를 하야 반지도 사주고 다른 물품도 사주며 한참동안 죽자사자하다가는 또 피차에 의사가 틀리면 싸움이 생겨서 별별 일이 다 잇다 이런 일은 큰 학생만 잇는 것이 안이라 큰 학생과 어린 학생간에도 잇고 어린 학생 서로 간에도 잇다 이것이 잠간 생각하면 동성간의 일이닛가 관계가 업슬 것 갓치만은 그로 인하야 생기는 폐해가 적지 안타 바로 말하면 학생과 학생 간에 질투와 시긔가 생겨…또 동성애하는 그 습관이 자라서 결국에는 이성애 즉 남자와 련애를 하게 된다 이것은 학교의 당국자나 학부형되는 이가 특히 주의할 일이다.

그렇다면 홍양과 김씨의 동정정사사건은 어떤 의미를 지니고 있는 것일까. 식민시대의 여성문제, 식민지근대의 여성문제와 그들의 동성연애사건은 어떤 관계를 가지고 있는 것일까.

다시 말하면 이 사건이 그 당시에 준 충격의 본질은 무엇일까 하는 것이다. 그것은 여성의 어머니-되기에 대한 저항이다. 조현경의 말처럼 그 당시 어머니가 된다는 것은 기집애의 운명을 인정하는 것이자 애정없는 노예적인 부부생활이 강제되는 현실을 수용하는 것이기 때문이다. 물론 조현경은 기집애라는 말속에 포함된 뉘앙스처럼 남녀차별을 반대하지만 딸, 어머니, 아내로서의 지위까지 버리자고 주장하지는 못한다. 방정환도 생명을 정조와 맞바꾼 것에 대해 애석해 하지만 기본적으로는 남자들이 처녀성을 존중하는 현실을 있는 그대로 받아들이고 있다. 도덕군자의 모습을 한 이광수는 부모로부터 받은 은혜의 정을 배반한 죄라고 하면서 그들의 죽음을 단죄하고 있다. 그러나 무엇보다도 당시에 그들의 죽음이 충격적이었던 것은 모성이데올로기에 그들이 던진 반격 때문이었다.

  그러나 그러한 어머니-되기에 대한 거부감이 여성의 성적인 욕구, 섹슈얼리티와 연결된 것이었는지에 대한 연구는 따로 필요한 바이다. 만일 이 사건이 여성의 섹슈얼리티 문제와 연결되지 않는, 즉 어머니-되기에 대한 거부감이 자살이라는 비극적인 해프닝으로 끝난 것이라면, 이 사건이 궁극적으로 모성으로부터 탈출하는 데에는 실패했다고 봐야 할 것이기 때문이다.

  1930년 5월에 나온 잡지 『신민』 제 7호를 보면 당시 인구의 동태가 나와있는데 이 인구표는 조선인들의 위생관념과 관련하여 사망률이 급증하는 상황을 보여주고자 작성된 것이다.

소화 2년 말 현재 인구: 천팔백육십삼만천사백구십사명 18,631,494

출생 인구 : 육십팔만칠천사백이십명 687,412

사망 인구 : 사십이만이천팔백사십명 402,840

유아 (1세 미만) 사망률			50세 이하의 사망률	
	생산 100대비	사망 100대비		사망전체 100대비
조선인	255	301	조선인	496
일본인	163	196	일본인	359

이 표를 보면 태어난 사람도 많지만 사망인구도 대단히 높았다는 것을 알 수 있다. 『신민』에서는 이 사망인구를 다시 연령별로 대비해 보여주고 있다.

~5세	658명	660명 (일본)
5~20세	326명	175명 (일본)
20~41세	262명	249명 (일본)
40~60세	356명	276명 (일본)
60~	390명	519명 (일본)

여기서 문제되는 것은 사망의 원인이 아니다. 당시 수도를 사용하는 가정이 2백71만 호밖에 안되었고 그것도 오수가 흘러 들어오는 열악한 사정이었지만 문제는 이 글을 쓴 이각종이 우려할 만한 상황이라고 사태를 진단했듯이 사망률이 높은 상황에서는 아이를 재생산하는 모성의 생식능력이 강조될 법한 일이고 따라서 모성이 시대의 이데올로기로 작동하고 있었을 것이란 점이다. 당시 조선의 여성들의 재생산능력을 가리켜 '부란기'(孵卵器)라고 부르는 말이 있었는데, 이 말은 달걀을 몇 백개 몇 천개라도 얼마동안 넣어두면 저절로 부화하는 것과 같은 당시의 다산풍습을 지적한 것이기도 하지만 동시에 이 말 속에는 여성을 애 낳는 도구로만 여기던 그 당시의 생각이 함축되어 있기도 하다. 1930년대에 유상규라는 경성의전 교수는 마가렛 쌍거의 '자유로운 모성'이라는 개념을 빌려와 어머니들에게 생식능력의 짐을 덜어주려고 피임법, 산아제한법의 필요성을 주장하기도 했다. 하지만 그가 주장한 운동은 양육하지도 못할 아이들을 낳아서 죽이는 시대에 어머니로서 가져야 할 책임—낳았으면 죽이지 말고 길러야 한다는—을 강조하고 무제한출산을 경고하는 의미가 더 컸었다.

다산다사(多産多死)의 시대에 모성을 거부하고 모성으로부터 '여'

성을 분리시키는 일, 더구나 모성으로부터 여'성'을 분리시키는 일은 대단히 어려웠던 모양이다. 당시 '여자소비조합'이니 '신여성'이니 하는 말들이 사용되긴 하였지만 생식의 문제에서는 어김없이 '부녀', '부인'이라는 어휘가 사용되고 있었다. '부녀'(婦女) 란 여자보다 부인이란 단어를 더 강조한 것 아닌가.

02 월경팬티
광고 분석

이러한 점은 식민지시대 월경팬티의 광고에 잘 드러난다.

당시 월경팬티는 월경대(月經帶)로 불렸고 월경정지 즉 폐경으로 고민하는 부인들을 위해 유경제(流經劑)라는 이름의 팬티까지 광고

신한특허 제 138883호

리-나

リ-ナ 월경대

정가 1원50전 송료 15전

이것도 저것도 모다 불안전하고 불친절한 월경대 뿐인 터에 이번 リ-ナ라고 하는 절대 안전하고 가장 친절하게 고안된 월경대가 매출되엇슴으로 하야 천하의 여성은 비로서 월경대의 불유쾌한데서 구원밧게 된 형편입니다.

되고 있었다. 이러한 팬티들은 일본에서 수입해와 팔던 것으로서, 재미있는 사실은 산아조절운동을 주장한 쌍거의 이름이 유경제 광고에 등장한다는 점이다. 이것은 쌍거가 유경제를 발명하였기 때문이기도 하지만 산아제한과 '여하한체질을 가진분이시드라도 절대로 부작용업시 안전, 신속, 확실히 반드시 流下를 담보한다'는 유경제 광고문이 어울리지 않는다는 사실 때문이기도 하다.

1931년에 장국현 같은 사람이 『여성』지에 실린 「신연애론」 같은 글에서 연애론의 변천사를 그 나름으로 정리하는 가운데 성욕을 백일하에 드러내도 결코 부끄럽지 않은 것이라고 주장한 적이 있었다. 그러나 궁극적으로 장국현의 주장은 "연애하지 말라, 결혼하지 말라"는 것이었다. 착취와 압박이 있는 곳에서 쾌락을 정당화하는 것은 잘못된 것이라는 말이었다. 겉으로 보면 장국현의 신연애론은여성을 구여성과 신여성으로 나누고 나서 현모양처가 여성의 본능인 충동이라고 주장한 주요섭보다 한걸음 진보한 것처럼 보이지만 궁극적으로는 계급을 성적인 욕구에 우선시했다는 점에서, 구여성의 가부장제적인 가치가 신여성의 자유연애에 우선하는 것으로 파악한 주요섭과 크게 다를 바가 없다고 말할 수 있다. 그러나 장국현의 주장으로 미루어 볼 때 여성의 어머니-되기에 대한 저항감, 다시 말해 모성에서 여성이 분리되려는 경향도 강했던 것으로 여겨진다.

그러나 같은 해 같은 잡지에 실린 〈남자의 정조문제 이동좌담회〉를 보면 그러한 분리가 다시 벽에 부딪히는 것을 볼 수 있다. 특히 이 좌담회에 나온 이광수의 부인 김욱제는 "정조는 절대한 것"이라고 주장하면서 혼전관계를 부정하였다. 김욱제만이 아니라 이 좌담회에서 허영숙은 그 스스로가 여성이면서도 여성은 생리적으로 정조를 지키기 쉽게 되어 있고 남자는 생리적으로 정조를 지키기 어렵게 되어 있다고 하면서 남녀차별적이고 여성비하적인 발언을 스스로 하고 있다. 그런데 문제는, 정조를 지키지 않은 것을 비위생적인 것으로 이미지화하는 데 있다. 비위생적이라는 것은 불결하다는 의미이고 이러한 비위생의 이미지는 1930년대 월경팬티의 광고문구에서 나타나는 '불유쾌'의 감정과 통하는 것이다. 그렇다면 정조를 지키지 못하는 것은 왜 비위생적이고 월경팬티는 왜 쾌적해야만 하는 것일까. 다시 말해 월경팬티가 유쾌-불유쾌의 이미지와 왜 연결되고 그 의미는 무엇일까 하는 것이다.

　월경과 연관된 이 불결, 더러움의 이미지는 가부장제 하에서 남성의 정신이 우위에 있고 여성의 신체를 열등하게 보는 모든 문화에 공통된 것이다. 특히 여성의 신체가 더러운 것으로 파악되고 월경과 출산이 더러움의 이미지와 연결되기 시작한 것은 종교사가 엘레인 페이겔스(Elaine Pagels)에 따르면 1세기의 바오로, 4-5세기의 아우구스티누스 이후였다. 그는 아우구스티누스가 아담, 이브, 타락이라는 구약의 이야기를 철저하게 개악했다고 주장한 적이 있다.[1] 프로이트에 따르면 원시인들의 경우 월경은 그것이 처음 시작되었을 때 어떤 동물의 정령에게 물린 것으로, 즉 어떤 면에서는 그 정령과 성교를 맺었다는 상징으로 해석되었다는 것이다.[2] 그리하여 여성을 낯설고 적대적인 존재로 만들거나, 더 나아가서 여성 자체가 금기시되는 현상이 나타났다는 것이다. 이것은 결국 순결-불순의 이분법 위에 여성과 여성의 성이 놓이게 된다는 것인데, 이러한 이분법은 원시시대만이 아니라 식민지근대의 표상공간이나 그 이후의 문학적 표상공간에도 강고하게 남아 있다. 즉 요부-현모양처 하는

---

1) 小森一 外 編, 『越境する知 Ⅰ』, 東京大學出版會, 2000, 88쪽.
2) 프로이트, 『성욕에 관한 세 편의 에세이』, 김정일 역, 열린 책들, 1996, 141-143쪽.

식으로 말이다. 1961년에 박경리가 쓴 소설의 제목이 『성녀와 마녀』인 것을 보아도 그 점을 알 수 있거니와, 이 점은 다른 부분에서 더 다루기로 하겠다.

문제는, 월경에 대한 금기가 모성의 생식적인 능력과 연관되어 나타난다는 사실이다. 의학서적 등을 통해 폐경과 월경에 대한 의학적인 담론들을 연구한 에밀리 마틴은 월경에 대한 부정적인 견해가 만들어지게 된 이유가, 월경을 실패한 생산으로 파악하는 데에서 나온 것이라고 주장한다. 마틴에 따르면 대학교재에서조차 "월경은 아이를 갖지 못함에 대해 자궁이 우는 것"[3] 이라고 쓰여져 있다는 것이다.

폐경을 몸에서 일종의 전이 구조가 실패한 것으로 보는 태도가 폐경에 대한 부정적인 견해를 부추기듯이, 월경을 실패한 생산으로 보는 것 역시 월경에 대한 부정적인 견해에 일조한다는 것이 나의 주장이다. [4]

마틴의 이 주장을 좀더 달리 표현해 보면 폐경이 부정적으로—더럽거나 불결하거나—비치는 이유는 결국, 혹은 뒤집어 말해, 붕괴되지 말아야 할 권위적인 위계질서가 무너진 데에서 오는 허상이고, 부란귀로서의 여성의 신체는 아이를 낳게끔 되어 있는데 그러한 도구로서의 신체가 망가졌다는 데에서 오는 허상이라는 뜻 아닐까? 요컨대 월경이 더럽고 불쾌한 것으로 비치는 이유, 그래서 사람들이 り -な 월경대를 사서 불유쾌한 느낌으로부터 '구원'까지 받아야 하는

---

3) 케티 콘보이 · 나디아 메디나 · 사라 스탠베리 엮음, 『여성의 몸 어떻게 읽을 것인가』, 고경하 외 역, 한울, 2001, 45쪽.
4) 같은 책, 같은 곳.

이유는, 여성에 강요된 모성이데올로기로부터 자유롭지 못하기 때문이다. 앞에서 유상규가 산아제한을 통해 모성을 자유롭게 해주자고 주장했지만, 그것만으로 모성이 자유로워지고 모성으로부터 여성이 분리될 수 있을지 의심스럽다. 유상규는 산아제한을 통해 '자유롭되' 동시에 '책임있는' 모성을 강조하고 있기 때문이다.

중요한 점은 월경대 광고에서 보듯이 애를 낳든 낳지 못하든 출산에 대한 공포가 여성을 모성이데올로기에 옭아맨다는 사실이고 광고가 대중적인 현상이라는 점을 감안한다면 월경대광고는 결국 모든 여성들에게 '어머니-되기'를 촉구하고 있는 것이다. 그렇지 않은 다음에야 월경대를 불유쾌하게 느낄 이유가 없는 것이고 여성의 신체가 반드시 부란귀가 될 필요는 없는 것이다.

이렇게 월경팬티 광고를 볼 때 어머니-되기는 그 어머니의 신체가 부란귀인 한에서만 청결하고 정조있는 행위이므로 더럽고 불결한 이미지는 어머니의 신체에서 떠나야만 한다는 것이다. 어머니의 신체를 이렇게 소독하는 행위는 그 신체 안에 잠재된 여성, 소녀다운 기질, 성적인 욕구를 억압하고 박멸하는 행위가 아닐까? 이런 의미에서 홍양과 김씨의 동정정사사건은 어머니-되기를 거부하고, 그리하여 모성의 몸에서 여성, 처녀, 소녀의 몸 혹은 성을 분리시켜내는 행동을 보여준 것이라고 해석할 수도 있지 않을까 하는 것이다. "나는 어머니가 되기 싫어요!" 하면서 말이다.

03 어머니-되기 거부하기
혹은 딸/소녀-되기

학창시절 공부도 잘하고
특별활동에도 뛰어나던 그녀
여학교를 졸업하고 대학입시에도 무난히
합격했는데 지금은 어디로 갔는가

감자국을 끓이고 있을까
사골을 넣고 세 시간 동안 가스불 앞에서
더운 김을 쏘이며 감자국을 끓여
퇴근한 남편이 그 감자국을 15분 동안 맛있게
먹어치우는 것을 행복하게 바라보고 있을까
설거지를 끝내고 아이들 숙제를 봐주고 있을까
아니면 아직도 입사원서를 들고
추운 거리를 헤매고 있을까

당 후보를 뽑는 체육관에서
한복을 입고 리본을 달아주고 있을까
꽃다발을 증정하고 있을까
다행히 취직을 해 큰 사무실 한켠에
의자를 두고 친절하게 전화를 받고
가끔 찻잔을 나르겠지
의사부인 교수부인 간호원도 됐을 거야
문화센터에서 노래를 배우고 있을지도 몰라

그리고 남편이 귀가하기 전
허겁지겁 집으로 돌아갈지도
그 많던 여학생들은 어디로 갔을까
저 높은 빌딩의 숲, 국회의원도 장관도 의사도
교수도 사업가도 회사원도 되지 못하고
개밥에 도토리처럼 이리저리 밀쳐져서
아직도 생것으로 굴러다닐까
크고 넓은 세상에 끼지 못하고
부엌과 안방에 갇혀 있을까
그 많던 여학생들은 어디로 갔는가.[5]

여성을 어머니로 호출하는 것을 거부한 홍양과 김씨의 동정정사 사건은 그러한 호출에 자살로 맞섰다는 점에서 충격적이다. 시인 문정희는 소녀들이 어머니로 성장하여 모두 소멸해버린 사실을 안타까워하고 있지만 말이다. 이 사건은 그 당시 여성의 역할을 어머니, 아내로 한정되게 만든 시대적인 상황에 맞선 것이라는 점에 그 의의

---

5) 문정희, 「그 많던 여학생들은 다 어디 갔는가」, 『오라, 거짓 사랑아』, 민음사, 2001.

가 있다. 조선이 서양의 눈에 노출되면서 조선반도에는 교육과 계몽의 물결이 밀어닥치게 된다. 남성과 여성 중 유교사상이나 『주역』에 나오는 음양사상 등으로 남녀의 상하복종 관계가 운명으로 되어 있는 상황에서 그 교육대상으로 여성이 선택된다. 여성이 교육을 받아야 아이도 잘 기르고 남편내조도 잘 한다는 논리가 먹혀 들어간 것이다. 1910-20년대 조선에 등장한 '신여성'이란 계몽교육을 받아 스스로 '여'성과 여'성'을 포기한 여성들일 뿐이었다. 다시 말해 계몽적인 교육, 지적인 것을 받아들이는 대신 '여'성, 여'성'을 포기당한 것이라는 말이다. 이것을 마르쿠제 식으로 말해 '승화'라고 표현하게 되면 좀 고상하고 지적으로 들릴지는 모르겠지만, '여'성포기, 여'성' 포기의 본질이 은폐될 위험성이 있다. 오히려 승화는 억압의, 탈성화의 한 가지일 뿐이라고 표현하는 쪽이 낫겠다. 어쨌든 신여성들은 자유연애를 통해 구여성들처럼 일부종사, 사종지도(四從之道)까지는 가지 않았지만 현모양처라는 사상에서 벗어나지는 못하였다.[6]

---

[6] 일본처럼 한국의 신여성들은 여성의 자립과 독립을 주장했다는 점에서는 미국의 신여성, 즉 'new woman'과 같지만, 미국의 신여성과 달리 여성들의 끈을 묶는 데에는 주의를 기울이지 않았다. 한국의 신여성들 사이에 퍼져 있던 낭만적인 사랑은, 부부간에서도 남녀간의 동지성(companionship)에 무게가 주어지지 않고 특히 중산층의 경우 남녀유별의 규범이 자리잡고 있는 상황에서는, 철저하게 맞서 싸워야 할 가치가 있는 것이었다. 다시 말해 낭만적인 사랑이란 그만큼 남녀유별이 규범으로 철저하게 자리잡고 있었다는 반증인 셈이다. 낭만적인 사랑을 섹슈얼리티의 일탈로 볼 수는 있어도 그 실현으로 볼 수 있을지 의문스러운 것은 이 때문이다. 한국에서 신여성이란, 일제가 문화통치로 식민지배 방식을 바꾼 1919년 이후 생긴 말로서 '참된 개성을 가진 개인으로서의 의의를 자각한 여성'으로 정의되었다. 또한 한국에서 신여성은 여성의 권리와 교육정도의 향상을 목표로 하면서도 가정 안에서의 여성의 역할을 중시하는 교양있는 여성스러움을 칭찬하는 계몽적 보수파로부터 개인주의적인 의식을 강조하고 섹슈얼리티에 연관된 문제를 포함하여 전통적인 여성성의 규범에 이의를 제기하는 진보적이고 래디칼한 여성에 이르기까지 폭넓은 스펙트럼을 갖고 있었다. 일본에서는 신여성이 야유적인 뉘앙스를 동반하고 있었지만 한국에서는 신여성이 높이 평가되었다. 한국, 일본, 미국의 신여성의 차이와 공통점에 대해서는 『思想』, 1998.4에 실린

그리고 여성의 어머니화가 궁극적으로는 국권회복에 필요한 새로운 국민을 만드는 데 목적이 있었다는 것은 지금까지 여러 논자들이 지적해온 바이다.[7] 다시 말해 여성의 어머니화→여성의 국민화→국권회복으로 이어진다는 말이다.

앞에서 『신여성』이라는 잡지를 언급했지만, 이광수는 1925년 이 잡지에 「모성중심의 여성교육」이라는 글을, 이은상은 「조선의 여성은 조선의 모성」이라는 글을 각각 발표한다.

여자교육은 모성중심의 교육이라야 한다. 여자의 인생에 대한 의무의 중심은 남의 어머니되는데잇다…. 아 우리 이 쓸어져가는 민족을 새로 이르킬 새국민을 하나 주소서 학교에 가시거든 그것을 배와주소서 합니다

민족을 중심으로 하는 의미에서 이 여성은 위대한 책임과 또한 권리를 가진 줄로 밋는다…. 여성의 교육을 모성중심으로 하라…결함만을 소유한 조선의 여성이기 때문에 결함만을 소유한 조선이다…. 위대한 조선-장래의 조선을 잉태하여줄 조선의 여성들아…여성은-모든 논박들 듯지 말나-다 못 어머니라는 것-조흔 어머니-새 국민의 어머니-라는 것을 명심하라.[8]

여성을 국민으로 호출하는 것은 여성을 이제 모성에만 묶어두는 것이 아니라 국가에 결박시키는 행위로 발전한다. 그런데 이은상의 글을 읽어보면 여성을 '결핍의 존재'로 파악하고 있다는 것을 알 수

愼芝苑 등의 글 「近代のせくしュありてィの創造と新しい女」(근대의 섹슈얼리티의 창조와 새로운 여성) 참고
7) 우에노 치즈코 『내셔널리즘과 젠더』, 박종철 출판사, 1999; 가와모토 아야, 「조선과 일본에서의 현모양처 사상에 관한 비교연구」, 서울대 사회학과 석사논문, 1999; 고미숙, 『한국의 근대성, 그 기원을 찾아서』, 책세상, 2001.
8) 가와모토 아야의 논문에서 재인용했음을 밝힌다.

있다. 따라서 여성이 어머니가 된다는 것은 그 결핍된 부분을 완전히 채우는 신성한 행위이다. 더 나아가 이제 여성은 자식만을 낳는 부란긔가 아니라 장래의 조선을 잉태하는 부란긔의 역할도 감당해야 한다. 국권회복이 부권상실에서 생겨난 것이라면 장래의 조선을 잉태하라는 이은상의 호소는 여성을 대체물로, 남성과 국가의 보충대리물로 파악하는 것이다. 부권이 부재한 공간, 따라서 결함있고 결핍된 공간을 여성으로 메우자는 발상이 이은상의 글에는 담겨 있는 셈이고 이것은 여성을 상상적인 대리물로 취급하는 것이다. 이것은 부란긔란 말처럼 여성의 섹슈얼리티를 신체의 특정기관에 연결시키고 그 기관을 부란'긔'(器)라는 사물로 취급하는 것과 똑같은 논리다.

그런데 문제는, 모성성에 의한 여성성의 억압―'여'성의 억압, 여'성'의 억압―이[9] 대물림된다는 데 있다. 이것은 "나는 어머니가 되기 싫어요!"라는 외침이 흡사 "나는 공산당이 싫어요!"라는 이승복의 외침과 공명하듯이 우리 사회의 역사적인 비극성으로 인한 연좌제를 연상시키기에 충분하다. 연좌제가 정치적인 억압이라면 부란긔는 성적인 억압이다. 따라서 홍양과 김씨의 동정정사사건은 이러한 성적인 연좌제에 대한 항의전략이라고 말할 수 있다.

이러한 딸들, 혹은 소녀들의 전략은 1940년 김남천의 소설 『경영』에서 드러난다. 그 전략의 단계는 먼저 어머니-되기를 거부하기 전에 어머니와 갈등을 벌이는 것이다. 앞에서 문정희 시인이 말하던 '그 많던 여학생들'은 이제 어머니로 성장하여, 아내가 되어, 혹은

---

9) 가와모토 아야의 논문이나 고미숙의 책은 당시의 신문이나 잡지의 글 등 충분한 자료를 제공해주는 미덕을 가지고 있다. 하지만 여성성/모성성에 대한 깊은 논의가 더 이루어질 필요가 있다.

파워우면, 만능주부 등이 되어 영토화된 나모그라피의 가지를 따라 살겠지만 식민지시대의 딸들은 그러한 이름들의 영토화를 거부하거나 거기서 벗어나려고 한다.

딸들의 전략을 이야기하기 전에 먼저 짚고 넘어갈 것이 있다. 왜 하필이면 딸인가? 하필이면 왜 김남천의 소설에는 딸들-소녀들이 등장하는가? 박경리씨의 소설 『김약국의 딸들』도 마찬가지다. 그것은 언제나 어머니로, 성녀(聖女)로, 요조숙녀로 살아야 하는 여성의 운명이 딸들에게도 적용된다는 이야기이자 어머니의 그 운명이 딸들에게 대물림되는 당시의 그리고 현재 우리의 상황을 보여주는 것이다.

1940년에 쓰여진 김남천의 『경영』은 여주인공 최무경과 그의 어머니 사이에 교환되는 감정에 관한 소설이다. 최무경의 어머니는 청상과부로 정일수씨와 재혼의 꿈을 품고 있고, 최무경이는 오시형이란 남자와 약혼한 처지에 있는 여자이다. 오시형은 사회주의자로서 이제 출소할 판이고 최무경은 오시형이를 만날 준비를 하는 것으로 소설은 시작한다. 어머니의 비밀을 알기 전 최무경은 "화동 골목까지 치마폭에서 휘파람 소리가 날 지경으로 활개를 치며 걸어 올라갈"[10] 정도로 기뻤다. 그러나 어머니가 외출하고 나서 어머니 방에서 보게 된 부채는 최무경이에게 의혹과 함께 갈등을 일으키게 만든다. 기독교신자인 어머니는 하곡이란 아호를 가진 사람과 만나고 있으면서 딸을 속이면서까지 예배당에 가곤 했던 것이다.

그럴 이는 없다. 나 하나를 믿고 청춘을 짓밟아 버린 어머니가 아닌가. 모든 잡념을 떨어버리고 유혹의 손을 물리쳐 버리기 위해서 젊은 감정과 정서

---

10) 김남천, 『경영』, 정호웅 외 편, 『한국근대단편소설대계』, 을유문화사, 1988, 669쪽.

를 송두리째 뜯어서 파묻어버리기 위해서 살림에 군색하지는 않은 처지면서 스스로 위하여 병자를 다루는 직업 가운데 자기의 위치를 선택하였던 어머니가 아니었던가

　무경이는 어머니에 대한 고정된 이미지에 붙들려 있는 탓에 어머니가 자기를 속이면서까지 남자를 만나고 다닐 것이라는 사실을 믿지 못한다. 희생적이고 성스러운 어머니가 다시 결혼할 생각을 한다는 것을 믿을 수 없었던 것이다. 왜냐하면 재혼이란 어머니가 어머니이기를 그만두고 다른 남자에게 여성으로 서는 행위이기 때문이다. 그러나 최무경이도 오시형과의 결혼을 꿈꾸는, 그래서 여성으로, 어머니로 변할 준비를 하고 있지 않은가. 자기도 어머니되기, 여성되기를 꿈꾸면서 어머니의 여성되기를 거부하는 이율배반적인 감정이 최무경이에게 나타난 것이다. 밤 늦게 들어온 어머니의 인기척을 눈치챈 무경이는 "귀를 틀어 막 듯이 하고 방바닥에 엎드려서 숨을 죽이고 어깨쭉지를 가느다랗게 떨고 있었다."그런데 무경이의 어머니에 대한 이러한 이율배반적인 감정, 혹은 어머니에 대한 고정관념의 기원은 사실 자신에게 있는 것이다. 시형이를 만난 무경이는 박식한 "시형이의 몸에서까지 흘러나오는" 냄새에 취해 안심과 만족을 느끼는 수동적인 여성이고 "우리는 이 이상 감정의 닻줄을 늦춰서는 아니 된다"고 다짐하면서 스스로를 금욕으로 몰고 가는 여성이기 때문이다. 이런 의미에서 무경이는 '여'성이지 여'성'은 아닌 것이다. 섹슈얼리티가 거세된 여성으로서의 최무경, 섹슈얼리티를 시형이의 지적인 박식함에 감복하는 '여'성으로 대체하는 최무경의 어머니에 대한 고정관념은 최무경을 갈등의 절정으로 몰고 간다.

어머니는 자리에서 몸을 일으킨다. 잠옷도 입지 않고 얇다란 속옷만 입었다. 무경이는 머리가 흥클러진 어머니의 살을 처음으로 보기나 한 듯이 안방으로부터 눈을 돌리고 캄캄한 제 방으로 뛰어 들어 갔다. 어머니가 또 다시 무엇이라고 묻는 소리가 들려 왔으나 캄캄한 암흑 속에 떠오르는 것은 여자로서의 살의 냄새를 잃지 않은, 군살이 목과 배와 허벅다리에 알마치 오르기 시작하는 어머니의 육체뿐, 만복한 식욕이 지방이 많은 음식물을 대했을 때처럼 늑지한 군침이 입 안에 돌고 비위가 불쑥 목구멍을 치밀어 오르는 것을 무경이는 참을 수가 없었다.

어머니의 육체에 대한 무경이의 이러한 혐오증은 자신의 신체와 어머니의 신체의 차이를 견디지 못한다는 것이고 여'성'이 되지 못하는 원인을 스스로도 모르는 까닭에 여성이 되고자 하는 어머니의 신체에 대해 반발을 일으키고 있는 것이다. 또한 시형이와 무경이의 관계를 생각해 보면 무경이는 소크라테스를 읽고 그 감상을 이야기하는 시형이의 말을 '독백'이라고 표현하듯이 지식이 결핍된 존재이자 '여'성도 되지 못한 형편이다.

그러나 어머니가 무경이를 호텔로 불러내 "어찌 된 일인지 늙은 몸을 의탁하구야 살아갈 것만 같구나"라고 고백하는 것을 들은 후 다시 갈등의 감정에 휩싸이게 된다. "무경이는 여태껏 제가 품고 있던 생각이 다른 감정으로 뒤바뀌는 것을 경험하고 묵묵히 앉아 있다." 무경이는 십 년 동안 자기와의 행복을 지키기 위해 정일수씨에게 고집을 피웠던 어머니 얘기를 들으면서 자기가 어머니에게 해 준 것이 없다는 반성을 하게 된다. 기독교의 계율을 거역함으로써 어머니를 슬프게 했고 어머니의 재혼을 즐거운 일로 받아들이지 않음으로써 어머니를 두 번 슬프게 만들었다는 자책을 하게 된다. 그런데 평양에서 시형이의 아버지가 시형이 사는 아파트를 찾아오면서 어머니와 무경이의 운명은 엇갈리기 시작한다. 시형이 아버지가 시형이를 평양으로 데려간 것이다. 무경이는 시형이를 떠나보낸 뒤 다음과 같이 중얼거린다. "어머니에겐 정일수씨가 생기고 인제 나는 어머니에게도 필요하지 않은 딸이 되었다…. (방도 직업도 인제 나 자신을 위하여 가져야겠다!) 그런 생각이 사무실을 들어 설 때에 그의 마음 속에 이루어지고 있었다."

　김남천의『경영』은 그 제목이 암시하듯이, 그리고 소설 끝부분에서 드러나듯이 여성에 의한 자기경영을 다룬 작품이다. 어머니의 결혼에 대한 저항감이 어머니-되기를 거부하는 딸들의 의도적인 전략에서 비롯된 것은 아니지만 '어머니-정일수/최무경-○○○'의 도식은 어머니-되기를 우회적으로 거부하는 전략이라고 말할 수 있을 것이다. 물론 소설은 어머니가 정일수씨와 재혼할지 시형이가 다시 무경이를 만날지 예측할 수 없게 끝나지만 시형이를 위해 가졌던 직업전선이나 시형이를 위해 마련한 아파트 방을 버리고 '나 자신을 위해' 삶을 경영하겠다는 무경이의 다짐은 어머니의 운명과 나의 운명을 분리시키는 행동이라고 말할 수 있다.

　최무경을 주인공이라고 본다면『경영』에는 여성의 성욕이 제대로 드러나 있지 않다. 그 이유가 작가 김남천이 남성작가이기 때문이라고 보는 것은 속단일 수 있다. 무경이가 자신의 성욕, 리비도적인 충동을 스스로 제어하면서 스스로를 '나'로 정립하는 과정은 '여'성이 되는 과정이지 여'성'이 되는 과정은 아니다. 이것은 성적 욕구를 여성 주체로 승화시키는 과정이라고 말해도 좋다. 여성이 남성에 비해 지적결핍을 겪는 것으로 묘사되어 페미니스트들의 비난을 받을 만하지만, 이러한 비난은 논리가 빈약한 것이다. 성적 억압은 무경이가 스스로 선택한 것이기 때문이다.

이러한 성적 충동의 배제를 더 깊이 들여다 보려면 『경영』과 같은 시기에 나온 최정희의 3부작인 『인맥』이나 『천맥』, 『지맥』을 비교 검토할 필요가 있다. 그러나 여'성'의 문학적 표상이 본 글의 주제가 아니므로 여기서 더 들어갈 생각은 없다. 이 글의 초점은 여성의 어머니화 혹은 모성화, 그리고 국민화, 문학적 표상에도 가있지 않다. 무엇보다도 본 글이 문제로 삼는 것은 어머니-되기에서 벗어나는 전략, 딸들과 소녀들의 전략을 탐구하는 데 있기 때문이다. 어머니-되기, 모성성을 거부하고 성적 욕망을 찾아 나서는 여성의 이미지를 탐구한다는 말이다. 이런 맥락에서 여주인공들이 모성과 욕망 사이에서 동요하는 최정희의 소설을 살펴보고,11) 이것을 『경영』에 비교해볼 만하다. 그런데 『경영』에서는 그러한 최무경-딸의 전략이 어머니로부터 돌아서는 데는 성공했지만 성욕의 배제라는 부정적인 결과를 통해서 이루어지고 있다고 말할 수 있다. 이 점은 무경이의 어머니도 마찬가지다. 딸한테 재혼의사를 조심스럽게 꺼내면서도 여전히 딸에게 '죄를 짓고 있는 듯이' 보이는 어머니는 기독교적인 계율과 모성성으로부터 전혀 자유롭지 못하다. 어머니가 딸과 함께 살며 모성으로 기울어질지 자신의 욕망을 찾아 나설지 소설 말미로서는 가늠할 길이 없지만 말이다.

어머니로부터 멀어지고 돌아서는, 어머니-되기를 거부하는 딸들의 전략은 박경리의 『김약국의 딸들』에서도 나타난다. 이 소설은 고종이 등극하던 1846년부터 1930년대 일제의 침략본성이 노골화하던 시대에 지금의 충무시를 배경으로 하여 쓴 작품이다. 이 소설 안에는 '요조숙녀', '광녀', '애인' 등과 같은 소제목들이 달려 있는데,

---

11) 『페미니즘 연구』, 제 2호, 2002년 겨울호에 실린 이상경의 「일제 하 여성 강제동원과 군국(軍國)의 어머니」 참고.

거기서 눈에 띄는 것은 요조숙녀(窈窕淑女)와 광녀(狂女)의 대립이다. 박경리는『성녀와 마녀』에서도 이러한 대립을 보여주는데 우리의 근대적인 성의 풍경은 이러한 지독한 이항대립을 극복하지 못하고 있다.

04 어머니의
창부-되기

어머니-되기를 거부하는 또 다른 전략은 어머니-여성을 매춘부로 만드는 것이다. 요조숙녀와 요부의 이항대립 속에서 동요하거나 '이분법의 계보학'에서 한 쪽을 다른 한 쪽이 억압하고 배제하는 것이 아니라 한 쪽을 다른 한 쪽으로 '이동'시키는 것이다. 어머니를 매춘부로 만들면 어머니라는 이미지가 매춘부로 이동해가는 것이다. 그러면 어머니라는 이미지는 사라져버리게 된다. 이러한 '이동의 전략'은 『경영』에서와 달리 남자나 소년의 시선에서 수행된다.

프로이트는 「사랑을 선택하는 특별한 기준」, 12) 「불륜을 꿈꾸는 심리」에서 어머니를 매춘부로 격하시키려는 소년의 환상에 대하여 이야기한 적이 있다. 13) 프로이트에 따르면 심인성 발기부전에 시달

---

12) 1910년에 쓴 이 글에서 프로이트는 처음으로 '오이디푸스 콤플렉스'라는 용어를 사용하였다.
13) 프로이트, 『성욕에 관한 세 편의 에세이』.

리는 환자는 애정적인 성향과 육욕적인 성향이 하나로 결합하지 못했기 때문이라고 한다. 그래서 이런 환자의 경우에는 '애'와 '욕'이 불균형적으로 공급되는 현상이 나타난다는 것이다. 즉 격이 높은 여성에게는 애정의 모든 감정을 쏟아 부으면서 매춘부처럼 격이 낮은 저급한 여성에게는 자신의 성적인 능력을 바친다는 것이다. 어머니가 창녀의 위치로 전락한다는 것은 이렇게 사랑과 성이 분리된다는 뜻이기도 하고 어머니라는 이름에 내포된 성녀(聖女)의 이미지가 파괴된다는 뜻이기도 하다. 따라서 어머니의 창부-되기는 저 지독한 이항대립을 파괴하려는 시도라고도 말할 수 있을 것이다.

프로이트는 사랑의 기준을 두 가지로 나누어 이야기한다. 한 가지는 남편이나 약혼자로 혹은 친구로서 소유권을 주장하는 다른 남자가 있는 여성만을 사랑의 대상으로 선택하는 것이고, 다른 한가지는 이런저런 나쁜 소문이 떠돌거나 정절과 신뢰에 의심이 가는 여성만이 사랑의 대상이 된다는 것이다. 이 말을 들으면 프로이트가 여성의 성적 순결에 의해 측정되는 사랑의 가치를 무시하는 것처럼 보인다. 프로이트 자신이 말하고 있듯이 '매춘을 위한 사랑'을 주장하고 있는 것처럼 보인다는 말이다. 물론 그렇지는 않다. 프로이트가 이런 이야기를 하는 것은 '소년의 환상'을 말하기 위해서이다. 어머니가 매춘부로 비치는 소년의 환상. 이것도 결국엔 오이디푸스 콤플렉스로 이어진다. 프로이트에 따르면 소년은 사춘기 이전에 겪은 '성적인 깨우침'을 통해 성생활을 하는 자기 어머니나 매춘부나 큰 차이가 없다고 생각하게 된다는 것이다. 그리고 오이디푸스 콤플렉스에서처럼 어머니를 갈망하는 소년의 욕망을 가로막는 장애물인 아버지를 증오하게 된다는 것이다. 이렇게 되면 소년은 자기가 아닌 아버지에게 성적 행위의 특혜를 제공하는 어머니를 용서하지 않게 되고 그러한 제공을 부정한 행위로 간주한다는 것이다. 그리하여 소년의 환상에는 성행위를 하는 어머니의 모습이 비치게 되고 이런 결과로 나타나는 정신적인 긴장이 소년을 자위행위로 이끈다는 것이다.

사랑의 대상이 매춘부 같은 여성이어야 한다는 것은 프로이트가 밝힌 남성의 사랑의 형태에 속하는 것이다. 이런 면에서 식민지근대에서 주목되는 것이 작가 이상(李箱)이다. 그의 유명한 소설 『날개』는 이미 창부인 연심이와 그 연심이를 아내로 가진 주인공 나의 관계를 다룬 작품이다. 『날개』에는 요조숙녀의 이미지가 완전히 지워져 있고 연심이 또한 창부로 전락한 어머니, 다시 말해 어머니하고는 멀리 떨어진 여성이다. 주인공이 말하는 연심이는 '미망인'이지만 말이다. 『날개』에서 주인공 나는 이렇게 말한다.

一九世紀는 될 수 있거든 封鎖하여 버리오. 도스토예프스키精神이란 자칫하면 浪費인 것 같소 …. 나는 내 非凡한 敎育을 고려하여 世上을 보는 眼目을 規定하였오. 女王蜂과 未亡人—세상의 하고많은 女人이 本質的으로 이미 未亡人아닌 이가 있으리까? 아니! 女人의 全部가 그 日常에 있어서 개개 '未亡人'이라는 내 論理가 뜻밖에도 女性에 對한 冒瀆이 되오? 굿바이.[14]

주인공은 19세기적인 정신을 부정한다. 그 정신이란 여성을 여왕봉과 미망인으로 나누는 전근대적인 이분법을 말한다. 주인공은 그 이분법을 거부하고 여성의 이미지를 여왕봉에서 미망인으로 이동시킨다. 따라서 연심이가 아랫방에서 다른 남자들하고 관계를 가져도

---

14) 이상, 『날개』, 『한국문학전집 9』, 삼성출판사, 1985, 109쪽.

나는 불평할 거리도 질투할 거리도 없다. 연심이는 이미 미망인이니까 말이다. 소설에서 주인공은 자기가 사는 곳이 유곽 같다고 생각하면서도 아내의 직업은 정작 알지 못한다. 아내가 밥을 해주지만, 그래서 연심이가 아내라는 생각은 드는 듯하지만, '한 번도 나를 자기 방으로 부른 일이 없'는 탓에 아내는 이제 아내라고 볼 수도 없다. 같이 밥을 먹어도 이야기 한번 나누는 법이 없으니 더 그럴 터이다. 성적 욕망이 거세된 나는 이불 속에서 잠이 들고 꿈을 꾼다. 그 꿈속에서 주인공 나는 아내가 내객과 같이 나가는 환상을 품고 아내 이불 속에 있다는 환상을 갖는다. 프로이트 말처럼 소년이 어머니가 성행위를 하는 환상을 품듯이 주인공 나는 미망인-아내가 매춘부-아내가 된 것 아니냐는 환상을 품는다. 소년의 환상이 소년을 자위행위로 이끌듯이 주인공 나는 '그윽한 쾌감', '어깨춤이 나는' 즐거움을 맛본다.

그러니 내객들이 내 아내에게 돈 놓고 가는 심리며 내 아내가 내게 돈 놓고 가는 심리의 비밀을 나는 알아내인 것 같아서 여간 즐거운 것이 아니다.

주인공 나는 매춘을 위한 사랑에서 쾌감을 느낀다. 아내의 매춘부-되기를, 빈대에 물리는 아픔으로 생각하면서도, 가려운 곳을 긁으면 시원하듯이, 아내의 매춘부-되기에서 쾌감을 느끼는 것이다. 주인공이 "나는 愉快하오. 이런 때 戀愛까지가 愉快하오"라고 말하듯이 아내와 내객들의 연애가 그에게는 유쾌한 것이다.
프로이트는 비정상적인 사랑의 특징들을 열거하면서 그런 특징들이 생기는 이유를 유아기 때 고착된 어머니에 대한 애정의 감정에서 찾는다. 아내가 집안에서 혹은 외출해서 내객들과 관계를 가지는 상황은 주인공을 집밖으로 내몬다. 아내는 밤 외출을 하면서도 주인공에게는 외출을 하지 못하게 한다. 아내가 드디어 아무 말 없이 나를 자기 방에 재워줬을 때 주인공 나는 세상의 무엇과도 바꿀 수 없는 기쁨을 느낀다. 이 때 주인공 나는 어머니로 변한 아내의 품을 자기 방에서 느낀다. 주인공에게 그의 방은 어머니의 품이기도 하고 자궁이기도 하다.

방안의 기온은 내 체온을 위하여 쾌적하였고 방안의 침침한 정도가 또한 내 안력을 위하여 쾌적하였다…내 몸과 마음에 옷처럼 잘 맞는 방 속에서 뒹굴면서 축 처져 있는 것은 행복이니 불행이니 하는 그런 세속적인 계산을 떠난 가장 편리하고 안일한 말하자면 절대적인 상태인 것이다. 나는 이런 상태가 좋았다.

그렇다면 주인공 나는 다시 어머니로서의 아내를 발견하고 아내는 매춘부에서 아내로, 어머니로 돌아간 것인가? 매춘부가 된 아내에게서 느끼던 쾌감은 이제 프로이트가 말하는 어머니에 대한 애정의 감정으로 변한 것인가? "나는 아내의 이름을 속으로만 한번 불러보았다. '蓮心이!' 하고…"라는 구절에서처럼 주인공 나는 매춘부인 아내에게서 요조숙녀인 아내를 찾아 나선 것인가? 그러나 『날개』 끝부분에서 주인공 나는 "사실은 사실대로 오해는 오해대로 그저 끝없이 발을 절뚝거리면서 세상을 걸어가면 되는 것"이라고 믿는다. 이 말은 주인공 내가 매춘부-아내와 아내-연심이 사이에서 연심이가 아내라는 사실과 연심이가 창부라는 오해(혹은 연심이가 아내라는 오해와 연심이가 창부라는 사실) 사이에서 동요하는 채로 살아갈 뿐이라는 믿음을 나타낸다. 따라서 주인공 내가 아내를 매춘부로 만들고 아내에게서 여왕봉, 어머니의 이미지를 없애는 전략이 실패했다고 볼 수는 없을 것이다. 정상적인 어머니란 미망인이 아니고 매춘부는 어머니의 이미지를 갖고 있지 않을 테니까 말이다.

05 이분법의 계보학

허난설헌/신사임당 - 황진이 양처-악처 요조숙녀-화냥년/양갈보 덕녀/성녀(聖女) - 　　　　성녀(性女)/창녀/탕녀 천사-마녀: 기독교 석녀-색녀 미녀-추녀 열녀-요부 어머니/현모/정실- 　　　　창부/첩, 후처: 이상 일부종사/사종지도-바람/불륜 정숙/정조/순결-타락/바람 선-악 충녀(忠女)-화녀(花女) (A)	

나는 튀고 싶지 않다: 이금희	만능주부: 정덕희 테러리스트: 전여옥 성공한 여자: 조안리 〈조폭마누라〉 수퍼우먼	
『아이 잘 낳는 여자』: 김영희 **『한국의 어머니: 이태영』**	『호스트바를 허하라』, 『나는 일부 일처제가 싫다』: 임혜숙 『나도 때론 미치고 싶다』: 이나미 『나쁜 여자가 성공한다』: 김명숙 『나는 제사가 싫다』: 이하천 『담배 피우는 아줌마』: 이숙경	
착한 여자	'나쁜여자': 김재희	

(B)

마돈나 - 황수정

(C)

성 - 사랑

(D)

'결핍'된 존재들 혹은 '결핍'된 어머니
첩 후처 과부 미망인 청상과부 이혼녀 독신녀

(E)

'오인'된 사랑의 형태들	자유연애 붉은 사랑
	낭만적 사랑

(F)

물론 이러한 이분법은 현재의 우리 사회에서도 그 담론적인 영향력을 뿌리깊게 행사하고 있다. 눈치빠른 독자들은 이 도표들을 간파했겠지만 (A), (B), (C), (D) 사이에는 상동성이 존재한다. 왼쪽이 여성에 대한 긍정의 계열들이라면 오른쪽은 여성에 대한 부정의 계열들이다. 또한 왼쪽이 지배계열들이라면 오른쪽은 억압계열들이다. (B), (C)에 대해서는 2부에서 더 이야기하겠지만 적어도 (A), (D)의 경우에는 근대적인 성의 풍경을 조정하던 원근법의 역할들을 하는 계열들이다. 물론 오늘날의 성 풍경도 여기에서 그리 멀리 떨어져 있지 않지만 그러한 성 풍경에 균열이 생기고 있는 것도 사실이다.

(A)에서 억압과 지배계열들을 다시 배치시켜 이해해 보면,

허난설헌	성녀(聖女)	요조숙녀	사랑	열녀	선	황수정	지킬박사	이성
황진이	성녀(性女)	화냥년(광녀)	성	요부	악	마돈나	하이드	광기

이런 식의 이항대립 계열은 무수하게 이어질 수 있다. 여기서 분리선 아래 쪽의 것들은 여성과 연관된 것들로서 억압된 것들이다. 여성이 없다면, 그것은 아래 쪽 이름을 가진 여성이 없다는 것이고 '여'성은 있되 여'성'은 없다는 것이다. 따라서,

'여'성	모성성	어머니	어머니	현실원칙	자아/초자아
여'성'	여성성	매춘부	과부/이혼녀/독신녀/첩	쾌락원칙	리비도/본능

의 관계가 무수한 이항계열들 중에서 더 중요하다고 말할 수 있다. 모성성에 의해 여성성이 억압되는 것이 근대적인 성풍경의 중요한 장면이기 때문이다. 이러한 이항대립적인 도식은 프로이트의 경우 현실원칙이 쾌락원칙을 억압하는 경우로도 나타난다. 따라서 두 항들 사이에 있는 막대기는 '건널 수 없는 다리'를 나타낸다. 나중에 기회가 되면 더 이야기하겠지만 1910년에 경성에서 찍은

옆의 두 사진은 이러한 이항대립이 계급적인 문제와 연관되어 있다는 것을 잘 보여준다. 왼쪽은 노동계층 아낙네들을 찍은 것이고 오른쪽은 중류층 여성들을 찍은 것이다. 여기서 노동계층 여성들의 몸은 드러나 있는 반면에 중류층 여성들의 몸은 감추어져 있는 것을 볼 수 있다. 중류층 여성들의 몸이 은폐된 것은 그들이 '비가시적인 존재'라는 점을 입증하는 것이면서 성(sexuality)을 드러

내서는 안되는 것으로 이해한다는 점을 보여주는 것이다. 이 점은 프로이트가,

남성성	클리토리스	팔루스
여성성	음부	×

라고 말한 것과도 그리 멀리 떨어져있는 이야기가 아니다. 이것을 노동계층＝야만/중류층＝문명, 계몽으로 바라보는 것은 심각한 이분법에 빠지는 것이기 때문에 우리는 이것을 중류층의 여성들을 여성화시키고 성을 교육으로 승화시키는, 그리하여 성욕을 은폐하고 억압하는 당시의 이데올로기적인 표상작용—가부장제/모성화, 국민화, 민족화—과 연관시켜 이해해야 할 것이다.

  억압하는 이데올로기적인 표상작용에 의해 한 쪽 항이 다른 쪽 항을 억압하는 이항대립의 계보학은 오늘날까지 그대로 이어지고 있다. 이 점은 '여성들의 눈으로 보는 대중문화'에서 더 살필 것이지만 가장 쉽게 눈에 띄는 것은

전업주부	어머니
만능주부	아줌마

의 계열들이다. 앞에서 이야기했지만 여성들에게는 이러한 이항대립이 있지만 남성들에게는 이러한 이항대립이나 나모그라피가 없는 이유는, 남성들이 정상이어서 그런 것이 아니라 남성에게는 성이 하

나밖에 없기 때문이다. 남성도 '남'성이자 동시에 남'성'이지만 '남'성이나 남'성'은 모두 '가족성'(familial sex) 하나로 환원되고 말기 때문이다. 다시 말해 남자는 가족성의 소유주이기 때문에 더 이상 다른 성이 필요없다는 것이다. 이리가라이에게 여성의 '성이 하나가 아니'라면 남성에게는 '성이 하나인' 것이다. 그리고 여성의 나모그라피에 나타난 이 대립항들은 언제나 하나의 가족성 안으로 흡수되고 가족성의 지배를 받게 된다.

이항대립의 계보학은 서구 사상에도 나타난다. 성녀의 이미지에 의해 추방당했던 마녀의 이미지처럼[15] 성녀와 마녀의 대립이 바로 그러한 예이다. 데리다의 영향을 많이 받은 엘렌 식쑤(Hélène Cixous)에 따르면 서구 사상은 이항대립구조에 근거하고 있고 이항대립구조가 작동하기 위해서는 불가피하게 '타자'가 존재해야 한다. 여기서 타자는 이항 중에서 한 항의 무수한 계열들을 갖는다. 식쑤가 말하듯이 주인에 대한 노예, 프랑스인에 대한 검둥이, 나치에 대한 유대인, 남자에 대한 여자, 미녀에 대한 추녀 등등이 모두 타자들이다.[16] 어쨌든 모든 담론은 이항적인 위계구조에 의거하여 배열되며 짝을 이루는 대립항들은 늘 폭력적인 관계를 유지한다는 것이 식쑤의 설명이다. 여성에 대한 담론 역시 마찬가지로 이러한 이항적 위계질서에 입각해 있다. 남성이라는 일원적 기준에 입각하여 생산된 양처와 악처, 천사와 마녀, 성녀와 창녀, 덕녀와 색녀 등의 무수한

---

15) 이케가미 슌이치, 『여성에게 문화는 있었는가』, 강응천 역, 사계절, 2001. 이 책의 원래 제목은 '聖女와 魔女'이다. 이케가미 슌이치는 남자가 여자를 억압하기 위한 이미지와 논리를 만들어내어 그것들로 사회적인 차별을 반복해 왔다고 생각한다. 이 책은 고도의 이론적인 책은 아니지만 성녀와 마녀의 이항대립이 사회적으로 조작된 것이라는 사실을 쉽게 설명해 주는 책이다.

16) 유대인을 게토에 몰아넣고 동물처럼 죽이는 나치의 존재를 그린, 로만 폴란스키 감독의 영화 <피아니스트>를 보라.

대립항들은 하나가 끊임없이 다른 하나를 죽이거나 지워버리는 보편적인 투쟁의 장에 있다.[17] 이성중심의 서구 역사에서 이성이 아닌 것, 합리성이 아닌 것으로 격하되어온 광기에 대해, 여성 작가들이 가부장제의 거대한 도덕적 감금을 깨뜨릴 수 있는 무기로서 새로운 의미를 부여했다고 본 길버트와 구바의 연구도 이러한 맥락에서 이해할 수 있다. 이성과 광기 혹은 히스테리의 이항대립적인 구도에서 전자에 의해 후자가 폭력적으로 배제된 역사에 대해서는 푸코도 지적한 바이다. 물론 서구 역사만이 이성중심적인 것은 아닐 터이다. 우리의 역사에서도 비정상인은 늘 정상화 과정(normalization)을 거쳐 상징계로서의 사회 혹은 기존사회에 편입되고 그 사회를 유지시키는 데 기여한다. 이 정상화과정에서 광기와 히스테리는 배제되는 것이다. 그러나 문제는, 그렇게 해서 배제되고 추방된 타자들을 사회의 잉여물로 존속시키는 것이다. 사회 안으로 정상화되어 편입되는 것이 아니라 사회를 흘러넘치는 잉여로서. 그 사회는 가부장제 사회일 뿐 아니던가! 그러므로 악처는 악처대로, 나쁜 여자는 나쁜 여자대로 마녀는 마녀대로 남자의 제국을 흘러넘쳐 그 바깥에 진을 쳐야 한다. 그리하여 이제는 추방되기는 했지만 배제된 타자가 아니라 주체로 거듭나는, 그것도 우울증환자처럼 남자의 부름에 의해 무감각으로부터 깨어나는 무기력한 여성 주체가 아니라,[18] 능동적인 힘을 생산하는 주체로 생성되어 나가야 한다.

---

17) 박정애, 「최정희 소설에 나타난 여성적 글쓰기의 특성 연구」, 서울대 국문과 석사학위논문, 1998, 15-16쪽.

18) 이러한 여성의 우울증에 대한 가장 일반적인 편견—여성은 남자의 자극에 의해서만 깨어날 수 있다는—을 보여주는 영화는 데이빗 린치의 <블루 벨벳>이다. 이 점에 대해서는 지젝의 『향락의 전이』(이만우 역, 인간사랑, 2001), 233-238쪽을 보라.

06 어머니와의
대결과 혁명

어둠 속에서 터널을 파는 두더지처럼 이항대립적인 개념들을 훼손하는 식쑤나 이리가라이(Luce Irigaray)는 이항대립구조의 해체를 노리는 페미니스트들이다. 그들은 두더지전략을 구사하면서 이항대립의 계보학을 엉망으로 만들려고 한다. 그 과정에서 그들은 여성의 모성성이 상징계의 남근중심주의적인 질서, 다시 말해 실재계의 남자의 제국을 해체할 수 있는 무기로 생각한다. 이 점에서는 크리스테바도 마찬가지다. 여성의 모성성이 두더지전략의 일부인 셈이다. 그러나 시몬느 보봐르가 제도로서의 모성이 가지는 억압성을 강조했듯이, 가정마저 피곤한 직장으로 변한 우리의 노동현실,[19] 가족

---

19) 실질임금이 하락하면 부부의 맞벌이로 낮만이 아니라 새벽에도 일을 함으로써 그 하락폭을 보충하게 되는데 이러한 노동시간의 증가로 인해 가족의 여가시간은 점점 짧아지게 된다. 이렇게 되면 맞벌이 여성에게는 직장이 가족생활의 시름에서 벗어날

성을 유지시키기 위해 어머니라는 표상을 가동시키는 남자의 제국, 장한어머니상, 저축상으로 모성적 헌신을 대리보충하는 국가주의, 여성을 수동성의 위치에 고정시키는 각종 자본주의적 소비주의 행태들이, 모성이 제도화되었을 때의 결과들이라면 모성성에서 대안을 찾고자 하는 페미니스트들의 전략이 과연 얼마나 정당한 것일까 하는 의문이 든다.

물론 페미니스트들은 어머니라는 양육자로서의 신비화된 정체성이 결코 태생적인 것이라고 생각하는 것은 아니다. 이리가라이가 충만한 성욕을 지니는 어머니의 정체성을 재현할 수 있는 새로운 언어를 주장하거나 식쑤가 임신과 출산이라는 자궁의 기능을 여성 육체의 정열적이고도 감미로운 경험으로 찬양하는 것이 틀린 것은 아니다. 크리스테바의 세미오틱한 '모성적 육체'[20]에 대한 강조도 마찬

수 있는 안식처 같은 공간이 되고 가정은 피곤한 직장 같은 공간으로 변하게 된다. 이러한 변화는 노동의 재편과정과 맞물려 나타나는 것으로서 최근 논란이 되고 있는 주5일제가 주목받는 이유는 여기에 있다. 그러나 주5일제가 보장되더라도 사회적 임금이 보장되지 않는다면 가족 노동시간은 더 늘어나게 되고 가정과 직장에서의 여성 노동강도는 더욱 커질 것이다. 경남대 이은진 교수가 한국방송과 통계청의 생활시간 조사자료(85-99년)를 보면 90년대 후반 들어 정상근무 노동자비중은 계속 줄고 거꾸로 밤, 새벽, 주말노동이 뚜렷이 확대되고 있는 것을 알 수 있다. 밤 9시에 일하는 노동자는 6.7%(85년)에서 14.2%(99년)로, 밤 12시 노동자는 1.7%(85년)에서 5.2%(99년)로 새벽 2시 노동자는 1.1%(85년)에서 3.2%(99년)로 늘었다. 반면 낮 11시에 일하는 노동자는 71%(85년)에서 62.3%(99년)로 줄어들었다. 이 틈을 타고 야식(夜食) 등의 상업화된 시간산업이 급속하게 팽창했고 여가시간은 줄어들었으며 여성의 가사부담은 하나도 해결되지 않은 채 노동강도만 강화되고 있다.

20) 아이의 육체와 어머니의 육체가 어머니의 몸 안에서 리드미컬한 음악에 의해 접촉할 때 그런 음악을 크리스테바는 여성의 무의식적 욕망으로 파악한다. 이 점은 식쑤나 이리가라이도 마찬가지이다. 이 페미니스트들은 '세미오틱'이 특권화하는 리듬과 노래의 연속성과 다양성, 신비와 창조의 내적 장소로서의 밤과 꿈의 영역을 강조하는데 그러한 영역이 모성의 육체에 내재해 있고 그 영역이 여성의 무의식적인 욕망을 나타낸다고 생각한다.

가지다. 이리가라이나 식쑤의 이러한 생각들이 기본적으로 어머니를 억압하거나 망각시켰던 서구 역사를 복원시키려고 하는 노력의 일환이라는 점은 수긍이 간다. 프로이트의 오이디푸스 콤플렉스나 르네 지라르의 욕망의 삼각형 이론이 어머니를 망각시켰다는 지적[21]도 염두에 둘만한 일이다. 식쑤와 이리가라이가 여성적인 글쓰기의 원천으로서 전-오이디푸스기에 주목하거나 크리스테바가 '세미오틱'(the semiotic)을 주장한 것도 일리가 있는 말이다. 오이디푸스 단계의 아버지에게 주목하는 라캉에게서 욕망과 충동을 다시 읽어내는 지젝의 시도도 흥미로운 일이다. 그러나 "여성은 어머니로부터 결코 멀리 떨어져 있지 않다. 여성 속에는 항상 어머니의 모유가 남아 있다"[22]라고 주장하는 식쑤의 이야기는 어떻게 받아들여야 할까? 어머니의 모유가 흰 잉크가 되어 그 잉크로 여성이 글을 쓰는 여성적 글쓰기는 가능할지 몰라도, 궁극적으로는 어머니라는 기억의 회귀도 오이디푸스의 제국주의라는 코드에 걸려들고 마는 것 아닐까? 식쑤나 이리가라이의 페미니즘은 노동과 욕망의 이중억압이라는 들뢰즈와 가타리의 문제의식이나 라이히의 가족과 노동의 억압이라는 문제설정이 결여되어 있는 것처럼 보인다. 따라서 남근중심주의적인 질서에 대항하는 대안으로서 여성의 모성성을 강조하고 그것을 여성적 글쓰기에 적용시키는 것은 충분히 납득되는 일이지만 대문자 어머니라는 기표의 표상작용과 이것을 가동시키는 무수한 이데올로기들의 계열들—가부장제, 생식이데올로기, 팔루스, 소비주의, 남자의 제국 등—을 망각하고 있는 것은 아닌가라는 비

---

21) 임옥희, 「이데올로기/욕망/여성」, 『문화과학』 30호, 2002년 여름. 지라르는 욕망을 모두 모방욕망으로 보기 때문에 여성의 욕망 또한 모방욕망이고 따라서 여성의 욕망은 없는 것이다.
22) 『여자로 말하기, 몸으로 글쓰기』, 또하나의 문화, 제 9호, 1994, 356-357쪽.

판을 할 수 있다는 말이다. 따라서 식쑤의 말과 달리 여성은 모성과 멀리 떨어져 있고 모성성으로부터 이탈해야 한다고 말하는 것이 더 정당한 말이 아닐까?

엘리자베스 그로츠가 크리스테바의 모성에 대해 이야기하는 대목을 보자.

크리스테바가 선뜻 인정하듯이 월경의 공포는 바로 성차의 애매성에 연결되는 것은 아니다. 사실 월경은 여성을 남성과 구별시켜 주지 않는다. 그것은 오히려 남자들과 어머니들 사이의 차이를 나타내 주는 것이다. 월경의 공포는 여성들을 모성에 연결시키는 데 기여하고 여성들의 성적 특수성, 모성에 의해 재현되는 잉여적인 여성성을 인정하지 않는다.[23]

크리스테바는 모성이 전능하다고 믿기 때문에 모성이 여성성을 완전하게 재현할 수 있다고 믿는다. 그러나 크리스테바가 어머니와 태아의 관계를 동일한 것도 아니고 그렇다고 해서 분리되는 것도 아닌 것으로 파악한다는 점을 고려해 본다면, 모성성과 여성성의 관계를 어머니와 태아의 관계로 이해하지 않고 모성이 여성성을 포괄하는 것으로 보는지 이해되지 않는다. 크리스테바가 어머니를 성모로 격상시켜 이해하는 것도 마찬가지다. 크리스테바에게 있어서 모성은 성(sex)을 초월해 있는 것이기 때문이다. 사실 크리스테바의 '모성적인 육체'는 바흐찐이 말하는 '그로테스크한 육체'[24]를 닮아 있거니와, 크리스테바는 어머니와 태아의 관계를 비체(이물질, 脾體, abject)의 관계라고 보지만, 바흐찐 식으로 말하면 양가적인 관계이

---

23) Elizabeth Grosz, *Sexual Subversions: Three French Feminists*, Allen & Unwin, 1989, p. 76.
24) 노파 몸 속의 태아라는 이미지가 그로테스크한 육체의 한 예이다. 여기서 태아가 삶을 나타낸다면 노파의 몸은 죽음의 이미지에 연결된다.

기도 하다. 그런데 크리스테바가 모성성과 여성성의 관계를 비체, 양가성의 관점에서 파악하지 않는다는 것은 결국 모성으로 재현되지 않는 여성성을 부인한다는 것을 보여줄 뿐이다. 그로츠가 "모성성은 크리스테바가 탐구한 것들 중에서 가장 중심적이고 지속적으로 주장된 대상이다"[25] 라고 말하는 것을 염두에 둔다면, 지라르나 프로이트가 모성을 부인하는 것이나 크리스테바가 모성을 복원시키는 것이나 여성의 욕망을 부인한다는 점에서는 프로이트, 지라르, 크리스테바가 마찬가지라는 결론을 내릴 수 있다. 다시 말해 크리스테바도 모성으로 재현되지 않는 여성의 잔여적인 욕망을 부인하기는 매한가지라는 말이다.

크리스테바나 이리가라이나 결국은 여성을 이해하는 데 있어서 프로이트의 경계를 넘어서지 않는다. 들뢰즈와 가타리가 말하듯이 전-오이디푸스기이든 후-오디디푸스기이든 결국은 오이디푸스의 표상을 넘어서지 못하는 것이라면 어머니라는 표상을 다른 식으로 이해하는 편이 오히려 더 설득력이 있을 것으로 보인다. 크리스테바가 여성을 텅 빈 용어, 재현할 수 없는 것으로 파악하고 이 점에서 자신이 표준적인 페미니스트들과 다르다고 주장하는 것도 결국엔 팔루스를 상정해 놓고 팔루스를 넘어가려고 하기 때문에 여성을 재현 불가능한 것으로 파악하는 것이 아니냐는 말이다. 다시 말해 팔루스 '이' 쪽에서는 여성의 재현이 가능하고 팔루스를 넘어선 쪽에서는 여성의 재현이 불가능하다면 크리스테바의 논의에 팔루스가 거대한 빗장을 질러놓고 있으며 크리스테바도 거기에서 자유롭지 못하다는 인상을 받는다.

그렇다면 아예 문제의 틀을 바꾸어 지젝 식으로 오이디푸스의 전

---

25) *Sexual Subversions*, p. 78.

치된 표상내용을 뛰어넘어, 차라리 어머니라는 표상, 대문자 어머니를 '증상'으로 보면 어떨까? 물론 증상은 지젝의 용어가 아니라 라캉의 용어이다. 문제는 지젝이 증상을 자기 식으로 전유하는 방식이다. 지젝이 자아-이상이란 말을 오이디푸스 표상을 넘어 사회에 적용하여 '사회의 자아-이상'이란 말을 사용하고 이것에 대한 분석을 영화 〈타이타닉〉에 적용시키는 것이 그런 예에 속한다.[26] 라캉의 정신분석에 있어서 증상이란, 환자가 증상의 의미를 언어로 표현할 수 있게끔 이끌어, 깨어진 소통의 네트워크를 복구하는 것이다. '상징계로부터 배제된 것은 실재로서의 증상으로 되돌아온다'는 라캉의 명제를 지젝은 '여자는 존재하지 않는다'에 적용하고 있지만 다른 식으로 그 명제를 적용해본다면 프로이트나 지라르에게서 나타나듯이 상징계에서 배제된, 망각된 것, 즉 어머니는 실재로서의 증상으로 되돌아온다고 말할 수 있다. 우리 시대에 어머니는 사회적 증상이다. 상징계에서 배제된 어머니는 사회의 실재계 속으로 증상이 되어, 사회적 증상이 되어 되돌아오는 것이다. 어머니가 상징계나 오이디푸스 콤플렉스에서 누락된 존재라면 사회적 증상으로서의 어머니 또한 사회적으로 이름을 박탈당한 채 누락되어 나타나 있는 것 아닐까? 여자의 기표는 근본적으로 배제되어 있으며 바로 그 때문에 여자가 남자의 증상으로 되돌아오듯이 어머니라는 기표는 근본적으로 배제되어 있고 바로 그 때문에 어머니는 사회의 증상으로 되돌아오는 것 아니냐는 말이다. 지젝에게 증상이 실재라는 말은 바로 이것을 두고 하는 말이다. 따라서 우리에게 중요한 것은 어머니라는

---

26) 슬라보이 지젝, 『이데올로기라는 숭고한 대상』, 이수련 역, 인간사랑, 2002, 126-130쪽. 지젝은 이 분석에서 타이타닉호를 단순한 거선(巨船)으로 보는 것이 아니라, 영국 사회 구조의 축소판으로 보고 있다.

증상을 통해 사회적 증상을 해석하는 일일 것이며 그 방식은 이 시대에 어머니로 산다는 것이 저주받은 일이듯이 어머니의 외상이 우리 사회에 드러나 있는 경로를 추적하거나 어머니라는 환상을 가로지르는 일이 될 것이다. 우리가 사는 곳은 어머니라는 이상적인 자아, 대문자 어머니라는 환상에 사로잡혀 어머니라고 불리는 사회의 자아-이상이 붕괴한 시대이기 때문27) 이다.

이러한 어머니의 외상, 어머니의 몸 속에서 급속도로 자라나는 벌어진 상처는 집 안팎으로 강화되는 노동강도라는 사회적이고 실재적이며 이데올로기적인 증상으로 나타난다. 그리고 그 증상은 계급적으로 더 확산되고 외상의 깊이는 더욱 깊어진다. 여성노동의 경우 그 여성이 기층여성일 경우에 어머니의 자식에 대한 헌신은 더 이상 아름다운 것이 아니다. 그것은 가부장제 하의 미덕일 뿐이거나 가부장제, 가족성을 강화시켜 주는 것이기 때문이다. 모성은 자식에 대한 헌신으로 끝나는 것이 아니라 언제든지 왜곡될 수 있으며 왜곡된 모성은 어머니의 책임이 아니라 남자의 제국을 떠받드는 가부장제에서 비롯하는 것이다. 일제 시대에 아편쟁이 남편을 닮았다는 이유로 외아들을 심하게 학대하는 왜곡된 모성을 실감나게 그린 최정희의 소설 『穀象』(곡상)이 그러한 예이다. 이러한 예는 문학작품에서만 나타나는 것이 아니다. 현실에서 딸로 태어났다는 이유로 어머니(그리고 아버지)에게 학대받는 경우도 있다는 점을 고려한다면 아동학대를 부분적으로 다시 생각해볼 여지도 있는 것이다. 어쨌든 여성의 모성화는 여성성, 여성의 성적인 욕망을 여성으로부터 박

---

27) 주부라는 환상, 주부들이 스스로 소비욕망의 주체라고 하는 환상도 이와 같은 것이다. 수잔 보르도가 광고를 분석하며 가부장제와 자본주의의 이데올로기를 들추어내듯이.

탈하는 행위이다. 이런 점에서 1940년대의 최정희와 1980년대의 박완서는 서로 비교해볼 만한 가치가 있는 것이다. 최정희가 쓴 『찬란한 한낮』이나 박완서의 『엄마의 말뚝』은 모두 다 같이 6. 25를 배경으로 하면서도 여성에 대한 접근법은 전혀 다르다. 전자가 6. 25를 배경으로 하여 그 후의 비참한 현실 속에서도 성적인 욕망을 포기하지 않는 중년 여성의 삶을 그리고 있다면, 후자는 그러한 여성의 욕망을 분단이라는 기표로 초월시키거나 전쟁으로 잃은 아들에게 반납한다. 어머니의 아들에 대한 부정이나 학대가 최정희 소설의 주요한 모티브라면 후자의 경우에는 죽은 아들에 대한 사랑을 통해 분단의 상처를 치유하려는 모습을 보여준다. 전쟁 후 서울에 올라와 집한 칸 마련하기 위해 억척어멈으로 사는 어머니의 이미지를 민족분단의 이미지에 접속시키는 것이 여성의 민족화라면 이것이 왜 또 다른 여성억압인지는 최정희의 소설을 통해서 확인할 수 있을 것이다. 가령 최정희의 소설에 나오는 마채희라는 여자는 한국형 젠더 이미지나 유교적인 요조숙녀 이미지에 어울리지 않는 여자로서 가족, 가부장제, 민족이 요구하는 요조숙녀/억척어멈 형의 이미지와 대립한다. 따라서 여성성, 여성문학이라는 측면에서 박완서의 작품은 최정희의 문제의식보다 뒤져 있고 여성성을 민족, 국가, 가족에 헌납하는 과정을 보여줄 뿐이다. 어머니가 그토록 갈망하여 말뚝을 박은 아들은 가족의 생계를 책임지던 아버지의 대리물이기 때문에 어머니의 아들에 대한 사랑은 곧 가족에 대한 사랑이며 아버지의 부재에 의한 왜곡된 사랑일 가능성이 있기 때문이다. 이런 의미에서 민족문학은 여성성을 억압하고 거세하는 문학이라고까지 말할 수 있는 것이다. 최정무가 「충격/외상 후 증후군적 민족주의와 여성」이라는 글에서 황석영의 소설 『오래된 정원』을 통해 여/성이 제거된 윤희를 분석했듯이, 28) 민족문학은 어머니의 아들에 대한 집착과 사랑을 민족, 혁명에 대한 집착과 사랑에 동일시하고 여성을 혁명이나 민족적 과업에 어울리는 중성형 여성으로 전락시키는 것이다.

우리는 어머니와 대결을 벌여야 한다. 좀더 자세하게 말한다면 어머니가 아니라, 살고자 하는 어머니의 '집요한 의지'와 대결을 벌여야 한다. 어머니가 억척어멈이 되고 말뚝이 된 것은 여러 가지 상황들에 의해서 만들어진 것이지 어머니 안에 억척스럽거나 무조건적인 희생과 헌신을 나타내는 속성들이 애초부터 있었던 것이 아니다. '아메리카, 그것은 바로 코가!'라는 광고문구가 있다고 가정해 보자. 그렇다면 '어머니, 그것은 바로 희생!'이라고 말할 수 있는가? 우리 시대의 어머니 모습은 만들어진 것이다. 국가가 부재하고 복지가 철저하게 결핍된 상태에서 그 결여를 메우기 위해 인위적으로 만들어진 것이라는 말이다. 어머니를 '착한' 어머니로 고정시킨 원인은 가부장제에도 있고 가부장제의 작동원리인 이항대립에도 있다. 이러한 것들이 서로 교직되고 누벼질 때 매듭이 형성되는데 이 때 어머니는 '착한' 어머니로 고정되어 버리는 것이다. 어머니라는 대상 속에는 그 이상의 것 잉여가 있다. 착하고 순종적이며 말없이 침묵 인내하며 집안 일을 하는 어머니로 다 채울 수 없는 잉여-X가 있다는 말이다. 29) 그러나 가부장제나 가국체제는 그 잉여-X를 보여주지 않는다. 지젝은 여기서 생기는 착시현상을 이데올로기적인 왜상(歪像)이라고 부른다. 우리가 어머니와 대결을 벌여야 한다고 말하는 것은 이러한 왜곡된 이미지와 대결을 벌여야 한다는 뜻이다. 잉여-

---

28) 2002년 영남대학교 인문과학연구소 학술회의, <근대를 넘어, 민족을 넘어>, 2002년 12월 5일.
29) 『이데올로기라는 숭고한 대상』, 171쪽.

X가 나쁜 여자가 되든 나쁜 어머니가 되든 그것을 탓할 일이 아니다. 여성을 모성에 유폐시킨 채 양육과 교육의 문제를 가족에게 전가시키거나 모성복지제도를 제대로 가동시키지 않는 현실, 특히 자본주의 현실이 문제라는 말이다. 또한 노동강도가 나날이 강화되고, 특히 여성의 노동강도가 더욱 가중되는 상황도 큰 문제다. 따라서 우리 시대의 어머니가 여성성을 회복할 수 있고 여가시간을 즐길 수 있는 사회적 임금이나 사회적 공공성을 마련하는 일이 급선무인 것이다. 70-80년대 서양과 일본의 가사노동논쟁처럼 이제는 우리도 '가사노동의 국가화'를 제기해야 할 상황이 아닐까.

2부

음지
문화론

07 음지의
제국과 외부

음지의 제국에는 여자가 없다. 음지의 제국은 남자의 제국의 일부, 더 정확히 말하면 제국의 어두운 부분, 혹은 보이지 않는 부분이기 때문이다. 여자는 남자의 제국에서 추방당한 존재다. 여자가 남자의 제국 안에 거할 수 있는 유일한 조건은 '여자가 남자의 징후'일 때이거나 부란기(孵卵器)로서 기능할 때뿐이다. 그 때에도 여자는 음지의 제국에만 거주할 뿐이다. 성차(性差)와 성관계를 철학의 주제로 삼아 활동하다가 24살에 자살한 반페미니스트 오토 바이닝어(Otto Weininger)가 "어머니는 그 자신 안에서 그릇(receptacle)"[1]이라고 말했듯이 생식이데올로기를 받아들일 때뿐이다. 지젝에 따르면 "여성은 존재하지 않는다"고 말한 반페미니스트인 오토 바이닝

---

1) *The Žižek Reader*, edited by Elizabeth Wright and Edmond Wright, Blackwell, 1999, p. 130.

어는 "여성은 존재하지 않는다"라든지 "성적 관계는 없다"고 말한 라캉의 선구자이다. 어쨌든 그렇게 해서 여자들이 스며들어와 남자의 제국이 정상에서 벗어나게 되면, 제국 안에 형성된 외부—여자들이 들어와 만든 공간—를 정복하려고 한다. 왜냐하면 남자의 제국은 일괴암적인 규범들—가부장제, 생식이데올로기, 이성애, 이성애가족, 모성, 정상적인 사랑—이 지배하는 공간이기 때문에 이물질[2]로서의 여성, 혹은 여타의 이물질들은 제국이라는 신체 밖으로 추방될 수밖에 없다. 제국의 밖으로, 혹은 제국의 안에서 그 밖으로 추방된 여자들이 광기적인 행동이나 히스테리에 걸린다는 것은 산드라 길버트와 수잔 거버, 뤼스 이리가라이 등에 의해 이미 지적된 바 있다. 산드라 길버트와 수잔 거버가, 가부장적인 사회는 여성들을 광장공포증, 우울증, 실어증, 식욕부진 등의 질병에 걸리게 한다고 말한 것은 좀더 정확하게 말하면 여성들이 남성 가부장제, 혹은 남자의 제국에서 추방되고 배제된 결과인 것이다. 'sayclub'에서 채팅할 때 "어디 사세요?"라고 물어보면 "남편집에 살아요"라고 말하는 여성의 이야기를 예로 들어보자. '집사람'이라는 말도 마찬가지이지만 '남편집'이란 말은 여성에게 '집'이 없다는 뜻이다. 자기 집이 아니라 '남편'의 집이니 말이다. 따라서 여성에게 집이 없다는 것은 여자가 제국에서 추방되어 있다는 뜻과 마찬가지이고 제국 안에서 여성은 팔레스타인 난민들처럼 집을 잃은 영원한 이방인이라는 뜻을 나타내기도 하는 것이다.

　여자라는 이름들의 나모그라피를 보면 제국 밖으로 추방된 이름들

---

2) 매리 더글라스의 『정결과 위험』(*Purity and Danger*)의 영향을 받은 줄리아 크리스테바는 이러한 이물질을 비체(脾體, abject)라고 정의한다. 'abject'는 비체만이 아니라 영락물(零落物)이라고도 옮길 수 있다.

을 흔하게 찾아볼 수 있다. 처, 마누라, 매춘부, 아줌마, 미시족, 수퍼우먼 등. 그런데 이 책의 1부에 실린 글 「이분법의 계보학」에서 보았듯이 남자에게는 이분법이 적용되지 않으면서 유독 여자에게서만 이항대립이 나타나는 것은 왜 그럴까? 다시 말해 남성의 경우에는, 악마/성녀 등의 구분법이 존재하지 않고—가령 남창의 반대말은 찾아볼 수 없다—여자는 늘 이항대립으로 나누어지고 분리되어 존재한다. 여자 안에 그어지는 이러한 구획은 여성이 제국 안에 수용되느냐 혹은 배제되느냐 하는 데에 따른 결과이거니와, 수용된 여자이든 배제된 여자이든 그것은 배제와 포섭이라는 근대의 권력장치(dispositif)를 한치도 벗어나지 못한 것이다. 여자가 제국에서 추방되면 마녀가 되고 제국 안으로 포섭되면 성녀가 되지만, 마녀와 성녀는, 결국 남자의 제국의 효과일 뿐이다.

그렇다면 제국 밖으로 추방되고 제국 안에서 억압당하고 있는 비체로서의 여성들에게는 저항의 가능성이 있는가? 이리가라이가 말하는 '하나가 아닌 성' 혹은 '두 개의 입술'이라는 비유나 '작은 남자'(the lesser man)에는 과연 저항의 가능성이 있는가? 그리고 우리 시대에 과연 이분법의 계보학은 붕괴했는가? 여성의 남성화가, 남성의 판타지를 '모방'하면서 이항대립이라는 환상, 즉 대-환상(對-幻想)3)을 강화시키는 것이라면 과연 저항의 가능성은 어디서 찾을 것인가?

---

3) 대환상은 우에노 치즈코가 1986년 『女という快樂』에서 사용한 개념이다. 상대방에게 독점됨으로써 정체성을 획득하는 것이 대환상이다. "여자의 아름다움은 남자의 사랑이다"라고 말하는 오토 바이닝어의 주장도 그러한 대환상의 한 예를 보여준다. *The Žižek Reader*, p. 131 참조.

08 로고스와
카오스

캐로린 머천트(Carolyn Merchant)는『자연의 죽음: 여성·생태학 그리고 과학적 혁명』에서 뉴턴적인 세계관이 지배권을 행사하고 있을 당시 유럽과 뉴잉글랜드 지방에서 소위 '마녀의 광기'가 발전했다는 점을 지적하고 있다. 마녀는 과학적 합리성의 범위를 초월하는 신비로운 힘을 지닌 비합리적인 여성이었고 합리주의자들이 두려워하고 정복하고자 하는 다른 주변 세계를 상징하고 있었다. 뉴턴과 데카르트 식의 합리주의와 프란시스 베이컨적인 과학적 질서가 중시되던 중세 후기-근대의 세계관에서는 합리적인 세계를 남성의 영역으로 전제하고 비합리적인 영역은 자연 혹은 여성의 영역으로서 그 세계는 남성의 세계 안에서 유지되어야 하고 만일 그것이 정상에서 벗어나면 정복되어야 한다는 가정을 한다. 남성은 여성을 우발적이고 유한한 자연의 존재로 볼 수 있으며 이것 때문에 여성을 증오하고 두려워할 수 있다. 이러한 관점으로부터 약한 타자로서의 '암 컷'이나 마녀로서의 여성이라는 다양한 상투어가 생겨나고 '마녀공 포'의 배경을 만드는 것이다. 이러한 세계관 속에서는 남성이나 남 성다움은 긍정적인 것 혹은 규범적인 것으로 세워지고 여성이나 여 성다움은 비규범적인 타자로 간주된다. 즉 남성은 주체이고 절대적 인 존재인 반면 여성은 본질적인 존재와 대립되는 우연한 존재, 비 본질적인 존재로서 유동성있는 통제대상이 되어버리는 것이다.

　이러한 일반적인 설명은 캐로린 머천트에게서만 발견되는 것이 아니다. 가령 러시아의 사상가인 미하일 바흐찐도 다음과 같이 비슷 한 얘기를 한 적이 있다.

세계가 공포스럽고 어떠한 법칙성도 갖지 않는 혼돈으로서 인간에게 적 대적인 것으로 보일 때 인간에게 이러한 세계를 극복하는 수단은 오직 하나, 세계를 불변하는 기하학적인 법칙들의 부동의 체계 속에 가두는 일밖에 없다⋯추상화(抽象化)의 도움을 빌려 인간은 사물을 생성의 혼 돈에서 구하여 이상적인 기하학적 법칙의 완벽한 정밀상태에까지 끌어 올린다.[4]

　그러니까 캐로린 머천트가 말한 합리적이고 규범적인 질서가 바흐 찐에게서는 기하학적인 법칙, 추상화로 나타난 셈이다. 기하학적 법 칙이 공포스러운 세계를 정복하는 수단으로 나타나고 합리적인 질 서, 과학적 합리주의가 무질서하고 신비로운 영역을 추방하고 억압 하며 나타났듯이 말이다. 이것을 우리는 카오스(인식불가능한 영역) 에서 로고스(인식가능한 영역)의 탄생, 카오스 대 로고스의 이항대

---

4) 미하일 바흐찐, 『문예학의 형식적 방법』, 이득재 역, 문예출판사, 1992, 85쪽.

립이라고 말할 수 있다. 여자가 우연하고 비본질적일 뿐만 아니라 공포스럽고 신비하며 비가시적인 것으로 상정되었을까? 그 대답은 간단하다. 자연에 대한 공포라는 화살이 여성에게 돌아간 것이다. 즉 자연공포가 여성공포/여성혐오로 전이된 것이라는 말이다. 동대문(자연)에서 뺨맞은 것(공포)을 남대문(여자)에 가서 화풀이(여성혐오)하듯이 말이다. 흔히 여성을 자연, 몸으로 비유하는 것은 여성을 재생산의 도구이거나 공포의 대상으로 상정하기 위한 것이다. 어쨌든 카오스가 추방된 로고스의 세계에서 남자의 제국이 건설된다. 그리고 그 남자의 제국 안에서 다시 여성을 숱한 이항대립으로 구획하는 일들이 벌어진다. 이것은 인식가능한 로고스, 즉 남성적인 것을 보장하기 위하여 그 수미일관성이 필요한 남자의 제국을 저해하는 여성적인 것을 인식불가능한—캐로린 머천트 식으로 말하면 비합리적이고 비규범적이며 비본질적인—카오스로서 제국시스템 외부로 추방하는 일이 제국 안에서 다시 연출된 것뿐이다. 즉 여성을,

허난설헌	성녀(聖女)	요조숙녀	긍정적인 것
황진이	마녀/성녀(性女)	광녀/색녀	부정적인 것

등으로 나누는 것은, 남자의 제국을 더욱 단단히 건설하기 위하여 분리선 위의 이미지들은 제국 안에 흡수하고 밑의 이미지들은 다시 추방하기 위한 전술일 뿐이다. 이러한 여성의 분산/분리/분할에 의한 제국의 공고화라는 전술에서 마녀, 광녀, 색녀 등이 탄생한다. 이러한 여성의 이미지들이 나타나는 것은 로고스에 의한 카오스의 추방, 혹은 로고스에 의한 카오스의 억압과정의 결과일 뿐이라는 말이다.

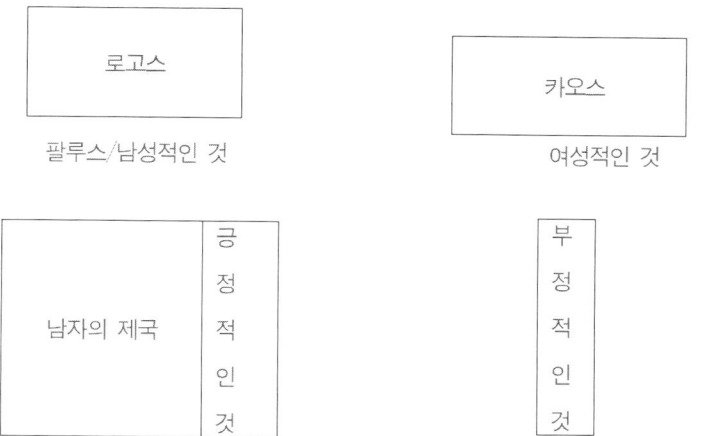

그렇다면 남/녀의 재판(再版)인 이러한 이항대립은 남자의 제국이라는 단일성으로 다시 환원된다고 말할 수 있을 것이다. 여성적인 이미지를 긍정적인 것과 부정적인 것으로 나누고 흡수 추방이라는 전술을 취하는 것은 남성적인 것의 단일성을 더욱 공고하게 하기 위한 것이라는 말이다. 타케무라 카즈코가 남성은 대(對)에 의해 정의되지 않는 반면, 여성은 남성과의 대(對)에 의해 정의된다고 말한 것5)은 사실 위와 같은 다소 복잡한 과정—흡수와 추방 혹은 포섭과 배제—을 거쳐 탄생한 남자의 제국을 가리키는 것에 다름 아니다. 그렇다면 남자의 제국 안에서는 무슨 일이 일어날까? 남자가 자아이고 여자가 무의식이라는 이분법도 생각해볼 수 있다. 프로이트 식으로 말하면 무의식은 자아의 검열을 받기 마련인데 이 때 검열을 피해 가지 못한 무의식의 흐름은 신경증으로 나타난다. 따라서 무의식으로서의 여자라는 이미지 중에서 추방된 것들은 제국의 안과 밖에서 캐로린 머천트가 말한 마녀의 광기로 나타난다.

---

5) 特輯, 'ジェンダ-スタディズ'(gender studies), 『現代思想』, vol. 27-1, 1999, 56쪽.

어쨌든 이러한 이분법에 대한 비판은 많은 페미니스트들이 일반적으로 지적한 것이다. 엘리자베스 그로츠는 『뫼비우스 띠로서 몸』 제1장 '몸의 재형상화'에서 데카르트의 이원론을 스피노자의 일원론으로 대체한다. 그러나 중요한 것은 이러한 이항대립이 이 항을 다 긍정하거나 수용하는 것이 아니라 결국엔 남자의 제국의 단일성, 단일한 하나의 성으로 환원시키는 데 목적이 있다는 사실이다. 그로츠도 앞에서 말한 저서의 주에서 이렇게 말한다.

이분법적인 사유의 문제점은 한 쌍(둘이라는 숫자와 더불어 내재된 문제의 일종)이 지배한다는 점 때문이 아니다. 오히려 이분법이 문제적인 이유는 그것이 하나라는 점 때문이다. 즉 이 일자가 독자적이고 자율적인 타자를 전혀 허용하지 않는다는 사실에 있다. 모든 타자성은 동일성의 틀 안에서 만들어지고 우월한 용어만이 오로지 자율적이거나 유사자율적인 것으로 기능한다. 일자는 둘, 셋, 혹은 넷을 허용하지 않는다. 이것은 어떠한 타자도 견뎌낼 수 없다. 하나가 되기 위해 일자는 자기 주변에 장벽이나 경계를 쌓아올린다. 그런 경우에 이항대립이 설정되려면 필연적으로 내부/외부, 현존/부재가 전제되지 않을 수 없다.[6]

일자의 제국으로서의 남자의 제국. 그러나 더 중요한 것은 지금까지 말했듯이 그러한 일자가 남자와 여자를 분할함으로써 여자를 제국 밖으로 추방하고 여자를 다시 분할통치하여 포섭하고 배제하는 이중의 과정에 의해 획득된다는 사실이다. 이분법적인 분리는 곧 추방이고 배제이며 억압의 과정이고 분리와 동시에 추방의 과정이 시작한다는 말이다. 그로츠가 점액분석을 한 사르트르부터 시작해

---

6) 엘리자베스 그로츠, 『뫼비우스 띠로서 몸』, 임옥희 역, 여이연, 2001, 398쪽.

크리스테바의 비체, 눈물의 투명성을 논의한 매리 더글러스, 이리
가라이의 '유체성의 은유'에 이르기까지의 논의를 빌려 말하는

고체	눈물	투명성
액체/유체	체액/점액/월경	불투명성

의 대립도 마찬가지이다. 이러한 이항대립에서도 남성의 육체성을
나타내는 고체의 우월성이 주장되기 때문이다. 단단하게 발기된 페
니스는 그러한 고체적인 섹슈얼리티의 정점에 있는 것이다. 어쨌든
그로츠에게 있어서 특이한 점은 그 여자가 몸과 연관시켜 몸의 이분
법적인 분할 혹은 배치도를 그리고 있다는 것뿐이다. 이러한 페미니
스트와 학자의 용어를 빌려 말한다면 남자의 제국은 팔루스의 제국
일 뿐만 아니라 팔루스가 지배하는 단일성의 제국이자 고체의 제국
이라고 말할 수 있을 것이다.

09 이분법의 계보학과
가부장제의 강화

앞에서 남자의 제국 외부로 여성이 추방되고 그렇게 해서 구성된 남자의 제국에서 다시 여자의 분할통치가 이루어진다고 말한 적이 있다. 다시 말해 여자의 분할통치가 여자를 끊임없는 이항들로 나누고 긍정적인 항은 계속 포섭 수용하되 부정적인 항은 계속 배제 축출하는 통치과정 말이다. 이 과정에서 여성은 그 여성이 수동적이고 나긋나긋하고 온순하며(docile) 부란기로서의 기능을 갖거나, 다시 말해 대를 잇는 재생산도구로 기능하는 한에서 남자의 제국에 수용된다. 그와 반대로 나쁜 여자들, 나긋나긋하기는커녕 재떨이 가져오라는 남자의 명령을 거부하는 여자들, 부란기보다는 자신의 인격과 성적 욕구를 주장하는 여자들은 끊임없이 제국에서 배제되고 음지의 제국 속으로 추방되어 들어간다. 이러한 분할통치 과정에서 좋은 여자/나쁜 여자의 이분법이 만들어지고 1부에서 본, 이분법의 각

항을 구성하는 숱한 이름들의 계열들이 생산되고 오늘날에도 그러한 이분법은 계속 재생산되어 오고 있다. 그렇다면 그러한 분할통치 그리고 계열들의 생산 및 재생산은 어떤 효과를 가져오는가? 제국 안에 포섭된 여성은 모성화되어 팔루스의 식민지로 삼고 제국 밖으로 추방된 여성은 '여성' 혹은 인간 바깥으로 추방하거나 언제라도 가동시킬 수 있는 제국의 또 다른 식민지-외부로 삼는 것은 아닌가?

이 질문에 대답하려면 린 헌트의 논의를 빌려 오는 것이 효과적이다. 린 헌트는 유명한 『프랑스 혁명의 가족 로망스』라는 저서에서 루이 16세의 왕비 마리-앙투와네트의 음탕한 행적에 대한 당시 사람들, 특히 공화주의자인 남성들의 비난이 민주주의를 이끌어내는 긍정적인 측면이 있었지만 결과적으로 여성을 정치에서 배제하고 가족을 복원하기 위한 남자들의 전략이었음을 보여준다. 특히 그러한 전략을 수행하고자 마리-앙투아네트를 '나쁜 어머니'로 단죄하고 그에 대비되는 공화국의 '좋은 어머니'를 설정함으로써 남성적인 국가, 남성 공화국을 유지하는 시나리오를 만들고 그러한 시나리오에 흡혈귀/악녀/탕녀 등의 마리-앙투아네트의 부정적인 이미지를 이용하였다는 것이다. 이러한 남성 공화주의자들의 시나리오를 폭로하기 위하여 린 헌트는 자기 저서에서 〈마리-앙투아네트의 생애에 대한 역사적 논문〉 등 많은 포르노그라피 팜플렛들을 구체적으로 제시한다. 1770년 정략 결혼에 의해 프랑스로 오게 된 오스트리아 출신 여성 마리 앙투아네트는 처음에 오스트리아의 첩자로 묘사되다가 점차 호색적인 탕녀, 변태성욕자에 근친상간자, 국왕과 왕실을 배반하고 사악한 귀족들과 함께 국가를 거머쥐려는 악녀 등으로 변모하게 된다. 마침내 1793년 10월 마리-앙투아네트는 무절제한 쾌락을 일삼는 프랑스 국민들의 흡혈귀로서 재판에 회부된 후 처형된다. 그후 마리-앙투아네트의 음행(淫行)에 관련된 논문, 기사, 팜플렛들이 폭발적으로 증가하게 된다. 〈루이 16세의 부인 마리 앙투아네트 자궁의 분노〉, 〈프랑스 전 왕비 마리 앙투아네트의 은밀하고 방탕하고 추잡한 삶〉, 〈프랑스 국왕 루이 16세의 부인, 오스트리아의 마리 앙투아네트의 삶, 처녀성의 상실〉 등.[7] 왕가의 왕비인 마리-앙투아네트에 대한 비난과 저주는 일반적인 여자가 아닌 왕비에 대한 것이기 때문에 무엇보다도 마리-앙투아네트에 대한 비난을 매개로 한 구체제에 대한 증오였고 두 번째로는 악마적인 왕비의 이미지를, 혁명을 계기로 분출한 여권 정치, 남녀 평등주의에 대한 '혁명의 거부감과 공포'에 겹치게 함으로써 여성을 정치영역에서 배제하고 혁명과 남녀 평등주의를 공포스러운 것으로 배제하는 효과를 낳게 하는 것이었다. 실제로 여권 문제와 여성 정치 참여를 논의하기 위해 설립되었던 각지의 여성 클럽들은 1793년 강제 폐쇄되고 말았다. 이렇게 해서 공적인 영역에서 여성이 죽고 왕'비' 妃=女-己인 앙투아네트가 처형되자, 그 다음으로는 시나리오에 따라 그 죽은 탕녀의 자리를 메꿀 필요가 있었다. 여기서 등장한 것이 '좋은 어머니'라는 이미지였다.

만일 왕비가 표리부동한 존재라면 좋은 어머니가 될 수도 없다는 것은 그리 놀랍지 않다…왕비는 국가의 반대말이었다…. 국가와 파리와 혁명은 모두가 좋은 어머니였던 반면, 마리-앙투아네트는 나쁜 어머니였다.[8]

---

7) 이 주제에 대한 당시 팜플렛은 126개였다. 린 헌트, 『프랑스 혁명의 가족 로망스』, 조한욱 역, 새물결, 1999, 147쪽.
8) 같은 책, 142쪽.

그리하여 이제 나쁜 어머니-왕비를 대신하여 좋은 어머니-국가가 탄생하게 된다. 마리-앙투아네트는 좋은 여자가 아니었기 때문에 아이를 낳을 수도 없거니와 구체제 하의 헌법은 분만/출산의 비유와 연관되어 풍자의 대상이 된다. 린 헌트에 따르면 당시 여러 개의 풍자적 도판물이 1791년의 헌법을 출산하고 있는 기 타르제 의원의 분만을 조롱하였는데, 이 도판은 남성들이 새로운 질서를 '출산'하겠다는 무의식적인 전제를 무심결에 드러낸 것이다. 따라서 이제 필요한 것은 새로운 질서의 아이를 출산할 수 있는 좋은 어머니 상이었다. 아이를 낳을 수 없는 앙투아네트 같은 탕녀는 죽고 새로운 아이를 낳을 수 있는 좋은 여자만이 국가의 영역으로 들어올 수 있는 것이다. 여기서 잠시, 린 헌트의 다음과 같은 말에 주목해 보자.

어머니로서의 국가(La Nation, 이 단어가 여성형임에 주목할 것-옮긴이)는 여성적인 성질을 갖고 있지 않다. 그것은 여성화시키는 위협적인 힘이 아니었으며 따라서 공화주의와 양립할 수 없는 것이 아니었다. 실지로 '국가'(La Nation)는 남성적인 어머니, 혹은 출산할 수 있는 아버지였다.[9]

　　생식과 재생산 기능을 할 수 있는 좋은 어머니는 국가의 영역으로 들어왔지만, 그리하여 '어머니-국가'가 형성되는 듯했지만, 결국에는 아버지가 여자/어머니로 성 전환한 국가적인 인격체로 머물게 될 뿐이다. 린 헌트가 말하는 '출산할 수 있는 아버지'가 바로 그것인데, 린 헌트의 이러한 주장은 상상력을 풍부하게 해주는 발언이다. 헌트에 따라 상상해 본다면, 결국 국가에 포섭된 좋은 어머니는 그 국가 안에서 여전히 남자에 의해 배제되는 것이고, 그러한 포섭 자

9) 같은 책, 143쪽.

체가 남자의 국가, 남성적인 공화국을 강화하는 것이며, 남자의 제국을 강화하는 결과를 빚어낸다는 것이다. 왕비를 저주의 대상으로 삼음으로써 왕실의 권위도 비난과 비판의 대상이 될 수 있다는 인식을 가능하게 하고 그리하여 민주적인 평등주의의 이념이 생겨날 수 있었지만, 다른 한 편에서는 결국 남자들의 동맹을 가능하게 만드는 부정적인 효과를 빚어냈다는 것이다. 군주의 가족과 귀족 계급을 강간하고 압살함으로써, 즉 여성화함으로써 민주주의를 확립하였지만 혁명이 이룩한 새로운 사회의 자유 시민은 어디까지나 남성을 뜻하게 됨으로써 가부장적 질서는 부동의 질서로 여전히 남게 된 것이다. 더 나아가, 민주주의의 확립은 국가의 여성화를 국가의 모성화로 대체한 일시적인 효과일 뿐 여성성은 아버지의 성전환에 의해 억압 소멸되고 만 것이라고 말할 수 있다.

그렇다면 상스럽고 천박한 창녀로서의 마리-앙투아네트의 이미지와 자애로운 어머니, 아직은 어린 아기인 혁명에게 젖을 물리고 키워내는 어머니-공화국 국가의 대립적인 이미지는 결국 이항대립, 혹은 이분법의 계보학에 포함시킬 수 있는 것 아닐까? 프랑스의 전 왕비에 대한 가장 저열한 수준에서의 경멸과 모욕, 성적인 능욕이 곧바로 새로운 어머니에 대한 최고의 찬가로 둔갑하고 남자들의 공화국에 포섭되고 만다는 것은 우리에게 중요한 시사점을 던져준다. 우리의 경우 두 항으로 이루어진 이분법의 수많은 계열들은 여자들의 분리/분할임과 동시에 그러한 두 극이 서로 극단을 달릴수록 가부장제는 그만큼 더 확고해진다는 인식이고, 이런 측면에서 나쁜 어머니-되기, 어머니-창부 되기가 추상적으로는 의미가 있을지 몰라도 가부장제를 착란시키거나 이분법을 파괴하는 데에는 별 도움이 되지 않으리라는 생각이 든다. 따라서 홍대 앞 지하클럽들을 중심으로 벌어지는 '나쁜 여자' 되기 운동이 과연 여성들의 진정한 '연대운동'으로 발전할 수 있을지 사뭇 의심스럽다. 오히려 그러한 나쁜 여자들의 운동이 이분법을 파괴하기는커녕 이항대립을 더욱 공고하게 만들고 제국의 내부와 외부의 분리를 확고한 것으로 만들며 제국 안의 가부장제를 더욱 강화시키는 것 아니냐 하는 반론을 제기할 수 있다는 말이다.

황수정의 경우를 예로 들어 이야기해 봐도 마찬가지다. 우리 사회에는 늘 착한 여자, 청순한 여자의 극에는 마돈나 같은 유혹적이고 섹시한 여자가 존재한다. 황수정이가 백색의 여자라면 마돈나는 홍색의 여자다. 허난설헌의 극에는 황진이가 존재하고 사랑의 극에는 성이 존재하며 '성녀'(性女)의 극에는 '성녀'(聖女)가 존재한다. 서울시 교육청 산하 여학생 교육분원에서는 2002년 한 해 동안 26개교 9천여명의 여학생이 한복을 곱게 차려 입고 예절교육을 받았다. 전라북도 ㄱ여대에는 '문화전통 규수과'가 생겼고 '순결교육과'가 있는 학교도 있다. 이렇게 규수를 생산하기 위해 예절과 순결교육을 시행하는 규방이 한 극에 있다면, 다른 한 극에는 룸살롱, 러브호텔, 모텔이 불야성을 이루고 있다. 재치있는 진중권은 이런 현상을 두고 '야누스의 성(性)'이라고 불렀지만[10] 정작, 큰 문제는 그 야누스의 얼굴이 제국의 안과 밖을 동시에 향하고 있다는 사실이다. 야누스의 얼굴 한 쪽은 분절되고 분할된 여자의 부정적인 측면을 제국 밖으로 배제하고 여자의 긍정적인 측면을 제국 안으로 포섭하면서 결국은 제국의 안과 밖의 경계를 없애는 효과를 생산한다는 말이다. 그리고 그러한 경계의 소멸 혹은 제국의 외부의 소멸은 제국을 단일화하는 효과를 나타내며 제국 전체를 긍정적인 여자의 흐름들로 가

---

10) 진중권, 「야누스의 성(性)」, 『황해문화』, 2001년 가을호

득차게 만든다. 이런 과정에서 황수정씨가 마약을 복용하여 나쁜 여자가 되거나 문란한 섹스로 상징되는 색녀가 될 경우, 그러한 나쁜 여자나 색녀에 대한 비난은, 좋은 여자, 착한 여자, 순종적이고 애 잘 낳는 여자가 제국 안으로 포섭되는 속도에 버금가게, 아니 그보다 더 빠르게 증폭한다. 순결하고 청결하며 정갈한 여자가 마리-앙투아네트가 된다는 것은 앙투아네트의 처형처럼 바로 공적인 죽음이며 이 죽음으로 승리를 거두는 것은 남자들과 남성적인 황색언론들뿐이다. 연예계에서 사라진 황수정씨의 이차적인 죽음에 대해 남성적인 동정의 시선이 다시 한 번 덧칠되고 남성의 동정이 여론을 얻으면서 남성성의 승리가 다시 입증되어 나간다. 마돈나는 제국의 안에 발을 들여놓을 수 없는 탕녀(湯女)이지만 여성스타로 성공한 경우다. 그러나 우리의 경우 요조숙녀가 마녀가 되는 것은 죽음을 가져올 뿐이다. 규수가 아니면 기생이요 정실부인이 아니면 첩의 나락으로 떨어질 뿐이다. 첩이나 과부는 여자라기보다 후-여자(post-woman), 혹은 퇴물이거나 퇴기일 뿐이다.

10 근대를 배회하는
이항대립의 망령

　1960년대에도 강고한 이 이항대립은 소설과 영화에서 다시 한 번 그 진가를 발휘했다. 박경리의 1960년 소설『성녀와 마녀』,11) 그리고 60년대의 대표적인 영화〈월하의 공동묘지〉가 그것이다. 물론 이러한 이분법은 김남천의 소설에서도 보았듯이 기독교문명의 영향을 받아 더 강화되었으리란 추측도 가능하다. 박경리의 소설 제목이 사드 식으로 '성녀(聖女)와 성녀(性女)'가 아니라 '성녀(聖女)와 마녀 (魔女)'인 것도 주의를 요하는 대목이다. 사드의 '성녀'(性女)에 대응하는 마녀는 기독교적이고 그런 의미에서 서구적인 것이기 때문이다. 박경리의 경우에는 이 소설 말고『김약국의 딸들』에도 기독

---

11) 이 소설은 김기영 감독이 같은 해인 1960년에 만든 영화 <하녀>와 비교할 만하다. 박경리의 이 소설에 나오는 형숙이는 <하녀>의 '하녀'처럼 가정의 질서에는 어울리지 않는 인물이다.

교적인 문맥들이 등장한다. 2장 6절에 나오는 신앙심 깊은 용빈과 케이트 선생의 대화를 보자. 용빈은 머슴 한돌이와 정사를 나누던 동생 용란에 대해 케이트 선생과 대화를 나누는 중에 "악과 선은 언제나 명확하게 구별되어 있을 거예요"[12] 라고 하며 용란에게서 '천사와 같은 순진성'을 느낀다고 말한다. 어쨌든 『성녀와 마녀』에는 『김약국의 딸들』에 나오던 '광녀와 요조숙녀'가 다시 재판되어 여자(Woman)의 쌍인 '요부와 요조숙녀'가 등장한다. 1장 '피가 나쁘다'에서부터 이 소설은 소설이라기보다 음악이 흐르는 거실에 요부와 요조숙녀 혹은 천사와 마귀가 등장하는 연극 같은 분위기를 자아낸다. 소설에서 안박사의 아들 안수영이가 좋아하는 오형숙은 수영이에게는 마녀로, 안박사에게는 요부이자 탕녀로 등장한다. 왜냐하면 오형숙은 안박사가 젊은 시절 사랑에 흠뻑 빠졌던 마녀 오국주의 딸인 탓이다.

어쩌면 이 밤은 이렇게 슬픈가. 사랑한다는 것은 슬픔인지도 몰라. 형숙이 넌 마녀야. 사람의 마음을 완전히 파멸시키고야 마는 그런 힘을 지니고 있어. 난 때때로 형숙이가 무서워진다. [13]

　수영이가 형숙이와 결혼하겠다고 하자 수영이의 아버지 안 박사는 둘이 결혼할 수 없는 이유에 대해 "응! 말하마. 형숙은 피가 나쁘다"고 말한다.

형숙이는 그 국주하고 꼭 같은 여자다. 생김새, 목소리, 웃음 소리까지. 사람을 쳐다보는 눈과 태도, 그것은 요부의 자세다. 나는 그런 여자를

---

12) 박경리, 『김약국의 딸들』, 『한국문학전집 3』, 삼성출판사, 1985, 218쪽.
13) 박경리, 『성녀와 마녀』, 『박경리문학전집 12』, 지식산업사, 1980, 209쪽.

며느리로 삼지는 않겠다…. 형숙은 너를 파멸시킬 것이다. 그에게는 어미의 피가 그대로 흐르고 있다.
무서운 탕녀, 요부의 피가 말이다.

마녀/요부/탕녀의 극에는 피가 맑은 또 다른 주인공 문하란이가 존재한다. 문하란이의 정체는 2장 '귀로'에 나타난다.

그래 그런지 신여사도 어느새 형숙을 싫어하게 된 것이다. 도무지 건방지고 거만하다고 신여사는 생각했다. 거기에 비하면 하란은 여자답고 얼굴도 선녀처럼 예쁘고. 그래서 신여사는 하란에게 호감을 갖고 있었다.

수영이의 동생 수미와 약혼관계에 있는 허세준은 하란을 집에 바래다주다가 문하란에 대해 다음과 같이 중얼거린다.

(보면 볼수록 소청한 여자다. 도대체 이 여자를 나는 어디서 보았을까?)… (이 여자한테 비하면 수미는 아직 어린애야. 수미는 인형이고 하란은 여자야.)

타고날 때부터 나쁜 피를 갖고 태어난 국주, 그리고 그 대물림되는 나쁜 피로 요부가 된 형숙이와 여자다운 선녀이자 소청한 여자인 하란 이 두 극은 이 소설에서, 그리고 1960년대의 한국의 근대에 다시 등장한다. 3장 '공작'(工作)에서 한영진이 문하란을 앞에 두고 "형숙은 예사 요물이 아닙니다"라고 말하자 문 하란은 "사람은 다 사랑을 하게 되면 맹목적이죠"라고 대답하며 혼잣말로 이렇게 되뇌인다. '형숙이, 얼마나 나에겐 미운 여자였던가. 그러나 나는 그를 미위할 아무런 자격도 권리도 없는 것이다. 수영씨는 내 애인이 아니다. 그인 그 여자의 애인이 아니냐.)' 이 틈을 타고 한영진이는 박현태에게 하란의 마음을 뺏아보라고 권하고 형숙이와 수영이의 관계는 갈등으로 치닫는다. 수영이의 아버지 안 박사가 한사코 결혼을 반대하는 까닭이다. 그리하여 '결혼행진곡' 장에 이르면 하란과 수영이의 약혼식이 급격하게 진행된다. 박현태와 결혼할거라는 형숙이를 본 수영이는 형숙이를 '요부'라고 부른다. "내 손에 죽지 않으려거든 빨리 가아! 요부같으니라구…." 형숙이는 수영의 입장에서 마녀로부터 요부의 위치로 떨어진다. 약혼식은 밀려서 했지만 자기하고 결혼하지 않아도 좋다는 하란의 말을 들은 수영이는 "그런 걱정일랑 말아요, 하란은 내 아내 될 사람이요"라고 말하며 "난 하란을 미워하지 않았어. 다만 일시 여자라는 것을 미워했을 뿐이요"라고 하면서 하란을 다독인다. 수영이에게 형숙이가 마녀와 요부로 분할되어 있다면 하란은 아내와 여자로 분할되어 있다. 아내로서의 하란에게는 '깊은 연민'을 투사하고 여자로서의 하란에게는 '미움'을 투사하는 수영이의 마음에는 여자를 분할하는 남자의 제국의 이데올로기가 깊게 침투되어 있다. 형숙이의 경우에도 마찬가지이다. 자기를 사로잡을 때에는 마녀이지만 자기 앞에서 박현태랑 결혼하겠다고 이야기할 때에는 요부다. 이렇게 남자의 제국이 작동시키는 분할통치에 의해 희생당하는 것은 하란과 형숙, 성녀와 마녀일 뿐이다. 결국 하란이와 살게 된 수영이가 소설 말미에서 되뇌이는 다음과 같은 말은 제국의 질서를 추인하는 것일 뿐이다. "(만나도 헤어지고 바라는 대로 살지 못하는 인간들이라면 이런 대로 질서를 찾을 수밖에 없다.)"

1967년에 나온 영화 〈월하의 공동묘지〉 또한 기생과 여귀의 이항대립을 보여주는 자살과 복수의 서사극이다. 독립운동과 근대화라는 대의를 지키기 위해 가부장들이 총력매진하는 사이에 몸을 팔아 가족의 생계를 꾸리던 여성들의 한맺힌 소리가 그 영화에는 고스란히 보존되어 있다. 김남천의 소설에도 독립운동을 하는 남자를 위해 살 집을 구해주며 잠시 헌신하던 여성, 기생이 나오고 이 상의 소설에도 몸을 파는 여자의 이미지가 나온다. 〈월하의 공동묘지〉도 마찬가지다. 독립운동가의 딸로서 역시 독립운동을 하다가 투옥된 오빠와 애인의 뒷바라지를 위해 기생이 되었던 여학생 명순이가 그런 여자다. 그 여자는 '금광'으로 표상되는 전향한 남편과 행복한 가정을 꾸리지 못하고 버림받아 자살한다. 뒷바라지를 위해 기생이 되었던 명순이에게 아내인 명순의 기생전력을 문제삼는 남편. 그 앞에서 명순이는 눈물을 흘린다. 남편에게 있어서 명순은 아내가 아니라 더러운 기생일 뿐이다. 이것은 근대적인 가부장적 가치에 의해 명순이가 명명된 호칭일 뿐이거나 그러한 가치를 용인하고 작동시키는 제국의 효과일 뿐이다. 아내-명순은 제국 안에 포섭되려고 하지만 제국 밖으로 추방된 기생-명순이로 인해 포섭되지 못하고 자살하고 만다. 이것은 제국 안에서의 죽음이지만 동시에 제국 밖에서 명순이가 죽었다는 뜻이기도 하다. 어쨌든 그렇게 해서 죽은 명순이가 제국의 안에서 손톱을 세우고 송곳니를 드러내는 흉측한 형상의 여귀로 부활한다. 아내로서, 그나마, 제국의 안에라도 포섭되기는커녕 제국의 바깥에서 배회하던 명순이가 제국, 더 정확하게는 음지의 제국 그 '안'에서 부활하여 복수극을 벌인다. 여귀로 부활한 명순이의 모습이 그토록 흉측한 것은 제국을 지배하는 가치가 그만큼 흉측하고 야만적이라는 사실을 반증하는 것이다. 기생과 현모양처, 황진이와 허난설헌이 양립할 수 없는 존재이듯이 기생은 아내의 바깥에 있는 존재이자, 여귀로 부활한 한에서 인간의 밖에 있는 존재이기도 하다. 〈월하의 공동묘지〉는 근대화가 진행되던 이 땅에서 한국의 여성들에게 부과되었던 여러 가지 호칭 양식만이 아니라 그 호칭들에 숨어있는 고난의 짐을 보여주는 한 가지 예에 해당한다. 1965년에 나온 장일호 감독의 영화 〈선과 악〉이 어두운 깡패세계와 신성일·문정숙의 사랑을 대비시켜 밝은 세계의 승리를 그리는 단조로운 영화였다면 〈월하의 공동묘지〉는 교교한 달빛이 흐르는 밤에 흡사 임신한 여자의 배를 닮은 듯한 무덤을 쫙 가르고 일어난 명순의 복수극을 보여준다는 점에서 이채로운 영화다. 식민치하에서 독립운동을 하거나 근대교육을 받는 남성들의 학비를 벌고 가족의 생계를 꾸리기 위해서는 몸을 파는 기생이 되어야 했던 여성들. 그러면서도 다른 한편으로는 근대국가의 구성원이 되기 위하여 가정을 지키는 현모양처 구실을 해야 했던 여성들. 무능한 남편들의 뒷바라지를 하다가 가정에 편입된 후 기생 앞에 놓인 정절이라는 혹독한 전근대적인 가치들. 이러한 여성들의 모습은 그 이후에도 파노라마처럼 고난의 행군을 벌인다.

70년대 반공이데올로기가 극성을 부리던 시절, 밭에서 김을 매다가 사이렌이 울리면 몸뻬 바지를 입고 총을 든채 참호로 뛰어들던 아낙네들의 모습은 한국의 여성들이 계속 지고 살았던 이중 삼중의 무거운 짐을 보여주기에 충분하다. 70년대에 이르면 명순이는 김기영 감독의 영화 〈화녀〉(1971)에서 다시 부활한다. 작곡가집의 가정부로 들어갔다가 임신당하고 낙태까지 당한 주인공은 작곡가 집안에 복수한다. 다른 한 편 70년대 김기영 감독의 다른 작품 〈충녀〉는 화녀와 충녀의 이분법을 통해 근대를 배회하던 이항대립의 망령이 여전히 건재하고 있음을 보여준다. 가정에 충실한 여자(김사장 부

인)와 가정을 쑥대밭으로 만드는 화녀(영화 〈충녀〉에서는 술집 호
스테스인 명자)의 극한 대립은 70년대가 가정에 충실한 여자, 가정
으로 돌아가려는 남성의 이미지를 통해 국가의 개발독재와 반공이
데올로기가 무풍지대에 남게 되는 것을 가능하게 해주었다. 이 영화
에서 경제적으로 마누라와 비교해 남자로서의 자존심이 꺾인 김사
장은 명자를 후처로 맞이하게 되는데 본처 집으로 돌아가려는 김사
장을 명자는 면도칼로 살해한다. 〈화녀〉에서처럼 명자 또한 화녀에
가깝다. 이렇게 근대의 산물인 이항대립은 가정을 파괴하는 명자-
화녀와 가정을 지키려는 김사장-그 부인의 대비를 통해 70년대에
도 지속된다.[14]

이렇게 근대를 배회하던 이항대립의 망령은 70년대 이후 8-90년
대를 지나 오늘날까지도 한국사회를 떠돌고 있다. 영화 〈클래식〉에
서 지혜의 친구이자 연극 연출을 하던 상민이를 좋아하던 주인공이
"난 남자가 저렇게 일에 빠져있는 모습을 보는 게 좋아"라고 말했을
때처럼 일거리가 없는 여성의 위치를, 일을 하는 남성의 위치에 투
사시켜 보상을 받던 심리를 지나 만능주부를 주장하는 정덕희, 여자
들에게 테러리스트가 되라고 외치던 전여옥, 성공한 여자의 표상 조
안리부터 선과 악의 이분법 중 악의 항에 해당하는 여성의 표상들이
쏟아져 나오기 시작한다. '나쁜 여자'의 표상 김재희가 그러하고 『나
쁜 여자가 성공한다』를 쓴 김신명숙이 또한 그러하다. 물론 그것과

---

14) 여기서 고개숙인 남성, 위기의 남자인 김사장의 이미지는 70년대 개발독재시대에 등
장한 남성적인 민족주의의 수사와 더불어 사라지고 그 후 IMF 전까지 강한 남성의
이미지로 변한다. 주지하다시피 위기의 남자 이미지는 IMF 이후 다시 등장한다. 이
것은 젠더적인 정체성이 뚜렷하게 분리되던 개발독재시대에 남성은 공적인 공간, 여
성은 사적인 공간에 머무르면서 남성적인 국가의 요구에 남성성이 복무했다는 사실
을 보여준다.

다른 한 쪽 극에는 '튀고 싶지 않은' 이금희가 있고 『아이 잘 낳는 여자』의 김영희가 있으며 『한국의 어머니 이태영』이 있다. 겉으로만 봐도 착한 여자 대 나쁜 여자의 대립구도이다. 요약컨대,

전업주부	어머니
만능주부	아줌마

의 이항대립 구도인 것이다.

11 한나 아렌트와
빛의 공간

    그렇다면 만능주부는 전업주부의 대안이고, 『담배 피우는 아줌마』의 이숙경이 말하는 아줌마론은 어머니의 대안일 수 있는가? 만능주부와 전업주부 사이에는 분명한 차이가 있는가? 만능주부나 아줌마 또한 남자의 제국이 표상하는 남/녀의 이항대립을 벗어나지 못하는 것 아닌가? 만능주부는 전업주부로부터 탈영토화한 것이지만 여성(Woman)에 재영토화되어 버려 여성이 거주하는 음지의 제국에 다시 속박되고 마는 것 아닌가? 테러리스트, 수퍼우먼, 캐리어우먼, 싱글우먼은 여성의 남성화 혹은 강한 성으로서의 남성의 이미지를 여성 자신에게 투사한 것에 지나지 않는 것 아닌가? 여성이 경제적으로 그 능력을 인정받아 '경제적인 팔루스'를 획득한다고 해도 그 팔루스는 경제적인 것일 뿐이지 진짜 팔루스는 아니지 않은가? 그러나 속단하지 말기를. 여성의 남성화가 남성의 여성화를 부채질한다고 투덜대면서 여성이 공공영역에 출현하는 것을 꺼려했던 루소가 될 마음은 없으니까.

몇 년 전 웹진 femcritic.com에 아줌마에 관한 글들이 실린 적이 있다. 정연교의 「아줌마, 아줌마문화, 아줌마 구하기」, 이숙경의 「아줌마를 제자리에」, 권명아의 「아줌마 뭐해요?」가 그것이다. 여기서 논자들은 여자도 아닌, 그렇다고 해서 바로 엄마 자리에 있지도 않은, 여자와 어머니의 위치를 동시에 벗어난, 흡사 제 3항 같은 아줌마론을 펼친다. 하지만 아줌마가 여자/어머니와의 대-형상화, 여자/어머니에 대한 대항표상 이상의 기능을 할 수 있는지는 더 따져보아야 한다. 이 점은 우리나라에 '아줌마' 담론이 촉발된 이후 다성적인 담론들이 엮어내는 담론공간에서 아줌마담론과 그 저항의 가능성이 아직도 본격적으로 탐구되지 않았다는 뜻이기도 하다. 어쨌거나 우리나라에서 '아줌마' 담론이 촉발된 계기는 다음과 같다. 1999년 여름 한 시민단체 모니터링 그룹이 컴퓨터 게임 '스타크래프트'의 위해성을 언급하면서부터였다. 그러자 아줌마 부대의 모니터링 결과에 불만을 품은 '청소년' 그룹이 온라인에 맹렬한 반격을 시작했다. "아줌마들은 집에서 밥이나 해라", "아줌마 주제에 뭘 안다고 떠드냐…." 청소년들의 이러한 아줌마죽이기 문화는 지금이라고 해서 별반 달라진 것이 없다.

이숙경은 자기 글에서 아줌마에 대한 부정적인 시각들과 동정적인 시각을 예시한다. 아줌마를 폄하하고 비하시키는 문화를 비판하고 자기들의 목소리를 내는 여러 행사와 활동을 예시했지만, 아줌마라는 담론이 대항표상의 범주에서 벗어나는 전략을 찾은 것으로 보이지는 않는다. 이숙경의 논지와 비슷하게 아줌마를 폄하하는 문화를 패거리문화라고 단정지으면서 이숙경이 말한 아줌마에 대한 부정적인 시각들을 상세하게 해설하는 듯한 정연교의 경우에도 마찬 가지이다. 그런데 이렇게 이숙경의 경우든 정연교의 경우든 아줌마를 교양없고 이기적이며 정체되어 있고 성적 매력이 없는 여자로 보는 부정적인 시각과 가족을 위해 희생한 어머니라는 동정론 배후에는 근대적인 이항대립의 도식이 여전히 작동하고 있고 포섭과 배제의 전략이 여전히 가동되고 있다. 아줌마가 동정표를 얻는 것은 아줌마가 어머니의 한계를 벗어나지 않을 때이고 그 한계를 벗어나면 여지없이 무시당하고 비하되는 것이라는 말이다. 아줌마를 무시하는 상황을 비판하는 것보다 중요한 것은 예나 지금이나 강력하게 작동하는 남자의 제국과 그 제국을 구성하는 요소들 중의 하나인 생식 이데올로기를 간파하는 것이다. 물론 권명아가 「아줌마 뭐해요?」에서 이야기하는 일종의 '언어 속에 나타난 페미니즘'은 설득력 있는 지적이기도 하다. 성인 여성에게 성인 남성을 지칭하는 선생님이란 단어가 없는 것은 여성을 철저하게 사적인 영역에 가두어 놓고 공공영역에서 배제하려는 권력의 효과라는 지적 말이다. 그러나 이러한 지적은 물론 옳은 것이지만, 지극히 평범하고 일반적인 지적일 뿐이다.

문제는 우리 사회에서 근대와 그 이후를 지배하고 있는 이항대립이라는 도식 자체를 전복시키는 작업이다. 엘리자베스 그로츠가 말한 대로 "거대한 이항대립과 거시우주적인 위계질서를 재고하는 모험을 감수"[15] 하지는 못할지라도 모험을 떠나기 위한 준비작업은 할 수 있지 않을까. 사이토오 준이치는 「표상의 정치/나타남의 정치」라는 글에서 한나 아렌트의 '재현전화적인 사고'(representative thinking), [16] 쥬디스 버틀러의 '반본질주의적인' 혹은 구성적 정체성

---

15) 『뫼비우스 띠로서 몸』, 336쪽.

을 설명하는 자리에서 대-형상화 혹은 대항표상에 대하여 '자기재정
의'라는 전술을 정체성 획득의 전략으로 설명한다. 준이치에 따르면
대항표상이란 열등한 표상을 지고 있는 사람들이 먼저 그 부정적인
표상을 수정할 필요가 있다고 생각하는 것이다. 스스로를 실추시키는
지배적인 표상에 대항하기 위해서는 먼저 그것을 충실하게 비추기 시
작하는 부정적인 자기 상을 더 긍정적인 것으로 수정할 필요가 있다.
그런데 이러한 상의 바꾸기가 지배적인 표상의 단순한 반전에 머무르
는 경우 사이토우 준이치는 이것을 '대항표상'이라고 부른다. 17)

많은 민족주의에서 현저하게 보이듯이 또한 페미니즘의 어떤 입장에서도
보이듯이 대항표상의 전략은 거의 늘 대-형상화의 도식을 취한다. 이제
까지 스스로를 열등한 자로서 표상해온 쪽을, 이제는 역으로, 적으로 만
들어 대상으로 정의하고 그것을 부정함으로써 스스로를 긍정하는 것뿐이
다. 정의된 쪽이 정의하는 입장으로 선회하고 표상하는 주체의 위치만
교체될 뿐이다. 18)

'아줌마'라는 담론이 과연 가능한가라고 물을 때, 그것이 가능하
려면 대항표상에 머물러 있어서는 안 될 것이다. 아줌마라는 말이
엄마와 여자를 동시에 벗어난 중간항인 것처럼 보이지만 아줌마는
여전히 여자라는 표상에서 벗어나지 못한 것으로 보인다. 특히나 그
것이 여성의 남성화로 이어지는 경우에는 더욱 그렇다. 여성의 남성
화가 강조될수록 아줌마는 여자에 더 접근해간다. 그리고 남자의 제
국 안팎에서 아줌마는 여자와 어머니로 회귀할 가능성이 늘 노출되

---

16) 내가 그/그녀의 입장에 있으면 어떻게 생각할까 하는 것이 재현전화적인 사고다.
17) 齊藤純一, 「表象の政治/現われの政治」, 『現代思想』, no.7, vol.25, 1997.8, 靑土社, 167쪽.
18) 같은 글, 같은 곳.

어 있다. 또한 아줌마는 그것(아줌마)이 열등하다고 해서 부정해온 여자를 적으로 만들지만, 다시 여자를 긍정하는 결과로 이어진다. 남자에 의해 이기적이고 교양없다고 인식되어온 아줌마가 여자에 반대되는 남자를 부정하고 스스로를 긍정하는 경우도 마찬가지다. 아줌마는, 정의된 쪽(여자)이 정의하는 입장(남자)으로 선회하는 과정에서 생긴 담론의 부산물일 뿐이다. 남자라는 대-형상이 존재 하지 않는다면 아줌마란 표상이 여자에서 분리되어 생겨날 수 있는 가. 다시 말해 대-형상이 이미 존재하고 있고 그에 대한 대-형상화 로서의 여자가 있기 때문에, 아줌마란 표상이 여자에게서 분리되어 나온 것 아니냐는 말이다. 남자를 적으로 만들어 스스로를 긍정하는 여자의 위치는 더욱 문제적이다. 그것은 꼼짝없이 준이치가 말하는 대항표상의 그물에 걸려든 것이기 때문이다. 그리고 아줌마가 얼마 나 어머니나 여자로부터 '비켜 선 주체'(ab-ject)가 될 수 있는지도 문제이다.

이에 비해 '자기재정의'(self-redefinition)는 이항대립이라는 도식 자체를 전복시키는 전략이다. 나쁜 여자, 요부 등이 착한 여자, 요 조숙녀와 짝을 이루는 이항대립의 양극이라면, 요조숙녀의 위치가 요부의 위치로 교체되어 요부라는 말이 형성된 것이라면, 요조숙녀 또한 그러한 주체위치의 교체에 의해 생겨난 것이라고 말할 수 있기 때문에, 문제는 그러한 악순환에 갇히기보다는 이분법 자체를 폐기 시키는 것이다. 준이치는 그 한 가지 예로 장애자들이 사용하는 수 화를 든다. 수화는 일본어에 의한 의사소통의 보조수단이 아니라 일 본어와는 다른 음운구조, 문법, 어휘를 구비한 독자적인 언어라는 것이다. 즉 "그/그녀들은 열등한 장애자라는 주어진 정의를 뒤집고 수화를 매체로 만드는 하나의 문화권(장애자문화)으로서 자기를 다

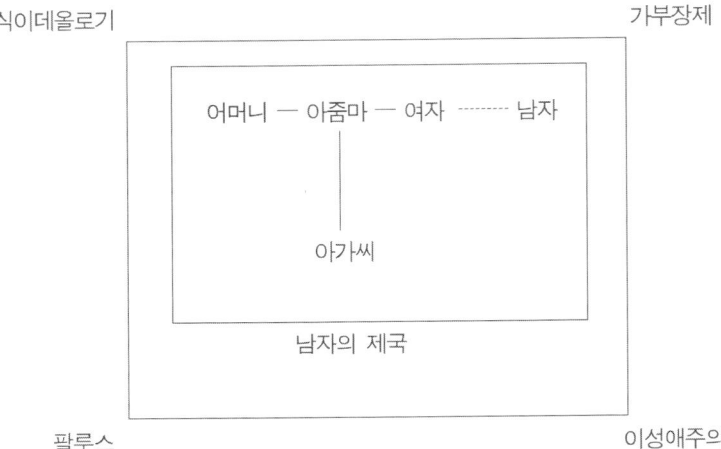

생식이데올로기　　　　　　　　　　　　　　　　　　가부장제

어머니 ─ 아줌마 ─ 여자 ┈┈┈ 남자

아가씨

남자의 제국

팔루스　　　　　　　　　　　　　　　　　　　　이성애주의

시 정의하려고 한다"[19]는 것이다. 쥰이치는 이러한 예를 든 후 '자기재정의'를 두고 이렇게 설명한다.

자기재정의는 대항표상과는 다르다. 타자를 부정적으로 정의하는 것을 매개로 하여 자기를 정의하는 것이 아니다. 그것은 건강한 사람/장애자, 정상/이상이라는 지배적인 표상에 의존하는 것이 아니라 오히려 이러한 이항대립 구도 그 자체를 뒤집으려고 한다. 표상하는 주체의 위치를 단순하게 교환하지 않고 우위와 열위를 만들어내는 대-형상화적인 표상의 메커니즘 그 자체를 문제화한다는 점에서 그것은 광장의 정치성을 갖는다. 자기재정의는 집단으로서의 자기를 다시 정의하는 것이고 집합적인 정체성을 긍정적인 것으로 구성하는 것을 불가결한 계기로 포함하고 있다.

그러나 이 경우 집단은 기성의 집단, 이제까지 외부에서 정의되어온 집단일 필요는 없다(물론 겹치는 것을 배제하지는 않는다). 우리들은 발견되는 것이 아니라 의견교환 과정에서 창출된다…. 대항표상이 어떤 공통

---

19) 같은 글, 170쪽.

된 본질, 인종, 민족, 성을 중심축으로 해서 삶을 정리하라고 요구한다면 자기재정의는 이러한 일원적 배타적인 귀속에의 압력, 복수의 충실한 관심을 단수의 것으로 묶어두는 자기에 대한 가혹성을 해제한다. [20]

아줌마가 진정한 자기재정의에 도달하려면 아줌마문화가 창출되어야 한다. 그러나 이숙경이 예시하는 여러 행사들은 아줌마문화라기보다는 여성문화가 아닐까? 장애자문화처럼 여성문화와 구별되는 그 나름의 독자적인 문화가 아줌마문화에 과연 있는가? 자본주의사회에서 어머니와 여성들이 걸려있는 코드를 벗어난, 복수에 대해 충실하게 관심을 기울이는 집단적인, 여성운동이 아닌 아줌마운동이 있는가? 쥰이치는 이런 맥락에서 쥬디스 버틀러의 구성주의적이고 반본질주의적인 입장을 계속 검토한다. 아줌마가 남자의 제국이 표상하는 정치 안에서 대항표상의 한계를 벗어나지 못하는 것이라면—앞의 그림에서 보듯이 아줌마는 두 겹으로 둘러싸여 있는데 가장 바깥의 것을 간과할 때에만, 긍정된다—수행의 정치는 아줌마가 반복되는 담론의 수행에 의해 자의적으로 구성된 것으로 보여주는 반본질주의의 사고이다. 누구를 아줌마라고 부를 때 그러한 정체성은 내가 누구를 아줌마라고 불러서 형성되는 것이 아니라 어머니/여자같은 정상적인 규범을 계속 인용하면서 나중에는 타성에 젖고 식상해질 정도로 반복할 때 아줌마라는 말 이전에 아줌마가 있는 것처럼 아줌마란 말이 형성된다는 것이다. 다시 말해 버틀러처럼 아줌마는 담론에 의한 정체성(아줌마라는)의 구성물이라는 것이다. 그런데 여기서 주의할 것은 그러한 구성과정에서 아줌마들을 정통 정상의 담론의 경계로부터 추방하는 메커니즘이다. 아줌마를 비정상으로 파악

20) 같은 글, 같은 곳.

하는 메커니즘. 버틀러가 『문제는 신체』에서 주목하는 것도 이러한 메커니즘이다. 버틀러가 어떤 동일화란 다른 것을 희생시켜 구비된다고 말한 것처럼 아줌마란 정체성은 어머니/여자를 희생시켜 구성된 것이다. 준이치는 정체성의 정치가 대-형상화 도식에 의존하기 때문에 이런 식의 버틀러의 반본질주의가 '정체성의 정치'보다는 어느 정도 올바르다고 보면서도 이러한 구성주의가 차이의 딜레마를 어느 정도까지 껴안을 수밖에 없다고 말한다. 물론 이것은 준이치에 따르면 버틀러 자신도 인식하고 있는 점이다.

반본질주의가 긍정하는 실천―정상적인 규범과 지배적인 표상에 대한 '반본질적 정체성'(disidentity)을 유지하면서 그것들을 뒤집는 행위―이 갖는 효과에 대한 의문이 거론되고 있다. 먼저 버틀러 자신도 인정하듯이 그러한 행위가 비합리·무원칙·이상·기교 등으로 부정적으로 판단됨으로써 정상적인 규범과 지배적인 표상을 역설적으로 강화해줄 수 있다…. 버틀러가 거론하는 이장(異裝)이나 드랙(drag)이 지배문화를 활성화하기 위한 좋은 자극제로 조립되고 그 정치성이 탈색되는 경우도 종종 있다. 21)

이숙경이 제시하듯이 아줌마에 대한 부정적인 시각이 우리 사회에 존재한다는 것은 어머니를 탈영토화한 혹은 어머니로부터 이탈 분리된 행위가 착한 어머니 좋은 어머니라는 지배적인 표상을 더 강화시키는 데 아줌마 담론이 기여할 수도 있다는 것을 뜻한다. 그렇다면 아줌마라는 담론을 지배적인 표상과 어떻게 분리시킬 수 있는가? 지난 2003년 1월 11일 나쁜 여자들이 홍대앞 클럽에서 벌인 비

---

21) 같은 글, 166쪽.

키니 파티를 통해 아줌마들이 아줌마라는 정체성을 획득하거나 정상적인 규범들—결혼·정상적인 섹스 등—에서 벗어날 수 있는가? 한나 아렌트가 말하는 빛의 공간 혹은 나타남의 공간에서 새로운 행동(behavior)이 출현한 것은 틀림없다. 그러나 아렌트가 말하는 행위(action)가 출현했는지는 아직 미지수다. 아렌트가 말하는 행위는 광장의 행위이고 사회적으로 표현된 것이기 때문이다. 왜 비키니 파티를 홍대 앞 지하클럽 'G SPOT'에서밖에 못하는가. 왜 아줌마들은 광장에 나타나지 못하는가. 아렌트에 따르면 정체성이란 나타난다는 행위가 수행하는 것이며 그러한 수행적인 행위의 소산이다. 아렌트에게 있어서 나타남의 공간이란 "표상하는 권력을 추방한 공간"[22]이다. 남자의 제국이라는 표상이 구성하는 사회적 정체성을 괄호 안에 넣으려는 행위도 비정치적인 행위로 끝나면 표상의 정치에 대항할 수 없다. 비키니 파티를 정치화하라! 그리고 이창동 감독의 영화 〈박하사탕〉에 나오듯이 주차장의 자동차 번호판을 가려둔 채 카바레에서 춤추는 여성들처럼 가장 전형적으로 음지의 제국에 거주하는 여성, 아줌마, 비체/영락물, 즉 남자의 제국에서 추방된 여자들만이 아니라 우리 사회에서 주변화된 여성들의 집단적인 비키니 파티를 개최하라!

---

22) 같은 글, 162쪽.

12 비체(脾體)의
문화정치학

앞에서 아줌마가 어머니나 여자로부터 얼마나 비켜 서있는 주체가 될 수 있는지 문제라고 말한 적이 있다. 그러나 크리스테바에 따르면 그것도 가능하다. 어머니나 여자/여성이 이미 상징계에 진입한 것이라면 아줌마는 상징계에 진입하기 이전 단계라고 볼 수 있기 때문이다.[23] 남자의 제국에서 남자가 주체이고 여자가 객체라면[24]

---

23) 1995년의 한 사건에서 스타크래프트의 위해성을 지적한 여성들을, 여기서는 아줌마로 간주하지 않는다. 물론 아줌마들의 층위가 양파껍질처럼 겹겹이 싸여있는 것이어서 그것을 미세하게 나누는 것이 쉽지는 않지만, 여기서는 일단 아줌마를 가부장제가 요구하는 기능을 충실하게 수행하는 전통적인 여성에 대립하는 것으로 보자.

24) 주체(subject)와 객체(object)의 관계는 그리 간단한 문제가 아니다. object를 객체라고 해야 할지 대상이라고 해야 할지도 분명하지 않다. 우리는 흔히 주체와 객체를 서로 대립되는 것이거나 반대말로 생각하고 있지만 이러한 발상은 고전기 이후에 가능해진 것이고 객체, 대상으로 번역되는 object는 애초에 대상이란 의미로 사용되지 않았던 것이다. object라는 단어의 개념사를 연구한 나가하다(中畑)에 따르면 13세기 전반기까지 대상, 객체의 뜻을 가진 단어는 object가 아니라 oppositum/opposition이었다.

비체(abject)[25]는 그 사이에 있는 존재이고 아줌마는 여성-되기 이 전이거나 여성으로 완전히 흡수된, 혹은 어떤 주체가 여성과 완전히 동일시된 상태가 아니다. 다시 말해 '아줌마'를 '비체'와 견줄 수 있지 않을까 하는 것이다. 크리스테바가 비체를 가리켜 "주체도 대상도 아닌"[26] 것으로 보듯이 아줌마는 주체로서의 남자도 남자의 성적 대상이거나 욕망의 대상인 소문자 a[27]도 아니기 때문이다. 크리스테바에게 있어서 어머니는 그냥 어머니, 이미 상징계(=남자의 제국)에서 억압을 당하거나 축출된 어머니가 아니라 그것에서 비켜선 비체적인 어머니(abject mother)[28]이기 때문에 그 비체적인 어머니를 '아줌마'라고 볼 수 있지 않을까 하는 것이다. 비체적인 어머니란 어머니(mother)에게서 '비켜 서있는 어머니', 어머니로부터 '분리-된'(ab-ject) 어머니라는 뜻이다. 가령, '비켜선'이나 '분리'가 함축하는 뜻을 이렇게 표현해볼 수 있지 않을까 싶다. 상징계의 '어머니'가 담배를 피우지 못한다면 비체적인 어머니는 담배를 필 수도 있고 남자의 제국 안의 어머니가 다른 남자를 만나지 못한다면 비체적인 어머니는 다른 남자를 만날 수도 있으며 상징계의 어머니가 오롯이 애들 교육을 담당해야 한다면 비체적인 어머니는 애들 교육을 남자한테 요구할 수도 있을 것이니 말이다.

이 점에 대해서는 中畑正志, 「オブジェクトとの遭遇」, 『思想』, 2002.4. 참조. 여기서 사용하는 객체는 이와 같이 차라리 object보다는 opposition(대립)의 뜻으로 보는 것이 나을 듯하다.

25) 명사는 'abjection'이고 프랑스어로는 '아브젝시옹'으로 읽는다. 비체는 한자로 '脾體'라고 쓴다. 'The abject'는 비체적인 것, 영락물(零落物)로 번역할 수 있다.

26) 크리스테바, 『공포의 권력』, 서민원 역, 동문선, 2001, 21쪽 이하.

27) 젖가슴. 이리가라이는 정자를 소문자 a로 보자고 주장한다.

28) 켈리 올리버가 사용하는 말이다. Kelly Oliver, *Reading Kristeva*, Indiana Univ. Press, 1993, pp. 48-68.

어쨌든 크리스테바가 매리 더글라스로부터 빌려온 이 개념은 근대 이후 우리 사회를 지배해온 이항대립 혹은 이분법의 계보학에 대한 대안으로 사용할 수 있을 듯하다. 왜냐하면 비체가 주체도 대상도 아니듯이, 유비적으로, 그것은 여전히 이분법의 두 항 어느 것과도 동일시할 수 없는 것이기 때문이다. 이항대립을 자기재정의 전략으로 바꾸는 데 있어서도 비체라는 개념은 유용할 듯하다. 왜냐하면 비체는 이항대립의 두 항 사이에 존재하고 두 항 중 어느 것에도 속하지 않기 때문에 이분법의 계보학 자체를 무력화시킬 수 있다. 물론 그렇게 했을 때 비체를 여자의 주체성으로 삼을 수 있는지, 그렇게 여자의 주체성으로 사용할 때 그 효과는 무엇인지에 대해서는 더 검토가 필요할 듯하다. 그러나 경계선으로서의 비체가 모성과의 대결에서 효과적일 가능성은 가지고 있다. 비체는 크리스테바가 말하듯이 동일성의 결핍이기 때문에 여자/어머니로부터 분리될 뿐만이 아니라 여자/어머니에 위협을 가하는 존재이기 때문이다. 앞에서 이 비체를 아줌마에 비유하긴 했지만, 비체를 설명하는 크리스테바의 다음 문장을 먼저 보자.

전에는 나의 불투명하고 잊혀졌던 삶 속에 친근하게 존재했던 그 이질성은 이제는 나와 분리되어져서 혐오스러워지고 나를 집요하게 공격한다. [29]

그렇다면 구체적으로 비체란 무엇인가? 비체에 대해서는 크리스테바가 자신의 저서인 『공포의 권력』에서 산발적으로 흩뿌려놓고 설명하고 있기 때문에 한마디로 모아서 정의하기는 어렵다. 크리스테바에 따르면 비체의 기본형태는 음식물에 대한 혐오이다. 비체는

---

29) 『공포의 권력』, 22쪽.

정신의학적으로 볼 때 경계례(境界例) 환자들의 언어분석을 통해 얻어진 개념이지만, 비체를 동일성이나 체계와 질서를 교란시키는 것이라고 볼 경우 아줌마는 전통적으로 가부장제의 요구를 고분고분 수행하는 제국의 질서를 교란시키는 존재라고 말할 수 있을 것이다.

크리스테바가 여자를 가리켜 국외자라고 보았듯이 여자가 만일 제국의 국외자이거나 난민이라면 과연 비체는 동일성의 논리가 지배하는 남자의 제국의 질서에 위협적인 존재가 될 수 있을까? 동일성을 격렬하게 뒤집어놓고 주체를 단숨에 절멸시키는 것이 비체라면 비체는 그 질서를 교란시키는 매혹적인 존재가 될 수 있을 것이다. 그러나 크리스테바는 모성과의 대결을 의도하는 듯하면서도 끊임없이 여성의 대표적인 속성인 모성애를 비롯한 사랑에서 성스러움을 찾으려고 하고, 성모(virgin mother)의 이미지에 접근하려고 한다. 비체라는 개념 자체가 매혹적이면서도 비체를 비체적인 어머니가 아니라 성모에 환원시키는,[30] 필자 입장에서의 애매함이 느껴지거나, 크리스테바의 저작 전체를 통해 일어난 크리스테바의 사고의 변화도 고려해야 한다는 부담이 있는 것이지만,[31] 중요한 사실은 비체라는 개념을 사회적인 것에 접속시켜 여성적인 문화정치를 구상하고 그것이 가능하다면 비체가 크리스테바 사고 전체에서 차지하는 애매함을 극복할 수 있지 않을까 하는 것이다.

---

30) 이 점에 대해서는 카트린 클레망·크리스테바, 『여성과 성스러움』, 임미경 역, 2003을 서평한 『한겨레 21』, 2003.1.16. 참조.
31) 켈리 올리버에 따르면 크리스테바가 여성의 성에 대해 내용있게 설명하기 시작한 것은 『검은 태양』 이후이다. 그 전까지 크리스테바는 여성의 성을 무시하였고 정신분석의 주체가 남성이라고 가정하였다는 것이다. *Reading Kristeva*, p. 23. 비체 개념이 나오는 『공포의 권력』이 1980년 저작이고 『검은 태양』이 1987년 저작이라는 점도, 비체라는 개념 자체를 모성과 분리시키기 어렵게 만든다.

물론 크리스테바가 가톨릭교회의 성모에 대한 향수가 있다고 해서 크리스테바에게 여성적인 것에 대한 고민이 전혀 없는 것은 아니다. 『공포의 권력』에서 『성서』 속에 나타난 혐오의 기호학을 다루는 부분도 '성'모에 대립하는 '비'체의 이야기를 하는 것이지만, 크리스테바는 모성성에 대한 가톨릭교회의 담론 속에 억압되어 있던 것을 다시 도입하면서 모성에 대한 새로운 담론을 제기한다. 이것이 크리스테바의 'Stabat mater'이다. 그러나 이것은 여성성을 모성성에 흡수시켜 소멸시키는 것이라기보다는 아버지를 배제한 여성의 윤리학을 세우기 위한 것이다. 켈리 올리버는 이것을 '음악과 사랑의 새로운 윤리학'이라고 부른다.[32] 크리스테바의 윤리학에서 중요한 것은 가톨릭적인 담론과 달리 아이를 낳는 장면에 아버지의 이미지가 부재한다는 점이다. 크리스테바는 '새로운 어머니'를 꿈꾼다. 그 새로운 어머니는 여성성을 부인하는 어머니를 뜻하는 것이 아니라 'Stabat Mater', 즉 자신의 어머니와 동일시되는 어머니이다. 다시 말해 "자기의 섹스만으로 이루어진" 어머니, 아이를 낳는 것으로 자신의 멜랑콜리를 극복했다고 믿지 않는 어머니이다. 크리스테바는 팔루스적인 어머니를 가정함으로써 팔루스적인 위치를 탈-팔루스화한다. 이런 점에서 크리스테바는 아이를 여성이 결여한 페니스의 대체물로 보는 프로이트와 대립한다. 크리스테바는 '모성적인 기호성'(the maternal semiotic)이 거세된 모성은 거부한다. 충동적인 힘이 보존된 모성적인 기호성이 거세된 것을 가리켜 크리스테바는 '여성적 거세'(feminine castration)라고 부르는데 '팔루스적인 어머니'나 'Stabat mater'는 억압되지 않은 잉여물로서의 '기호적인 것'(the semiotic)을 긍정하는 것이다. 따라서 크리스테바에게 있어서 어머

---

32) *Reading Kristeva*, p. 52.

니는 그냥 남자의 제국에 이미 편입되어 있는 그런 어머니가 아니라, 비체적인 어머니(abject mother)이자 팔루스적인 어머니(phallic mother)이고 분열하는 어머니(splitting mother)인 것이다. 크리스테바가 두려워하는 것은, 어머니로부터 거세된 것이 아줌마이듯이, 그래서 아줌마들이 거세공포의 대가를 톡톡히 치러야 하듯이, 이러한 어머니들이 '어머니'로부터 거세되는 것이다.

크리스테바는 모성적인 육체를 기호적인 것으로 파악함으로써 모성에게, 상징계에 흡수되지 않은 잉여물을 남겨둔다. 다만 어머니 (MOTHER)를 성모에 접근시킴으로써 성적(聖的)인 어머니를 폐기하지는 않되, 아버지가 개입되지 않은 모성을 추구하는 것으로 보인다. 따라서 이러한 의미에서 크리스테바에게 있어서 여성성이란 아버지가 결여된 모성성이라고 말할 수 있고 성모(Virgin Mother)의 경우도 성'모'에 초점이 주어지는 것이 아니라 성처녀/숫처녀라고 할 때의 '성'모에 초점이 주어지는 것이다. 크리스테바에게서 비체란 'Virgin Mother'로부터 분리된(abjected) 거리, 'MOTHER'로부터도 분리된(abjected) 거리라고 할 때의 비체(the abject)라고 말할 수 있을 것이다. 비체가 토해내고 싶을 정도로 구역질나는 것이라면 성'모'나 'MOTHER'는 비체적인 어머니가 투척해버리고 싶은, 거리를

Virgin Mother

MOTHER

phallic mother
Stabat Mater
bject Mother
splitting mother

두고 싶은 것이라고 말할 수 있을 것이다. 크리스테바가 말하는 '모성적인 사물'(the maternal Thing)은 사물(thing)이 대상(object)이 되기 이전의 상태, 흡사 정체성을 갖기 이전의 비체와도 같은 것이자, 다시 말하면 상징계에 편입되어 의미작용 안에서 작동하기 이전의 '기호적인 것'과도 같은 것으로서 상징계, 남자의 제국에 편입된 대상으로서의 모성을 거부하는 개념이다. 이렇게 크리스테바는 여성성을 거부하지는 않지만 여성의 성을 멜랑콜리나 기가 죽은(depressive) 것으로 본다는 점에서 비극적이기도 하다. 그러나 크리스테바의 이야기는 여성의 성이란 근본적으로 동성애적인 것인데, 여성의 성이 멜랑콜리에 머무를 수밖에 없는 이유는 이성애문화 속에서 여성이 남성처럼 욕망의 대상으로서 어머니의 대체물을 가질 수 없다는 사실에 기인한다. 다시 말해 남자들은 이성애코드 안에서 욕망의 대체물을 쉽게 찾을 수 있지만 여자들의 경우는 그렇지 못하고 이것이 여성의 성(female sexuality)을 멜랑콜리에 빠지게 만든다는 것이다. 이런 의미에서 '호스트바를 허하라!'라는 임혜숙의 주장이 동성애적인 여성의 성을 이야기하는 크리스테바하고는 맥락이 조금 다르지만, 당돌하거나 허황된 것으로 보이지는 않는다. 이성애코드를 극복하는 대안은 될 수 없겠지만 풀죽은 여성의 성에 머무르는 것보다는 더 적극적인 것이 아닐까라는 것이다.

크리스테바는 라캉이 말하는 상징계(le symbolique)를 더 자세하게 나누어 상징적인 요소들과 세미오틱한 요소들이 상징계 안에 있는 것으로 파악한다. 후자는 크리스테바가 '기호적인 것'(the semiotic)이라고 부른 것으로서 '감각의 이질성의 장소'를 가리킨다. 따라서 비체 또한 크리스테바가 말하는 대로 이질성이라고 할 때 이 '기호적인 것'은 상징계에 들어가지 못하고 거부당한 채 남아있는 잉여물, 아직까지는 억압되지 않은 잔존물이라고 말할 수 있다. 물론 이러한 잉여물이 투척되고 버려짐으로써, 즉 아브젝시옹됨으로써 정신분석적으로 아이는 오이디푸스 단계, 거울의 단계에 들어가는 것이다. 크리스테바는 상징계로 침입하는 것을 '독단적인'(thetic) 단계로 보고 이러한 침입이 '세미오틱한 것'에 의해 일어난다고 본다. 그런데 여기서 크리스테바는 그러한 침입을 이루어져야 할 긍정적인 것으로 보기보다는 단절로 본다는 사실에 주의한다면 크리스테바가 상징적인 것과 기호적인 것 간의 '분리'를 상정하고 있다는 것을 알 수 있다. 그렇다면 크리스테바의 부정성의 원리, 즉 이질적인 재료(matter), 충동들의 운동인 부정성의 원리에 비체, '기호적인 것'은 기여할 수 있는가? 물론 이 점도 애매하다. 크리스테바는 지라르처럼 사회(상징계)에 들어오지 못한 폭력을 사회적으로 수용할 만한 폭력으로 재초점화하는 희생의 문제를 설명하지만, 폭력을 순치하는 사회의 기능에 대한 설명만으로 크리스테바가 비체의 문화정치적 가능성을 확정했다고 보기는 힘들다는 것이다. 크리스테바가, 독단적인 단절에 의해 이질성이 추방된다고 해서 충동의 유출이나 주이상스가 금지된다고 말하는 것은 아니지만, 궁극적으로 크리스테바는 주이상스를 허용되고 동시에 금지되는 것으로 파악한다는 사실에 주목해야 할 것으로 보인다. 흡사 바흐찐의 카니발적인 양가성을 상기시키는 크리스테바의 '기호적인 것'을 '욕망하는 생산의 정치'로 발전시키기 위해서는 무엇이 필요할까?

크리스테바의 비체는 다른 말로 영락물이라고 번역할 수 있다. 크리스테바 또한 스스로 비체를 가리켜 "밀려나고 분리되고 방황하는 존재에 더 가깝다"고 말하는 사실에 주목해 본다면 비체는 그저 비천한 것이 아니라 "어디로?라고 말하는 쫓겨난 자", 영락한 자일 것이다. 그렇다면 비체, 영락물이란 결국 우리 사회에서, 남자의 제국에서 여성들을 포함하여 사회경제적으로 주변화된 자들이라고 확장시켜 말할 수 있지 않을까? 크리스테바는 다음과 같이 말한다.

던져진 자, 배제된 자를 불안케 하는 공간이란 결코 단일한 것도 통된 것도 동질성을 지닌 장소도 아닌 나뉘고 접히고 재앙으로 가득 찬 장소이기 때문이다. 영토나 언어·작품의 구축자로서 던져진 자는, 유동성의 경계를 지닌 자신의 세계를 한계지으려 하지 않는다. 비대상으로 이루어진 아브젝트(abject)는 끊임없이 자신의 견고성을 찾아내고 새로이 시작하기 때문이다. 지칠 줄 모르는 건축가인 던져진 자는 한마디로 말해서 방황하는 자이다. [33]

　비체-아브젝트에서 던져진 자와 건축가를 동시에 찾아내는 크리스테바는 대단히 계시적으로 비체들이 망각의 시간을 뚫고 천둥을 치는 순간을 고대한다. 요컨대 크리스테바는 비체를 사회적으로 규정하지 않는다는 것이다. 그러나 그럼에도 불구하고 비체에 사회적인 성격을 부여할 수 있다면 크리스테바가 말하듯이 그저 배제되고 길 잃은 곳에서 희열을 느끼는 것이 아니라 남자의 제국 안에서, 상징계로서의 사회 안에서 희열을 느낄 수 있는 길을 찾아야 하지 않을까 하는 것이다. 그 길은 사회로부터 정치경제적으로 그리고 사회적으로 축출된, 그리하여 상징계로의 침입을 거부당한 영락물을, 남자의 제국에서 배제된 여성들을, 올바르게 진입시키는 일로부터 시작해야 한다. 비체, 영락물이 혐오스러운 것처럼 보이는 것은, 구체적으로 말해 똥이나 코딱지, 비듬, 땀이 불결하고 더러운 것처럼

---

33) 『공포의 권력』, 30쪽.

보이는 것은 그러한 것들이 내 속에 살고 있다가 어느날 나의 신체에서, 우리 사회에서 추방되고, 남자의 제국 바깥으로 쫓겨난 타자들이라는 사실을 우리가 인정하지 않으려고 하기 때문일 뿐이다. 크리스테바 식으로 말하면 내 속에 살던 타자가 비체를 혐오감이라고 지시하는 것뿐이다. 어머니에 대한 공포가 사실은 여성들의 출산능력에 대한 공포에서 비롯한 것이고 그러한 공포가 여성에 대한 억압으로 대체된 것이라면 그 공포를 남자의 제국을 위협하는 무기로 사용할 수는 없을까? 들뢰즈와 가타리가 오이디푸스가 '대체된 표상내용'(the displaced represented)이라고 말하듯이 여성억압, 여성혐오는 여성/어머니에 대한 공포가 '대체된 표상내용'이 아닐까?

우리는 지금 영락물의 시대에 살고 있다. 이제는 너무도 익숙해진 표현이지만 폭풍처럼 밀어닥친 로또열풍이 상징하듯이 우리 사회는 8 대 2가 아니라 9 대 1이라고 해도 좋을 정도로 경제적 불평등이 날로 심해져 가는 시대에 살고 있다. 대구 지하철참사를 지하철테러로 규정하는 나머지 장애자나 사회적 소수자, 혹은 비체-영락물을 시선의 한계 너머로 밀어내고 더럽고 혐오스러운 대상으로 배제하는 시대에 살고 있기도 하다. 적어도 비체라는 개념이 문화정치적으로 확산되려면 남자의 제국에 발을 들여놓지 못한 여성들의 운동도 영락물들과의 연대를 준비하는 운동으로 승화되어야 하지 않을까? 최근에 구미시 여성단체들이 벌인 '아줌마 명함갖기 운동'이 이름의 가부장적인 억압성에 도전하는 활동이고 성매매 거절 10만 남성 서약운동이 여성 억압적 사회구조를 극복하는 활동이라고 인정하더라도 여성들만의 운동으로 치부될 가능성이 있다.[34] 물론 후자의 경우 성매매업에 종사하는 여성들을 더럽다고 치부하거나 회

---

34) 이 활동을 더 자세하게 보려면 『한겨레21』, 2003.3.6. 참고

개대상으로 보는 잘못된 접근방식을 우려하거나 노동운동, 노숙자 운동과 연계하려는 움직임이 있지만 다른 한편으로 보면 성매매 공간이 우리에게는 여전히 '창녀촌'이라는 비하적인 단어로 표상되고 있으며 성매매 공간을 활개치는 어느 여자 서장의 모습이 보도되어 주목을 끈 일이 있듯이 성과 성매매업에 종사하는 여성들에 대한 '싹쓸이정신'이 건재하고 있기 때문이다. '범죄와의 전쟁'이라는 지난 시대의 구호도 마찬가지이다. 이러한 구호나 싹쓸이정신은 비체를 불결/순결의 이항대립에 가두어놓고 순결주의만을 돋보이게 할 뿐 비체를 주체로, 사회적 주체로 세우는 일은 제대로 구성하지 않는다는 말이다. 성매매업에 종사하는 여성들을 더럽다고 보는 사회적 시각의 다른 한 극에는 순결교육을 강요하는 희안한 청결주의의 논리가 서있다. 이 양극을 동시에 해체하는 일은 '나뉘고 접히고 재앙으로 가득찬 장소'를 재앙이 축출된 공간으로 재편하는 일일 것이다. 남성들이 "나는 안 산다, 성을 안 산다"라고 서약하기 전에 이미 공공자금이 룸살롱에서 오용되고 있는 것이 현실이고 그게 더 문제가 아닐까? 룸살롱의 세금기피현상이 공공연한 현실이라는 것은 누구나 다 아는 일이다. 남성이 그런 서약을 하는 사이 시민들의 세금이 지하로 흘러 들어간다면 성을 안 사겠다는 서약은 공염불이 되고 마는 것 아닌가 말이다. 필자로서는 매춘부들을 때려잡겠다는 발상을 하는 것보다, 매춘부들을 재앙의 장소로부터 엑소도스시키겠다는 교화적(敎化的) 인 발상보다는 '성복지' 차원에서 접근하는 것이 좋다고 생각한다. 사회적 공공성이 아직도 대단히 취약하고 지방으로 갈수록 조폭적인 질서가 횡행하지만 이제는 성적인 영역에서도 공공성이 고려되어야 한다는 생각 때문이다. '여성의 공공성 문제가 아니라 여'성'의 공공성 말이다.

사회적으로 음지의 제국에 거주하는 여성들을 빛의 공간으로 끌어올리는 과정에 대한 관심은 성복지의 불모지대인 우리 사회를 되돌아보게 만든다. 가령 서구처럼 매춘부들도 노조를 만들면 어떨까? 필자는 그것을 비체의 사회적인 주체화과정이라고 생각한다. 실상 노조만능주의에 빠지자는 것이 아니라 성적 인권의 문제를 해결하는 한 방식을 성노조에서 찾자는 것이다. 우리 사회에 인권의 사각지대라는 말이 있듯이 성 또한 다른 것들처럼 사각지대에서 벗어나지 못하고 있다. 성의 사각지대란 비체들이 음지문화에 갇힌 채 드러나지 못하는 상태이거나 '가출청소년', '원조교제', '비행청소년', '미혼모' 등으로 표상되는 음지문화가 우리 사회에 자못 심각한 상태로 존재한다는 것을 입증해주는 말이다. 여기서 중요한 것은 이들이 사회라는 상징계에 떳떳하게 진입하지 못하고 그 바깥으로 던져져 있는(abjected) 비체라는 것이다. 그러나 우리에게는 비체들을 사회적으로 관리할 능력이 전혀 마련되어 있지 못하다. 사회가 비체들을 버려두고 있을 뿐이다. 우리 사회에 청소년의 집이나 쉼터가 있지만 재정이 열악하고 프로그램 또한 빈곤하기 짝이 없고 그 탓에 이러한 공간들을 찾는 비체들도 별로 없다. 비행청소년들은 집안문제, 학교문제, 친구문제 등으로 가출한 후 사회적인 보호를 전혀 받지 못한 상태에서 음지문화에 진입하여 두더지 같은 생활을 한다. 그들을 '비행'청소년이라고 낙인찍는 것은 부당한 일일뿐이다. 오락실 앞의 두더지놀이처럼 우리들은 그 두더지가 빛의 공간으로 출현하는 것을 방망이로 후려치면서 튀어나오지 못하도록 억압하는 데 동참하고 있는 것은 아닐까? 이러한 식으로 어느 대상을 '미혼모', '비행청소년' 등으로 표상하여 '미혼모' 등으로 이름붙이는 행위는 명명의 폭력이자 사회적인 폭력에 다름 아니다. 7-80년대가 국가의 폭력이 강제된 시대였다면 이제는 국가의 민주화가 어느 정도 이루어지면서 '삼청교육대' 같은 국가에 의한 폭력은 수그러들었지만 사회적 민주화는 거의 방치된 상태로 있다. 그 대표적인 예가 사회적인 공공성의 부재일텐데, 이러한 상황에서는 사회적인 폭력이 무방비상태로 노출된다. 미혼모의 경우, 중요한 것은 그들을 미혼모라고 이름붙여 비체의 대상으로 만들 것이 아니라 그들이 미혼모가 되지 않도록 성복지를 실현시켜야 한다는 것이다. 그러나 국가와 사회는 성복지를 사각지대에 버려둔 채 그 책임을 당사자에게 덮어씌워 '미혼모'로 차별받게 만드는 사회적인 폭력을 행사하고 있을 뿐이다. 이러한 폭력은 지금 광범위하게 진행되고 있다. 그러나 한 번 생각해 보라. 누구는 비체가 되고 싶고 누구는 영락물이 되고 싶으며 누구는 음지문화의 표상/대표(이)가 되고 싶어서 됐는가!

13 성은
하나다

프로이트의 정신분석 이론에 나오는 리비도란 무엇인가? 프로이트는 융과 달리 리비도를 심적인 과정일반의 근저에 있다고 여겨지는 에너지로부터 구별하여 성적 흥분이라는 질적인 특징을 가진 것으로 해석하였다. 여기서 중요한 점은 그 '질적인 특징'이 무엇인가 하는 사실이다. 타케무라 카즈코에 따르면 프로이트의 리비도는 결국 남성적인 것이고 여성적인 리비도란 없는 것이기 때문에 리비도는 하나일 수밖에 없다.

리비도는 남자에게 나타나든 여자에게 나타나든 또한 그 대상이 남자를 향하는 것이든 여자를 향하는 것이든, 그런 것들에 관계없이 늘 변함없이 남성적인 성질을 갖는 것이다. [35]

---

35) 竹村和子, 「愛について」, 『思想』, 1998.4, 5쪽 재인용. 이 구절은 프로이트의 말이다.

리비도가 남성적인 성질만 갖는다는 것이 프로이트가 말한 성적 흥분이라는 질적인 특징에 해당된다. 엘리자베스 그로츠가 '하나로서의 이분법'을 이야기했듯이 프로이트에게 있어서는 '하나로서의 리비도'만 존재하는 것이다. 남성과 여성이 존재한다지만 여성은 시스템 외부로 추방된 자이기 때문에 남자의 제국에는 남성 하나만 존재하듯이 섹슈얼리티의 관점에서도 프로이트에게는 성이 철저하게 하나인 것이다. 다시 말해 '남'성/'남'성, '남'성과 남성적인 리비도, 남성적인 섹슈얼리티만 존재한다는 것이다. 여성들이 제국의 음지에 갇혀있는 한 여성들은 보이지 않는 존재로 둔갑하고 "남성은 열정과 성적인 만남의 순간에만 우연하게 남성성으로 재현된다고 생각하면서 이런 특별한 시간을 제외한 나머지 시간에는 자신을 인간이나 유적인 존재로서 인간을 대표하는 것처럼 행동해왔"[36] 기 때문에 남자의 제국은 인간의 제국이자 남성만이 거주하고 남성적인 리비도만 가능한 단일공간이다. 그로츠가 말하는 남성과 인간이 man/Man의 차이에서 비롯한다는 것은 누구도 쉽게 알 수 있는 것이지만 그로츠의 이러한 지적보다 중요한 것은 이러한 단일공간으로서의 남자의 제국에 퍼져 있는 이데올로기를 지적한 타케무라 카즈코의 입장이다.

타케무라 카즈코는 자신의 글 '사랑에 관하여'에서 프로이트가 말하는 리비도를 가리켜 단적으로 다음과 같이 지적한다.

프로이트의 리비도는 귀두＝사정을 염두에 둔, '능동적으로' 대상을 향하는 에너지이고 그런 의미에서 리비도는 남성적인 것이 된다…. 프로이트의 리비도 논의에는 남자의 귀두로부터 여자의 질로라고 하는 일방향운동—생식이데올로기—이 깊이 각인되어 있고 그 결과 리비도는 다만 한

---

36) 『뫼비우스 띠로서 몸』, 376쪽.

종류밖에 없고 여성적인 리비도는 있을 수 없는 것이다. [37]

  타케무라가 보기에 하나이자 남성적인 리비도가 겨냥하는 것은 생식이데올로기이다. 프로이트가 '여성의 성욕'에서 여성의 성욕이 클리토리스에서 질(음부)로 이행했다고 보는 것에 대해 구구절절 많은 말을 하지만 결국 핵심은, 프로이트의 그러한 말 속에 생식이데올로기가 은폐되어 있다는 점이다. [38] 따라서 어떤 의미에서 프로이트는 여성의 성욕, 여성의 섹슈얼리티를 무시하고 있다고 말해도 좋을 것이다.

  이렇게 성이 하나라는 사실에 반대하여 이리가라이는 '하나이지 않은 성'을 주장하고 나선다. 프로이트가 "여성은 그 성적 영역이 두 군데"[39] 라고 말했다면 이리가라이는 다수의 성을 주장한다. 여성에게는 도처에 조금씩 성감대가 있다는 것이다. 이리가라이는 이렇게 말한다.

여성의 쾌락의 분포는 매우 다양하고 저마다의 차이 속에서 그 수도 많으며 복잡하고 예민하여 사람들이 동일한 것에 지나치게 집중하는 상상계에서는 생각도 못 할 정도이다. [40]

---

37) 「愛について」, 7쪽. 인용문 중 "여성적인 리비도는 있을 수 없다"고 한 말은 프로이트의 말이다.
38) 들뢰즈·가타리에 따르면 빌헬름 라이히도 『오르가즘의 기능』에서 프로이트가 성적인 것과 생식적인 것을 분리시키고 성(sexuality)보다 재생산을 우선시했으며 나중에 사춘기의 성이 재생산에 기여한다고 말했다고 비판한다. 들뢰즈·가타리도 물론 성이 재생산에 기여한다고 보는 입장이 아니다. 각각 *Anti Oedipus*, trans by Robert Hurley etc, Univ. of Minnesota, 1983, p. 275와 pp. 291-292 주를 참고하라.
39) 프로이트, 『성욕에 관한 세 편의 에세이』, 김정일 역, 열린책들, 1996, 201쪽. 프로이트는 같은 책 202쪽에서 "남성적인 속성이 있는 클리토리스가 이후의 여성의 성생활에 있어서도 아주 다양하고 뭐라고 만족스럽게 설명할 수 없는 방식으로 그 기능을 계속 유지한다"고 말하지만, 그렇다고 해서 프로이트가 두 개의 성을 인정하는 것은 아니다. 그는 여성의 성욕을 생식에 연관되는 음부충동 하나로 환원시켜 버린다.
40) 이리가라이, 『하나이지 않은 성』, 이은민 역, 동문선, 2000, 38쪽.

여기서 이리가라이는 눈에 보이는 유일한 성기로서의 하나의 성에 대하여 지속적으로 서로를 포개는 두 개의 음순으로 이루어진 성기를 대립시킨다. 하나의 성이 생식이데올로기를 강조하여 여성에 대한 모성의 우월성, 남근 숭배 사상에서의 모성, 소유욕에 갇혀 있는 모성을 강조한다면 이리가라이는 일자의 성, 성기로 환원되지 않는 다수 성, 여성의 다수성을 강조하고 여성의 분산성이라는 전략을 취한다.[41] 이리가라이가 그녀는 그녀 자신 속에서 영원히 타인이라고 하거나 타자가 이미 그녀 안에 있다고 말하는 것은 여성들이, 성들이 분산되어 있으면서 친밀하게 존재하는 것을 강조하기 위한 것이다. 이리가라이가 말하는 소유가 아니라 친밀성으로서의 성이라는 이야기는 쉽게 납득이 가고, 여자의 쾌락이 무한히 증가해 간다고 말하는 것도 수긍이 간다. 그러나 팔루스의 특권화에 반대하는 전략이 여성/성의 다수성 혹은 분산성으로 소기의 성과를 거둘 수 있을지는 미지수이다. 앞에서 본 로고스와 카오스의 분리 과정에서

---

41) 들뢰즈/가타리가 "성은 결코 가족 전체 안에서 재현할 수 있는 몰적인 결정체가 아니다. 그것은 욕망이 현존하는 장과 욕망의 생산의 장을 추적하는 사회적이고 이차적으로 가족적인 집합체들 안에서 기능하는 분자적인 하위결정체들이다"라고 말했을 때, 이리가라이가 말하는 여성의 분산성은 분자적인 성을 닮은 것처럼 보인다. 남자의 성이 몰적인 것에 비하여. *Anti-Oedipus*, p. 183 참조. 그러나 같은 책 p. 294 이하에서 들뢰즈와 가타리가 맑스의 『헤겔의 법철학비판』에 나오는 유명한 구절을 인용하면서 말하는 현미경적인 횡단-성(trans-sexuality), n개의 성이나 거인증과 왜소증의 비유에 따르면 여성의 분산성은 분자적이고 남성은 몰적이라고 나누는 것은 잘못이다. 남자와 여자 자체가 몰적인 구분법에 따라 성(sexuality)이 두 개의 성(sex)으로 나누어져 고착된 것이기 때문이다. 물론 들뢰즈/가타리가 "남자만큼이나 많은 남자들을 포함하는 여성과 많은 여성들을 포함하는 남성으로 나누어지는 것"(*Anti-Oedipus*, pp. 295-296)을 두고 엘리자베스 그로츠는 "심기가 불편하다"(『뫼비우스 띠로서 몸』, 335쪽)고 말하고 있지만, 그로츠는 들뢰즈와 가타리가 이러한 횡단-성이 "성의 통계학적인 질서를 뒤집는 욕망의 생산의 관계들 속에 들어갈 수 있다"(*Anti-Oedipus*, p. 296)는 것을 간과하고 있다.

로고스의 외부에 있는 카오스를 강조하는 것이 역설적으로 제국의 내부를 구성하는 로고스를 보강해버릴 위험성이 있기 때문이다. 다시 말해 시스템 외부를 해방의 계기로 삼아 그 외부를, 크리스테바처럼 모성적인 것으로 특권화시켜 버릴 경우 여성적인 것이 무시될 위험성이 있는 것이다. 마찬가지로 여성/성의 분산성을 강조하기보다는 모성, 생식이데올로기가 여성을 겹코드화(overcode)해 버리는 과정 자체를 비판적으로 바라다보는 게 더 효과적일 수도 있다. 조금 더 구체적으로 말한다면, 다른 무엇보다 우리의 교육현실에서 어머니라는 이미지는 끊임없이 여성을 겹코드화한다. 그리하여 여성이라는 흐름이 탈코드화하는 과정에 모성코드가 늘 장애물로 등장한다. 거기다가 가부장제사회에서 여성은 또 다시 주부라는 기능에 코드화되어 버리고 말거나 국가에 의해 국민으로 코드화되어 버리는 이러한 이중적인 코드화가 '여'성/여'성'의 흐름을 봉쇄하고 있다. 이리가라이가 남근로고스중심주의가 우리 여자들을 아주 뚜렷하게 주체와 타자로 분리시킨다고 비판한 것은 일반적으로 누구나 수긍할 수 있는 주장이다. 그러나 '구별할 수 없을 정도로 서로 친밀하게 융합하는 두 개의 입술/음순/여자들'이라는 이리가라이의 비유가 유토피아적이라는 혐의는 걸어볼 만하다. 타케무라가 이리가라이를 비판하는 이유는 바로 여기에 있다. 타케무라에 따르면 여자는, 가뜩이나 이미 제국 외부로 추방되어 주변화되어 있는데, 그 여자라는 외부를 '친밀한 융합 공간'으로 균질화시켜 버릴 경우 결과적으로 사회의 주변부에 자리잡고 있는 여자를 배제하는 꼴이 되어버리고 말 것이라는 것이다.[42]

그렇다면 시스템 바깥으로 추방된 여자의 위치를 어떻게 복권시킬 것인가? 제국을 지배하는 가부장제와 이것을 지탱시켜 주는 팔루

---

42) 「愛について」, 12쪽.

스, 생식이데올로기, 그리고 이성애주의를 어떻게 착란시킬 것인 가? 근대 시민사회에서 올바른 이성애란 관념이 지배하고, 생식이 데올로기라는 목적론을 갖는 가정 안의 이성애만이 올바른 것이라는 관념이 지배하며, 그러한 올바른 이성애에서만 사랑이 가능하다고 생각되는 역사를 착란시킬 방법은 없는 것일까? 앞에서 말했지만 크리스테바의 비체나, 들뢰즈/가타리의 욕망하는 생산에서 어떤 실마리를 얻을 수는 없을까? 남자는 주체로서 여성을 객체화하지만 주체와 객체 사이의 비체마저도 객체화하지는 못하지 않을까? 남자가 투사시킨 공포의 환영을 다시 남자에게 재투사시킬 수는 없는 것일까? 남자의 제국이 자본주의만큼 강력한 사회기계라면 제국에서 추방된 여성은 욕망하는 기계로 작동할 수 없을까? 성이 하나의 성으로 환원되어 마르쿠제의 말처럼 '성기독재'를 휘두를 때, 여성이 그 일자의 독재를 무화시키는 기관없는 신체가 되어버리면 어떨까? 혹은 아리스토파네스의 유명한 〈뤼시스트라테〉(*Lysistrata*)에 나오는 헤타이라(hetaira)들43)이 남성들에 대한 '성적 봉사'를 거부하기로 결의했듯이 이제는 여성들이 나서서 스스로의 몸이 성적 재생산의 도구로 사용되는 것을 거부해야 하지 않을까?

---

43) 그리스 시대의 최하위급 매춘부인 포르노이(pornoi)와 달리, 집에만 갇혀 지내야 했던 여성들과 달리, 그리스 자유인들과 폭넓은 사회적 교류를 나눌 수 있었던 여성들을 가리킨다. 뤼시스트라테는 그리스 여성들에게 남성들에 대한 성적 봉사를 거부하기로 결의하자고 발의한다. 만일 이러한 성적 금제가 풀려 성적 봉사를 받고 싶으면 남자들은 전쟁을 포기하고 집으로 돌아와야 했다. 이것은 아리스토파네스의 희곡에서 섹스를 무기로 하여 평화를 회복하겠다는 뤼시스트라테의 발상을 보여주는 대목이다. 희곡에 나오듯 "연인이건 남편이건 어떤 남자라도 발기한 상태로는 내게 접근할 수 없다"는 주장을 더 밀고 나가 여성들 스스로 기관없는 신체가 된다면 어떤 결과가 나타날까?

3부

결혼에 대한
숙고
─반(反)결혼

14   네트(Net)의
여인들

 결혼한 부부 네 쌍 중 한 쌍이 이혼하는 시대. 이혼하는 이유나 양상도 크게 달라졌다. 1970년대에는 '남편의 부정'이 주로 문제가 됐지만 80년대 들어서부터는 '아내의 부정'도 주요 사유로 등장하기 시작하였다. "남편은 되는데, 왜 아내는 안돼?"라는 식으로 여성의 식이 달라진 것이다. 거기다가 재산분할권 청구소송이 법적으로 보장되면서 이혼은 예전보다 한결 더 쉬워졌다. 30년 사이에 7배로 늘어난 이혼률이 그것을 증명한다. 물론 이혼 원인의 1위는 배우자 외도이므로 법 제도가 이혼을 부추기는 건 아니다. 웨딩 샵에 드레스 고르러 왔다가 예비신부가 3백만원 어치 화장품을 카드로 긁어 결혼식 전에 예비 시어머니한테 거부당하는 파혼도 있다. 하지만 오해하지 말자. 파혼, 이혼을 넘어 결혼에 대한 집착은 포화상태를 이룬 길거리 웨딩 샵처럼 강박증 수준을 넘어서 있다는 것을. 드라마가 시작하자마자 다른 사람과 잤다고 고백하고 시작하는 〈고백〉시대에도 죽으라고 결혼하려드는 연인들 또한 부지기수라는 것을 말이다.

하지만 변한 것은 변했다고 말할 도리밖에 없다. 이 글을 읽는 독자들 중 꼬마신랑으로 유명한 김정훈이란 아이를 기억하시는 분이 있을지 모르겠다. 사종지도(四從之道)의 계율을 지키기 위해 젖도 채 떼지 않았을 꼬마아이가 다 큰 여인과 결혼하던 시대에서, 여자는 항상 남자보다 나이가 어린 상태에서 결혼을 하는 시대를 지나, 연상의 여자와 결혼하는 청춘남녀들도 많이 생겨나고 있다. 앞의 두 시대는 결혼이란 글자의 '혼'(婚)에 나타난 대로─여자가 놈 씨를 만나는 날─가부장적인 결혼이었다면 맨 마지막 것은 나이로 표상되는 가부장제의 위계질서를 파괴하는 현상인 것이다. 하지만 여기서도 오해는 말자. 결혼에 대한 표상은 달라졌어도 가부장제가 변한 것은 아니기 때문이다. 이혼률이 높아지고 작년 이혼부부 1,050쌍 중에 16.6%가 아내의 부정으로 인한 이혼이라고 하더라도 가족이 쉽사리 해체되리라고 예상하는 것은 안이한 발상일 터이다. 더구나 우리처럼 가족이 국가동원의 대상으로 존재하고 있고 국가주의의 최후의 식민지라는 생각을 보탠다면 사랑-결혼-가족이라는 순환이데올로기에서 일탈한다는 것이 그리 쉽지만은 않을 것이다. 우리의 경우 이혼이라는 것도 가족구성의 재배치라는 결과로 끝나버리기 때문이다.

그럼에도 불구하고 가족주의에 대한 표상은 현격하게 달라지고 있다. 가족이라는 공간을 떠나 사이버공간으로 밀려드는 거대한 흐름들, 근대화의 하나의 현상으로 등장한 전업주부에서 일하는 여성/파워 우먼이라는 표상으로의 변화에 이르기까지 여성에 대한 표상들도 재배치되고 있는 것이다. 사이버공간에 익명의 얼굴을 내미는 '네트'워크의 여자들은, 그렇다면, 가족이라는 사적인 공간에서 해방된 것일까, 그 해방의 에너지는 무엇을 지향하는 것일까. 네트의 여인들이 가족이라는 그물(네트)로 재영토화될 가능성이나 위험은 과연 전혀 없는 것일까. '결혼이 미친 짓'이라면, 그것은 결혼이 가족구성을 전제로 하여 남자는 산업역군으로 여자는 전업주부로 배치하던 지난 7-80년대 자본주의 하의 결혼이 미친 짓이었을 뿐이라는 게 아닐까? 그렇지 않다면 이혼 또한 이 가족에서 저 가족으로 가족의 재구성만 이루어지는 것일 뿐, 사랑-결혼-가족이라는 순환 이데올로기에서 벗어나지 못하는 것은 마찬가지가 아니냐 하는 것이다. 물론 남자가 외도하는 것을 보고 드라마 〈모래성〉에서 선우은숙이 분한 송순자처럼 속앓이만 할 수는 없는 노릇이다. 〈애인〉이나 〈위기의 남자〉에서처럼 여자가 '가인'(家人)의 상태를 벗어나 '개인'(個人)의 위치를 찾아갈 수 있는 것이다.

결혼은 자본주의적인 성분업이라는 전제하에 여자의 경우 여성이라는 개인으로서 미혼시절에 경험하던 사회적 관계와 급격하게 단절하고 일거에 사회적 개인의 자격을 박탈당한 채 가족적 개인, 가인(家人)으로 추락하는 것이다. 다시 말해 여자의 경우 결혼이란 '사회적인 것'의 박탈체험에 다름 아니라는 것이다. 결혼한 여자는 대개의 경우 사람이 아니라 집사람이거나 개인이 아니라 가족적 개인으로서 사회적 관계의 박탈감을 모성성, 여가문화 등으로 승화시키기도 하지만 이러한 것들로 재현되지 않는 '잉여의 여성적인 부분'은 충족시키지 못한다. 라캉이 건드리지 못한 '세미오틱'(the semiotic)[1]에 대한 분석을 하면서 '그녀의 윤리학'(herehtics)을 강조하는 크리스테바가 말하는 대로 어머니되기가 주관성이나 정체성에서 거리를 둔 것이고 임신이나 월경이 여자들의 성적인 특수성을 인정하지 않은

---

1) 오이디푸스 단계 이전, 거울단계 이전의 성적·물질적 충동들을 가리킨다.

채 여자를 어머니에 연결시키는 것이라면, 오늘날 우리가 자주 접하게 되는 가인들의 외출이 그러한 세미오틱을 찾아나서는 여행이라고 볼 수 없을까. 자판기의 동전으로 살지 않고 상징계에 의해 억압을 받을 때 상징계로 모조리 회수되지 않고 남게 되는 이질성을 사회적 개인으로서의 여성이라는 정체성과 연결시키는 방안은 없을까.

이런 맥락에서 필자는 최근 사이버공간에서 벌어지는 수많은 카페나 동호회에서 혹은 파티문화 등에서 여성의 정체성을 에워싼, 사회-역사적으로 강제된 표상들을 뚫고 '여'성과 여'성'을 추구하는 네트의 여성들을 본다. 나와 네가 이미 서로 무관한 사회적 개인인데도 마치 결혼을 하면 타자가 내가 되는 양 호들갑 떠는 그런 결혼은 '미친 짓'이라고 하면서 말이다. 그런 의미에서 결혼은 제도화된 정신증의 지독한 징후가 아닐까.

필자가 보기에 사이버공간은 음지문화의 전형이다. 〈모래성〉이나 〈서울의 달〉 등 드라마에서 종종 나타나듯이 우리의 경우 음지문화는 대단히 발달되어 있다. 언론에서 퇴폐의 온상으로 지목받고 있는 러브호텔도 우리의 음지문화를 반영하는 것이다. '주부'들이 카바레 주변에 장바구니를 맡겨놓고 카바레를 출입하거나 대낮에 건물 지하에서 춤을 즐기는 것은 퇴폐의 상징이 아니라 우리에게 그만큼 공적인 문화가 부재한다는 신호일 뿐이다. 오프라인에서는 음지영역에 기거하던 여자들이 온라인이라는 사이버공간을 두드리는 것은 온라인이 일종의 공적인 체험을 대리만족시켜 주기 때문이다. 물론 공적인 체험을 사적으로 하는 것이 디지털시대의 특징이기도 하지만 여자들에게—또한 남자들에게도—사이버공간은 일종의 카니발적인 공간이다. 오프라인에서 어머니, 전업주부라는 말로 치환되어 있고 무성화(無性化), 무성화(無聲化)되어 있던 여성의 성적 욕구나 목소리가 드러나며 타인과의 공개적인 만남이 비로소 가능해지기 때문이다. 물론 이 과정에서 40대 식의 번팅이나 섹팅도 나타나겠지만 이것을 두고 무조건 불륜이라고 몰아붙이기보다는 여성이 공공영역에 나타나는 것이 금지되어 있는 현실을 먼저 탓해야 하지 않을까. 요즘이야 개발독재가 요구되던 산업주의 시대를 벗어나 전업주부라는 표상에 균열조짐이 나타나면서 직업여성이나 파트타임으로 일하는 여성이 생겨나기는 했지만 대다수의 현실은 여전히 성별분업이나 성별분업＋가사노동이라는 이중고에 시달리는 터이고 사회적 약자로 갈수록 성적 욕구가 더욱 강하게 거세되는 현실에서는 카니발적인 공간으로서의 온라인문화를 색안경을 끼고 바라다볼 필요는 없을 듯하다. 여성의 출현을 특정한 곳—주부가요제, 아침 프로 구경꾼들, 가요배우기 수강생—소모적이고 그다지 의미가 없는 곳에 집중시키는 우리의 현실이 여성이 개인으로서 자신의 욕구를 드러내고 존재의 의미를 드러내는 음지문화를 키워가고 있는 것이다. 이런 의미에서 음지문화는 여성이라는 육체의 수행성이 극대화되면서 여성이라는 개인으로서의 정체성을 충족시켜 주는 공간의 문화라 해야 할 것이다. 오프라인의 모성성으로 재현되지 않는 여성성, 혹은 모성성의 잉여분인 여성적인 것이 충족될 공간이 온라인-실제현실에서는 허용되지도 않고 제도화되어 있지도 않은 마당에 사이버공간이 그 대리공간으로서의 기능을 하고 있는 것이라고 말해야 하지 않을까.[2]

---

2) 이런 의미에서 제프리 윅스가 『섹슈얼리타: 성의 정치』(서동진·채규형 역, 현실문화연구, 1994), 163-175쪽에서 사적인 쾌락과 공적인 정책의 적절한 균형을 강조하듯이 우리의 경우에는 전자를 도덕적으로 비난하거나 억압하기만 할 뿐, 후자는 전무하다고 할 수 있다.

15 결혼은 미친 짓이 아니라 공공영역 의 파탄이고, 그게 미친 짓이다

　유하의 영화 제목처럼 '결혼이 미친 짓'이라면 미친 짓을 이미 저지르고 만 필자로서 미친 짓인 결혼을 생각한다면 그 또한 미친 짓일 터이지만, 그럼에도 불구하고 결혼, 사랑, 가족 등에 대한 사회학적인 고찰을 시도하려 한다면 그것은 결혼의 어느 부분이 '미쳐' 있는 것인지 생각해 보고 결혼과 가족 안에서 여성의 위치를 생각해 보려는 것이다. '노처녀'라는 말의 힘이 약해지긴 했지만 미혼이 아직도 비정상으로 비쳐지고 있는 시대가 미친 것인지 결혼이라는 편집증이 미친 것인지 한 번 따져보는 것도 무의미하지는 않을 성 싶다.

　'결혼은 무덤'이란 말이 있었다. 아니 아직도 있다. 어찌 보면 결혼이 무덤이란 사실은 남자, 여자, 혹은 사회가 이미 다 알고 있던 사실일는지도 모른다. 그렇다면 우리는 그동안 결혼이라는 제도에 공모해 왔던 것인지도 모른다. 또한, 미친 짓을 저지른 필자도 그 공모의 희생자일지도 모를 일이다.

일상을 살다 보면 간혹 당혹스러운 경험을 하게 된다. 처의 친구들이 집에 놀러올 때나 이웃 여자가 집에 볼 일이 있어 들를 때 필자 같은 남자는 무슨 놈의 남녀유별인지 내외를 강제당해야 한다. 처의 친구들이 다 돌아갈 때까지 어디 안 보이는 곳에 있어야 하거나 아예 나가 있는 것이 속 편할 때도 있다. 이건 처 자신도 요구하는 사항이다. 필자는 이런 경험을 할 때마다 그 이유를 도통 알 수 없었다. 이유를 모르기는 지금도 매한가지다. 왜 그럴까? 거꾸로 뒤집어 생각해 보면 그 이유를 짐작할 수도 있을 법하다. 여자의 경우 어머니로서의 여자는 존재할 수 있어도 개인으로서의 여자는 존재할 수 없다. 후자의 여자는 비가시적인 존재여야 한다. 그리스 시대에 화장술이 발달한 이유가 여자들의 문밖 출입이 금지되어 있었기 때문이었듯이 여자는 사적인 영역 밖에서 가시화되어서는 안된다. 길거리에 브래지어를 파는 가게가 있고 가판대에서조차 브래지어를 파는 우리의 경우, 브래지어가 무엇에 쓰이는 것인지 이미 알고 있다손 치더라도 여자의 유방이란 말은 가슴이라는 단어로 치환된 채 가시적인 것으로 드러나지 말아야 한다.[3] 케이블TV에서 시각화·상품화되어 있으면서도 기껏해야 피서철 해변가에서나 볼 법한 가슴으로 은밀화되어 있는, 은폐와 드러남의 이중성이라고 해야 할 여성 쪽에서의 이 미묘한 흐름이 남자인 필자한테 투사된 것은 아닐까? 그것은 예의 현대판 남녀유별이 아니라 결혼해서 구성된 가족이라는 영역 이외에서는 철저하게 타자로서 표상된 자신의 모습

---

3) 요즘 일요일 방송프로그램 <개그콘서트>의 '봉숭아학당'을 보면 유방을 대체한 가슴 이야기가 노골적으로 희화화되고 있다.

을 남자인 필자에게 투사시킨 것은 아닐까 하는 말이다. 따라서 내가 여자들에게 드러나서는 안될 존재라는 것은 여자가 공공영역에 드러나서는 안될 존재라는 뜻을 함축하고 있는 것으로 여겨진다.

이런 의미에서 결혼이 무덤이란 의미는 가족이라는 속박을 스스로 짊어진다는 뜻도 있는 것이지만 다른 맥락에서는 결혼하는 순간 남자보다는 여자의 경우에 더 급격하게 타인과의 만남이 거세된다는 뜻도 포함하고 있을 터이다. 좀더 적극적으로 말한다면 여자에게 있어서 결혼이란 공공영역과의 단절을 경험하는 것이다. '아녀자가 어딜 나서'라는 불문율이 과거에 그리고 지금도 통하는 것은 여자란 '드러남의 존재'가 아니라는 뜻이고 드러나지 못한다는 것은 가족이라는 폐쇄된 공간에 갇혀 '집사람'으로 전락한다는 뜻이다.

16　가인(家人)의
외출

　　결혼이든 가족이든 사랑이든 우리가 말을 할 때 그것은 무엇보다
도 여자의 위치에서 발화되어 나타난다. 모두 다 여자 문제로만, 여
자에게만 해당하는 것으로 인식한다는 것이다. 남자의 경우에는 사
랑이든 결혼이든 가족이든 발화의 위치가 필요없다. 왜냐하면 가부
장제사회에서 남자는 모든 권력의 지배자이기 때문에 특별히 문제
삼을 것이 없기 때문이다. 결혼이든 사랑이든 여자는 피지배의 위치
에 있기 때문에 늘 발화의 위치가 문제된다. 이런 관점에서 최근 문
제되고 있는 러브호텔이나 여자의 외도, sayclub 같은 데에서 채팅
혹은 번팅상대를 찾는 새로운 현상들은 불륜이냐 아니냐 하는 단순
논리를 넘어 가족이라는 편집증의 울타리를 초월해가는 모습을 보
여주고 있다고 말해야 할 것이다. 흔히 남자들이 자기 아내를 가리
켜 말할 때 사용하는 '집사람'이라는 말은 여자가 한 '개인'으로서가

아니라 '가인'(家人)으로서만 존재한다는 것을 보여준다. 가인이란 단어 자체를 풀이하면 집사람인 것 또한 물론이다.[4] 그런데 여자 쪽도 오이디푸스적인 편집증에 걸려 있기는 매한가지다. 남편을 가리켜 '아빠', 혹은 '어른'이라고 하니 말이다.

지난 시대에 여자들은 결혼하면 시댁의 귀신이 된 것으로 알고 살았다. 신랑이 김정훈처럼 꼬마신랑이든 드라마 〈여로〉에서 정신지체아인 신랑 영구로 나온 장욱제든, 여자들은 가인이라는 여자의 길을 따라 순종하고 인내하며 살았다. 국민적인 드라마로 칭송받았던 드라마 〈여로〉의 내용을 떠올리면 여자에게 인륜을 강제하는 것이 무척이나 엽기적으로 여겨질 법한 요즘, 여자라는 이름은 여성적인 것을 거세당한 채 가인으로서만 존재해 왔던 것이다. 따라서 여자의 외도나 불륜은 남자의 외도에 대한 대당관계로만 파악될 것도 아니고—남편은 되는데, 왜 아내는 안 돼? 하는 식으로—가인에서 탈주하여 조용필의 노래처럼 '님 주신 밤에 씨뿌렸네' 하는 식의 씨받이라는 엽기행각이나 열녀/요부라는 전근대적인 이분법을 정면에서 깨트리는 행위라 할 것이다. 〈여로〉에 나오는 태현실이 열녀였다고 해서 〈위기의 남자〉에 나오는 황신혜까지 열녀일 필요는 없는 것이다.

어쨌든 드라마든 인터넷 동호회든 sayclub 같은 포털 사이트든 최근 두드러지고 있는 결혼에 대한 회의적인 태도나 섹스에 대해 솔직한 태도 등은 가인(家人)에서 탈주하여 가인(佳人)으로서의 개인을 찾아가려는 긍정적인 움직임으로 보인다. 가인(家人)의 외출은 그저 드라마에 비치는대로 불륜을 저지르고 말자는 것이 아니라 개인이라는 아름다운 사람의 모습을 찾기 위한 노력이라는 말이다. 그

---

4) '사람'이 아니라 '집'사람이라니 생각해 보면 참으로 황당한 말이다.

자체로 황당하기 이를 데 없는 명칭인 '불륜드라마'[5]에서 여자의 외도를 불륜의 시험대에 올려놓고 도덕성을 저울질하는 식의 전개는 여자라는 이름을 이중 삼중으로 에워싸고 억압하던 역사적인 층위들을 너무 단순화시켜 버리는 것이다.

역사적으로 가인은 국민, 어머니, 전업주부라는 이름으로 호출당해 왔다. 그 과정에서 여자는 '여(성)'과 '(여)성'의 거세라는 이중부정의 과정을 거치면서 탈성화되는 한편, 다른 한편에서는 정체성을 상실하고 말았다. 우에노 치즈코가 지적한 여성의 국민화는, '여'성을 '국민'이란 이름으로 치환하면서 여성을 민족주의의 전위부대로 삼아왔다. 여'성'의 젠더화라고 해야 할 여성의 국민화는 비단 일제시대만이 아니라 최근의 IMF 시절에도 그 효력을 유감없이 발휘하였다. 1998년 금모으기 운동에서 보듯이 여성은 이제 국가주의의 파수꾼 역할도 하기에 이른 것이다. 기억컨대 〈여로〉나 〈꼬마신랑〉 같은 드라마에서 여성의 성적인 욕구가 드러난 적이 없다는 것은 여'성'이 부재하는, 탈성화(脫性化, desexualization)의 경지를 보여주는 예일 것이다. 국민, 어머니, 전업주부라는 이름들은 가인(家人)이라는 이름이 분화된 형태들이라고 한다면, 다시 그 각각은 국가, 가족, 남편과 관계를 갖는다. 다시 말해 여성의 국민화가 계몽기부터 지금까지 여성을 국가주의의 이데올로기에 편입시키는 것이라면 여성의 모성화, 혹은 모성주의 이데올로기는 여성을 노동력의 생산자이자 가족의 파수꾼으로 신성화(神聖化)하는 것이며,[6] 전업주부

---

5) 황인성 · 원용진 엮음, 『애인: TV드라마, 문화, 그리고 사회』, 한나래, 1997, 86쪽. 방송계가 스스로를 불륜 생산자라고 부르지 않을 것인데도 방송에서 '불륜' 드라마란 용어를 쓰는 것이 황당하다는 말이다.
6) 이것이 '자랑스런 어머니상', '저축상' 등으로 제도화되던 엽기적인 시절도 우리에게는 있었다.

라는 말은 이 책의 2부에서도 지적했듯이 경제발전이 요구되던 산업주의시대, 개발독재시대에 생산 배치된 이데올로기라는 것이다.

그런데 최근 들어 여성을 신성화시키면서 동시에 탈성화시키는 '성'의 변증법이 가인들의 외출로 균열조짐을 보이고 있는 것이다. 가부장제 이데올로기가 극성을 부릴수록 여성의 신성화는 가열되는 법이지만 여성을 국민, 어머니, 전업주부로 호출하는 한 극의 맞은편에는 미시족, 아줌마 등으로 대표되는 여성에 대한 다른 표상공간이 존재한다. 미시족이 여성의 탈성화에 맞서는 것이라면 아줌마는 전업주부라는 표상을 파괴하는 것이고 여성의 국민화도 시민운동의 활성화 덕택에, IMF 같은 국가부도라는 상황이 빚어지지 않은 한, 여성이 무조건 국민, 전사(戰士)로 호출당하는 기제가 예전처럼 작동하는 것으로 여겨지지는 않는다. 얼마 전 어느 방송인지 기억나지 않지만 밭에서 몸뻬 바지를 입고 김을 매던 아낙네들이 사이렌소리와 함께 총을 들고 일사분란하게 참호로 뛰어들어가 총구를 겨누던 모습은 이제 보이지 않는다는 것이다. 어쨌든 이제는 여자가 국가, 가족, 남편과 맺었던 관계망에 균열조짐이 나타나고 있는 것이다.

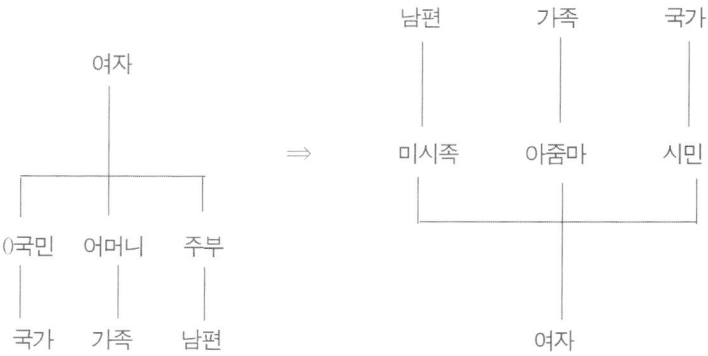

이러한 변화가 포착되고 있는 뚜렷한 조짐은 실증적인 연구가 뒷받침되어야 하는 것이지만 가인이 개인을 덮고 있던 여성에 대한 은유들—국민, 어머니, 주부—이라는 껍질을 벗어던지고 개인을 찾아 나만의 삶, 나만의 성을 추구하는 조짐이 일고 있는 것만은 분명하다. 필자가 개인적으로 경험한 바에 따르면 여자들이 자신들의 삶을 '자판기의 인생'에 비유하듯이 자식들이 밀크커피를 원하면 밀크커피를 뽑아주고 우유를 원하면 우유를 뽑아주는 식의 자판기인생에 대해 회의적인 태도를 보이는 것은 모성성(motherhood)이 모성주의 이데올로기에 불과하다는 인식의 발견을 보여주는 것이다. 물론 그 이데올로기는 결혼 이데올로기만큼이나 아직도 강력하다. 변혜정의 말처럼 여자가 어머니가 되는 것은 개인의 선택이라기보다는 보이지 않는 사회적 압력, 눈에 뻔히 보이는 부모의 압력에 의한 '어머니제도'이듯이 말이다.[7] 특히나 교육의 공공성이 파탄나 있는 탓에 여성의 모성화나 이중노동이 강제되는 우리의 현실에서 가인의 외출이 개인의 발견이라는 긍정적인 결과를 얻기란 여간 힘든 게 아니다. 그러나 어쨌든 최근의 이혼, 황혼이혼, 독신녀의 증가는 가인(家人)이라는 지독한 중독증에서 서서히 벗어나고 있다는 징후가 아닐까.

---

7) 변혜정, 「모성이라는 이데올로기」, 조주현 외, 『결혼이라는 이데올로기』, 현실과 문화연구, 1993, 119-136쪽 참조. 중매쟁이에 의한 결혼, 결혼정보회사에 의한 맞춤식결혼 등이 그러한 예들이 아닐까.

17 결혼이라는 병/
가족이라는 병

이혼이나 바람이라고 하지만 어찌 보면 이러한 것들은 우리가 중
증으로 앓고 있는 가족이라는 편집증의 증상일 뿐일 수도 있다. 여
성을 낭만적 사랑이라는 상상계에 가둬놓을 뿐 상징계와의 접촉은
철저하게 차단한 가운데, 혹은 사랑＝결혼＝(임신)＝가족＝행복
이라는 순환 이데올로기에서 맴돌게 하는 가운데 앓고 있는 결혼이
라는 편집증의 증상일 수 있다는 말이다. 여자들이 계를 하든 사이
버채팅을 하든 자판기로서의 인생을 거부하든 가정을 소홀히 하는
현상들이 속속 나타나는 것은 일본의 들뢰즈주의자(Deleuzian)인 아
사다 아키라의 말처럼 "정주하는 문명'에서 '도망치는 문명'으로의
대전환이 계속 진행되고 있다"[8]는 뜻일 뿐만 아니라 우리의 맥락에
서는 가인으로부터의 탈주이고 오로지 생식만을 위한 모성성[9]으로

---

8) 아사다 아키라, 『도주론』, 문아영 역, 민음사, 1999, 11쪽.

부터 여성성을 분리시키려는 노력일 것이다.

　그럼에도 불구하고 우리의 경우 모성성이나 가족이라는 병, 가족
구성의 전제가 되는 결혼이라는 병의 뿌리는 너무도 깊다. 마치 디
즈니랜드에 나오는 마법의 성과도 같은 요즘의 결혼회관을 길거리
에서 볼라치면, 혹은 결혼회관 정문에 걸린 신혼부부의 결혼사진을
볼라치면 결혼이라는 판타지가 도시 깊숙하게 육화되어 있는 것을
느낄 수 있다. 그렇다면 그러한 환상적인 성에 갇힌 마법의 비밀은
무엇일까. 그것은 들뢰즈의 말이나 아키라의 말처럼 오이디푸스적
인 편집증의 증상이거나 가족을 국가주의의 볼모로 잡는 가국체제
의 결과10) 일 뿐만이 아니라 가족의 씨를 유지하려는 현대판 근친상
간처럼 여겨진다. 11) 다시 말해 가족이 결혼의 전제조건이라면 같은
종의 번식 유지가 결혼의 최대 과제이기 때문이다. 특히 우리의 경
우 가벌(家閥) 이라는 말이 있듯이 오늘날 우리 사회의 상층부는 '당
신들만의 결혼'을 유지하고 수행한다. 이들만의 결혼에는 다른 피나
잡종이 섞일 수 없는데도, 드라마는 흔히 가문있는 집안과 별 볼 일
없는 집안과의 사랑과 연애이야기를 소재로 삼는다. 그러나 이러한
드라마는 사랑이라는 환상을 통해 양쪽의 관계가 '물과 기름의 관계'
라는 사실을 더욱 확인시킬 뿐이다. 그래서, 만일, 결혼이 미친 짓
이라면 근친상간이 금지되어 있는 마당에 재벌/가벌/족벌/정치권
사이에 이루어지는 '벌'들 만의 근친상간과 그 덕분에 유지되는 재벌
구조, 그리고 요즘처럼 병역의무를 '빈민들의 부역' 쯤으로나 여기는
상층부에 끼어들려고 애쓰는 이물질이 미친 것일 뿐이다. 결혼이 혈

---

9) 남자아이를 선호하는 사고가 이것의 대표적인 예다.
10) 이에 대한 자세한 이야기는 이득재, 『가족주의는 야만이다』, 소나무, 2001 참조.
11) 결혼정보회사 등이 필자에게는 이런 것으로 보인다.

통의 유지 번영에 목적이 있는 한 그리고 그런 기능이 가족에게 위임되어 있는 한 말이다. 우리에게 결혼회관이 교회건물처럼 거대하고 으리으리할 수밖에 없는 것은 결혼이 단순하게 남녀의 결혼을 뜻하는 것이 아니라 기득권을 가진 경제적인 순종의 유지라는 거대하고 성스러운 작업을 하는 것이기 때문일 것이다. 프로이트의 말처럼 근친상간의 금지가 문명을 세우고 가족을 탄생시킨 것이라면 오늘날 현대판 근친상간의 금지는 경제민주화에 최대장애물인 가벌로서의 가족을 탄생 유지시키고 있는 것이다.[12]

　근대가 편집증적인 문명이라는 아키라의 지적이 틀린 것은 분명히 아니거니와 결혼이라는 이데올로기 하에 결혼=정상/미혼, 미혼모=비정상, 부인=정상/과부, 독신녀, 이혼녀=비정상, 가정=정상/결손가정=비정상, 이성애=정상/동성애=비정상이라는 이분법적인 편집증이 이혼률 증가의 시대에도 여전히 중증으로 자리잡고 있는 것이다. 더구나 이러한 이분법이 더욱 문제되는 이유는 우리에게 뿌리깊게 박혀있는 차별과 배제의 구조 때문이다. 피와 종의 분리도 마찬가지이지만 성적으로, 계급적으로, 학력과 학벌 순으로, 차별의 메커니즘이 단계적으로 착착 손발이 맞듯 작동하는 우리의 경우 남자의 바람은 외도이고 사랑이지만 여자의 바람은 그냥 바람이 아니라 춤바람이고, 죄악이며, 그저 외도인 것이 아니라 인류를 저버린 '불륜'인 것으로 인식되는 것이다. 왜냐하면 남자는 가족의 지배자이기 때문에 그의 외도는 그저 길, 집 바깥으로 나간 정도일 뿐이다. 그래서 흔히 지적하듯이 외도한 남자는 가정으로 다시 돌아오기 때문에 남자의 바람을 참고 기다리는 것이 현명한 아내의 미덕으로

---

12) 장덕진의 「가족제도의 경영논리」(『경제와 사회』, 2001년 가을호) 참조 결혼은 재벌의 민주화를 가로막는 가벌의 전제조건이다.

여겨졌던 것은 지독한 오인일 뿐이며 남자의 '귀환'은 가족 전체의 지배권—성의 독점까지 포함하여—을 복권시키려는 시도일 뿐이다. 이런 의미에서 필자는 아키라가 여성의 일탈과 가정의 붕괴를 두고 편집증적 도덕론자들이 한탄하는 것은 대개 아내를 성적으로 독점하고 그것을 주체로서의 자기의 존립기반으로 삼고 있는 사람이라고 말한 사실13)에 동의한다. 왜냐하면 여성들의 '성', 혹은 여 '성'은 개인의 성이 아니라 생식, 가족, 국가만을 위한 성이자 그 중에서도 '가족성'(familial sex)이기 때문이다.

---

13) 『도주론』, 14쪽.

18 가족성을
넘어서

남자와 여자 간의 사랑은 원래 혼외적이었다. 엥겔스에 따르면 낭만적 사랑의 역사는 11-13 세기 남부 프랑스지방에 살던 서정시인들의 사랑의 서정시에서 처음 시작했는데 이들은 한결같이 간통을 찬미하였다. 그런데 산업사회로 접어들면서 새롭게 등장한 부르주아계급은 아들이 직접 아내를 고르는 것을 허용하기 시작했으며 그리하여 사랑과 결혼이 역사상 처음으로 결부되기 시작한 것이다.[14]

이러한 이야기는 비단 서양에만 국한된 것이 아니다. 우리의 경우에도 『화랑세기』가 전해주는 이야기가 있다. 그런데 문제는 『화랑세기』나 울산의 암각화 등에서 엿보이는 자유분방한 성이나 전기수제도[15] 같은 것들이 통제되기 시작했을 뿐만 아니라 가족의 성,

---

14) 『결혼이라는 이데올로기』, 11-12쪽.

즉 가족성 혹은 남자의 남근으로 환원되기 시작했다는 것이다. 예전에 남자의 외도가 인고의 세월에 의해 살아남을 수 있었던 것은 성이 가족의 성이었고 그 성을 독점하는 것이 남자였던 탓이다. 푸코가 지적하듯이 핵가족의 탄생이 아이들의 자위(自慰)를 시야의 통제 아래로 들어오게 하기 위한 방편이었듯이, 우리의 경우 가족의 탄생은 성을 개인의 구체적인 성적인 욕구로 인정하는 게 아니라 가문, 법도 등으로 추상화시키면서 성을 권력화하고 급기야는 '가족의 성'으로 둔갑시키기 위한 방편이었다. 물론 앞에서 얘기했듯이 여'성'을 거세하고 무성화하는 방식도 여러 가지 형태로 존재하였고 이러한 형태들도 가족성을 수립하는 데 공헌하였다. 영구의 태현실은 여'성'이 아니라 '여'성이거나 무엇보다도 '모'성의 표상이었던 식으로 말이다.

이런 맥락에서 언론에서 불륜으로 질타하는, 혹은 러브호텔로 대표되는 욕망의 범람은 가족성, 성의 독점에 저항하고 개인으로서의 여'성', 개인의 성을 회복하려는 한 흐름으로 나타나기도 한다. 따라서 이제는 "남편은 되는데 왜 아내는 안돼?"가 아니라 "남'성'은 되는데 왜 여'성'은 안돼?"라는 질문으로 바뀌어야 한다.

대중가요 중에 가수 태진아가 부른 노래가 있다. "사랑은 아무나 하나…눈이라도 마주쳐야지. 만남의 기쁨도 이별의 아픔도 두 사람이 만드는 것." 결혼과 이혼을 전제로 한 듯하지만 사랑과 결혼의 편집증을 은근슬쩍 드러내는 이 노랫말에는 왜 사랑이 가족성으로 둔갑했는지에 대한 구구한 설명이 없다. 대중가요니까 그럴 수도 있

---

15) 전국을 돌아다니며 주로 양반집 마나님들에게 무성(無性)의 시름을 달래줄 요량으로 통속소설을 읽어주거나 가담항설(街談巷說)을 들려주는 사람들이 있었다. 이들을 기전수라 부르는데 조선 성종 이전부터 제도화되어 있었다.

다지만 우리의 경우 사랑은 결혼을 전제로 하고 결혼은 이혼을 전제로 하지 않는 것이었고 이런 조건에서 사랑은 섹스와 구별·분리되고 그 순간 성은 독점체제로 편입된다. 하지만 〈베니스의 상인〉에 나오는, "가슴을 절개해 보여주어야만 사랑을 알겠느냐"는 대목처럼 시니피에도 없는 사랑이 아니라 정으로 사는 거라고 하면 고개를 절레절레 흔들어대는 젊은이들의 의식이 필자에게는 너무도 엽기적으로 느껴진다. 사랑이란 성의 대리만족이거나 대용품일텐데도 두 사람이 만드는 이별의 아픔은 이들에게 전제되지 않는다. 그리고 이혼이 우리의 경우 호주제로 인해 불완전하다는 사실도 이들에게는 다른 나라 얘기처럼 들릴 뿐이다. '여'성이나 여'성'만이 아니라 이름까지 박탈당하며 살게 될 결혼을 성사시키려고 사랑에 그토록 목을 매는 것일까. 물론 이런 이야기가 요즘 대중가요 노랫말에는 과거의 뽕짝이나 트로트가요와 달리 절반쯤만 나타난다. 하지만 사랑과 결혼이라는 편집증의 위력은 여전히 대단하다.

4부

아우성에 대한
아우성

19 아우성치는 구성애,
그리고 프로이트

사이버공간 〈달나라딸세포〉에 산딸기란 아이디를 가진 소녀의 이야기, '즐거운 우리들의 성생활을 위하여'를 들어보자.

나는 구성애 아줌마를 좋아합니다
그래서 얼마 전 학교에서 강연회를 한다고 할 때에도 갔었지요…근데 좀 실망했어요…구성애 아줌마가 나의 성교육은 남자애들의 성교육을 통해 성폭력을 예방하기 위해 하는 성교육이라고 말하고 시작한다면 모르겠어요…. 120분의 강연 시간 도중 여학생들에게 한 말은 고작, 나는 결혼하기 전에 첫경험을 했다(구성애 아줌마는 남자애들에게 섹스는 남자건 여자건 간에 '하는'거라고 '주다'나 '받다'와 같은 동사를 쓰는 것이 아니라 '하다'라고 해야 한다고 가르치는 것은 굉장히 좋아요.) 그런데 그건 별로 좋지 않다. 너희들도 웬만하면 결혼하고 섹스해라. 섹스할 때는 꼭 생명을 생각해야 한다…여자들도 오빠만 믿지 말고 싫은 건 분명하게 이야기 해야 한다…. "참 저 아줌마, '남성 성교육 운동'을 잘 하고 있군. 훌륭해." …아줌마는 여성을 소극적인 주체로 만들고 있어요…. 이거 초등학교 때부터 들어오던 그 순결교육 아니야?…여학생들에겐 어쩌면 조금 더 '진보된 순결교육' 이상은 아닐 것이에요…. 나는 구성애 아줌마에게 질문을 하고 싶어졌어요. 이런 질문들 말이에요.

구성애의 '아름다운 우리들의 성', '아우성'이 나온 지 몇 년이 흘렀다. 그런데 구성애는 아직도 여성에 대해서는 이야기하지 않는다. 더군다나 여'성'에 대해서는 더 이야기하지 않는 것 같다. 구성애는 '자궁적출 수술을 했기' 때문에 자기가 여자가 아니라고 본다. 자궁이 있어야 여자라고 생각하는 탓이다. 그러나 산딸기가 말하듯이 자궁이 있어야만 여자인가. 게다가 자궁이란 식민지근대 시절에 부란기(孵卵器)의 원천이 아니던가. 산딸기가 말하듯이 구성애가 '말로만 성적 주체를 세워 놓고 실제로는 애만 낳아 잘 기르라는 것 같다'면, 구성애는 '아이를 잘 낳는 여자'를 주장하는 김영희하고 다를 것이 없다.

구성애의 성 이야기는 모성성을 넘지 못한다. 여성을 모성성으로 축소시키는 탓이다. 구성애에게 성이 아름다운 것은 그 성이 모성이기 때문이다. 만일 구성애에게 성이 아름답지 못한 것이라면 '아우성'이란 브랜드는 폐기되어야 마땅하다. 산딸기의 성 이야기가 '즐우성'이라면 구성애의 성 이야기는 그저 '우성'일 뿐이다. 구성애는 성을 즐거운 것으로 생각하지 않는다. 더 이상한 문제는 여성인 구성애가 '여'성을 '모'성으로 등치시켜 놓고 여'성'은 배제한다는 데 있다. 산딸기의 말을 더 들어보자.

왜 여성의 외부생식기는 어디 가고 생물책과 가정책에서 수도 없이 나오는 자궁 그림만 그려대는 건가요? 얼마나 많은 여성들이 자신의 외음부를 본 적이 없는지 아세요? 왜 아기 방만이 여성의 생식기가 되는 거냐구요? 우리들의 클리토리스는 어디로 갔나요?

구성애의 여성관은 프로이트를 빼닮았다. 구성애가 아우성치는 성 이야기의 주장은 '사랑·건강·성'이 아니다. 그 아우성의 본질은 '여성들이여, 클리토리스를 포기하라'는 것이다. 프로이트는 「여자의 성욕」에서 다음과 같이 말한다.

"우리는 이미 오래 전에 여자아이들이 주요생식대인 클리토리스를 버리고 새로운 생식대로 음부를 선호함에 따라 여성 성욕의 발달 양상이 더욱 복잡해진다는 것을 알게 되었다."[1]

우선 먼저 거론할 것은, 인간의 내재적인 성향 속에 존재하는 양성성은 남성보다도 여성에게서 더 분명하게 부각된다는 사실이다. 결국 남성은 단지 하나의 주도적인 성적 영역, 즉 하나의 성기관을 가질 뿐이지만 여성은 그 성적 영역이 두 군데이다. 바로 여성의 기관인 음부와 남성의 성기에 비유될 수 있는 클리토리스가 그것이다.[2]

프로이트는 적어도 클리토리스가 여성의 성생활에서 그 기능을 계속 유지한다고 말했다. 클리토리스의 존재를 인정한 것이다. 하지만 프로이트는, 그 오이디푸스 탓에 아버지 이야기를 해야 하고 그렇기 때문에 전오이디푸스기의 클리토리스가 음부로 넘어간다고 말할 수밖에 없었던 것이다. 들뢰즈/가타리가 정신분석의 오류추리 중 첫 번째로 제시한 '외삽법'(extrapolation) 때문에 클리토리스의

---

1) 프로이트, 『성욕에 관한 세 편의 에세이』, 김정일 역, 열린책들, 1996, 197-198쪽.
2) 같은 책, 201쪽.

존재는 인정하면서도, '여성의 이런 독특함에 대한 생물학적인 근거를 알지 못한 채'[3] 클리토리스를 정신분석에서 제거하고 만다. 생물학적으로 보았을 때 클리토리스는 페니스로 자라나지 못한 것이다. 페니스로 성장해 남자가 되지 못한 것은 두고두고 한으로 남는다. 저주받은 한. 그렇기 때문에 시초부터 저주받은 여성의 생식대 클리토리스는 정신분석이라는 극장의 무대 뒤편으로 사라져간다. 여성의 복수적인 생식대를 남자처럼 하나의 기관으로 축소시킨 채 말이다.

프로이트가 그렇게 해서 도달한 또 다른 결론은 남성과 여성을 능동성과 수동성으로 구분하고 여성을 수동적인 존재로 고착시키는 것이다. 프로이트가 생각한 여성의 적극성은 기껏해야 어릴 적 인형놀이에서 드러날 뿐이다. 프로이트처럼 구성애 또한 여성을 소극적인 주체로 인식하고 있는 것이다. 구성애가 남자애들의 성폭력을 방지하자고 아우성치는 계몽교육은 여성을 늘 피해자, 약자, 수동성으로 볼 것을 요구한다. 물론 여성이 성폭력의 대상으로 쉽게 노출되기는 한다. 하지만 성폭력이 성만의 문제는 아니다. 거기에는 권력이 개입해 있는데 구성애의 아우성은 계몽을 벗어나지 못하는 이유로 해서 성폭력과 권력의 관계라는 문제설정을 받아들이지 않는다.

어쨌든 여기서 문제는, 구성애나 프로이트나 여자의 성욕을 부인한다는 것이다. 그러한 부정의 근저에는 언제든지 페니스가 거세된 존재로서의 여성이 전제되어 있다. 여성이 소극적이고 수동적인 것은 결국 페니스가 '결핍'된 존재가 여성이기 때문이고 바로 그러한 결핍이 여성을 수동적으로 만드는 것이다. 프로이트의 말을 들어보자.

---

3) 같은 책, 202쪽.

여성은 자신이 거세되었음을 인정하고 그래서 남성의 우월성과 자신의 열등성을 인정한다. 그러나 여성은 이 불쾌한 사실에 대해 반항하려고 한다. 이 상반된 태도에서부터 세 가지의 발달 양상이 나타나게 된다.

프로이트가 말하는 그 세 가지란, 여성의 성욕 포기, 여성의 남성화라는 환상, 동성애다. 프로이트는 "여자 어린아이들이 처음부터 그 욕구가 강하지 않다는 것은 확실하지 않다"[4]고 말하거나 '최초의 가장 근원적인 리비도의 충동이 얼마나 중요한지' 알고 있다. 하지만 궁극적으로 전오이디푸스기가 프로이트에게는 중요하지 않기 때문에, 그리고 여자＝거세＝결핍이라는 구도, 페니스선망을 벗어나지 못하는 정신분석은, 결국 여자에게는 성욕이 없다는 결론으로 이어진다. 프로이트가 말하는 여성의 남성화도 결국엔 페니스의 결핍에서 비롯하는 것이다. 페니스의 부재(不在)를 존재(存在)로 바꾸는 것이 남성화의 환상이라는 것이다. 프로이트는 이런 주장을 하면서 여성주의를 의식하고 있었는지, 주석에서 이렇게 말하고 있다.

그들은 분명 내가 설명한 개념들이 바로 남성의 〈남성 콤플렉스〉에서 비롯된 것들이고 또 그 개념들이 여성을 폄하하고 억누르려는 남성의 타고난 성향을 이론적으로 정당화하기 위한 것이라고 이의를 제기할 것이다. 그러나 그와 같은 정신분석적 논쟁은 도스또예프스끼의 유명한 〈양날의 칼〉을 기억나게 한다. 나와 같은 주장을 하는 사람들에게 반대하는 사람들은 그들 나름으로는 남성과의 평등을 주장하는 그들의 주장에 모순이 되는 견해를 여성들이 당연히 거부해야 한다고 생각할 것이다.[5]

---

4) 같은 책, 207쪽.
5) 같은 책, 205쪽.

프로이트의 이 말은 언뜻 보면 뜯어 읽기가 대단히 어렵다. 여성의 성에 대한 입장이 애매한 탓이다. 남녀평등이라는 주장에 어긋나는 견해를 여성들이 거부하는 것을 두고, 프로이트가 동의하는지 안하는지 속시원하게 밝혀지지 않고 있다. 도스또예프스끼가 말하는 〈양날의 칼〉은 긍정과 부정이 동시에 존재하는 것을 가르킨다. 물론 여기서 프로이트가 페미니스트인가 아닌가를 가지고 따질 여유는 없다. 중요한 것은 프로이트가 소녀의 여성성을 인정하고 소녀의 자위행위를 알고 있으며 또 클리토리스의 존재를 알고 있었으면서도 결국에 가서는 다시 클리토리스를 음부로 대체하고, 두 개의 생식대를 하나로 축소시켜 여성이란 성욕을 포기하고 성욕에 반감을 갖는 존재라고 낙인찍는다는 데 있다.

그러나 구성애의 아우성을 무조건 반대하는 것은 아니다. http://www.9sungae.com에서 주장하듯이 '건강한 성, 행복한 성'을 무조건 반대하는 것도 아니다. 구성애의 아우성이 10대용이라는 것도 인정한다. 특히 자위와 성폭력 치료에 힘을 쏟는 노력을 무조건 폄하하자는 것도 아니다. 하지만 아우성에는 왜 '즐거운 성'이 없는가? 구성애는 왜 성에 의료적으로만 접근하는가? 왜 성을 '건강'과 '행복'에만 연관시키는가? 자위를 이야기하면서 여성의 자위, 소녀의 자위에 대해서는 왜 말하지 않는가? 구성애가 사용하는 단어에는 늘 '여성'이 미리 배제되어 있다. 누가 행복한 것인지 누가 건강하다는 것인지 주체가 분명하지 않다. 그래서 앞에서 산딸기가 '저 아줌마 남성 성교육운동은 잘하고 있군' 하며 푸념 섞인 말을 하는 이유가 이해된다. 여성의 행복, 여성의 성, 여성의 건강은 어디로 갔는가? 그리고, 성은 과연 청소년들에게 금기영역인가? 어떤 때 구성애는 미혼모를 만들지 않기 위해서 전전긍긍하는 듯이 보이기도 한다. 피임법을 알려주고 낙태를 피하며 낙태로 인한 정신적인 외상을 치료하는 등의 활동은 그 나름으로 의미있는 것이다. 그러나 소녀들한테는 피임법을 알려주었는가? 더 나아가 피임법은 알려주면서 성을 즐기는 방법은 왜 말해주지 않는가? 킨제이보고서 이후 제2의 보고서로 알려진 '하이트보고서'에 따르면, 6) 미국의 경우이기는 하지만, 결국, '무성지대(無性地帶)는 없는 것'이다.

---

6) Shere Hite, *The Hite Report on the family: growing up under patriarchy*, Grove Press, 1994.

20 아우성치는 구성애,
그리고 칸트

구성애의 아우성은 구성애가 여성을 모성으로만 파악하는 데에서 문제를 안고 출발한다. 그러나 우리가 사는 시대에 어머니가 된다는 것은 다른 한 편에서 생각할 때 즐거운 일이 아닐 수도 있다. 심하게 말하면 우리시대에 어머니가 된다는 것은 참혹하고 저주스러운 운명일 수 있다. 애만 잘 낳으면 여성의 행복이 저절로 여성에게 달려오는 것은 아니기 때문이다. 특히나 우리처럼 공교육이 붕괴한 마당에서는 아이들의 교육부담이 부모, 그 중에서도 거의 어머니로서의 여성에게 지워지고 그로 인해 여성의 욕망이 지워진다고 생각할 때 어머니-되기는 욕망의 억압이자 '여'성/여'성'의 배제인 것이다. 산딸기는 어머니-되기에 대한 공포를 갖고 있었다.

이미 아이를 낳은 어머니의 몸, 이제는 자식들을 위해 바쳐야 할 몸이라고 생각하시는 것 같았다. 운동도 하지 않았고 집안일만 했다. 그러다 결국 집안일을 하는 데 알맞은 몸매가 된 것이 분명하다. 푸근하고 편안 해보이는 소파같은 몸 말이다.

엄마를 볼 때마다 눈물이 나는 것은 엄마의 그 엄청난 모성애와 희생정 신 때문이 아니라 엄마의 몸을 그렇게 만들도록 한 나와 식구들에 대한 모멸감과 미래의 내가 그렇게 될지도 모른다는 두려움 때문이었다

© V.Ivanovski www.2001photo.com

여자는 결혼해서 애를 낳은 후 여성이 아니라 모성으로 변해간다. 자궁이 없기 때문에 스스로를 여자로 생각하지 않는다고 하지만, 구 성애가 여자이고 그러한 여성이 모성을 지향하고 모성성이 여성성 이라고 생각한다면, 그 순간 어머니의 몸은 여성의 몸이 아니라 소 파라는 사물의 신체로 전락하고 여성이란 성적인 주체는 사라지고 말게 된다. 여성들이 에어로빅을 하고 다이어트를 하는 이유는, 어 떤 의미에서 공포스러운 몸에서 탈주하는 전략이다. 거기에는 소비

문화가 개입하고 몸을 상업화하는 지점이 있지만 슬림한 몸매를 가꾸는 것은 공포스러운 영락물(the abject)로 전락한 대상-몸을 여성 주체, 성적인 주체(subject)로 정립시키려는 지난하고, 정당한 행위가 아닐까? 여성들이 그토록 살빼기에 목매다는 것은 여성들의 육체에 공포가 그만큼 스며들어 있고, 어머니로서의 여성의 삶이, 산딸기가 자기 어머니에게서 모멸감을 느낄 정도로, 그만큼 공포스럽다는 반증이 아닐까?

그렇다면 구성애는 왜 걸죽한 입담을 구사하면서도 소파로서의 몸, 불은 밥풀처럼 퍼진 몸에 대해서는 공포를 느끼지 않는가? 그것은 구성애도 모성애나 희생정신이라는 이데올로기에 스스로 빠져있기 때문이다. 모성애나 희생은 '여'성/여'성'을 드러나지 못하게 만드는 일종의 '이성의 간지'다. 앞에서 문정희 시인이 「그 많던 여학생들은 다 어디 갔는가」에서 구구절절이 읊었듯이 구성애는 왜 그 사라진 소녀시절을 이야기하지 않는가?

한 남자의 입장에서 이야기해 보자. 구성애가 스스로를 여자라고 생각하지 않듯이 칸트는 평생 독신으로 살았다. 여자나 부인을 만나지 않은 것은 아니지만 칸트는 성애(性愛)의 경험을 가져본 적이 없다. 구성애가 성에서 생명을 강조하고 건강을 생각하듯이, 그리고 자궁에 대한 강박증이 있듯이 칸트도 성적인 것을 종족번식으로만 생각하였다.[7] 칸트는 근본적으로 성을 거부했고 지독한 여성혐오증에 시달렸고 여성차별적인 생각을 하였다. 칸트에게는 여자는 육체를 사랑하고 남자는 혼을 사랑하는 것이 자연의 정합성에 부합하는 것이기 때문이다. 칸트의 철학은 1755년 리스본을 덮친 대지진 이후 천문학에 관심을 가지면서부터 시작하였다. 1755년 칸트가 쓴

---

7) 칸트, 『실용적 관점에서 본 인간학』, 이남원 역, 울산대학교 출판부, 1998, 263쪽.

글, 「天界의 일반 자연지(自然誌)와 이론」은 그의 철학의 미래를 운명지은 글이었다. 칸트는 「인류의 형이상학적 기초」라는 글에서 성애를 경향성으로서의 사랑으로 정의한다. 여기서 경향성이란 충동과 유혹에 이끌려가는 상태를 말한다. 칸트는 이러한, Liebe als Neigung을, 수동적인(pathologisch) 사랑으로 폄하한다. 칸트가 보기에 올바른 사랑은 '의무에 기반을 둔 자애'(Wohltun aus Pflicht) 뿐이다.

칸트의 여/성에 대한 견해는 그의 만년작인 『실용적 관점에서 본 인간학』(1779)에 집중적으로 나타난다. 그 중에서 특히 욕정에 관해 말하는 제 80절에서 86절, 양성의 성격에 관하여 말하는 제 2장, 제 1장 개인의 성격에 관해 말하는 부분에 잘 나타나 있다. 칸트도 프로이트처럼 남성과 여성의 차이에 대해 애매한 말을 한다.

1. 여성은 지배하려고 하고 남자는 적어도 결혼 전에는 지배당하려고 한다.
2. 여성은 '여성스러움'을 무기로 하여 남성을 철저하게 지배하는 생물이다.
3. 여성은 신체 구석구석 성애에 의해 지배를 받는다.
4. 여성은 결혼에 의해 자유롭게 된다. 그러나 남성은 결혼에 의해서 자유를 상실하게 된다.
5. 나는 부인이 지배하고 남편이 통치해야 한다고 말할 것이다.
6. 남성은 여성보다 그의 신체적인 능력과 용기에 의해서 우월하고, 여성은 남성보다 남성의 경향성을 자신을 위해서 이용하는 자연적으로 주어진 재능에서 우월하다.
7. 남성은 가정의 평화를 사랑하며 단지 자신의 일이 방해받지 않도록 하기 위해서 즐겁게 여성의 지배에 굴복한다. 여성은 가정의 싸움을 피하지 않는다.
8. 여성은 민감하고 남성은 다감하다.

9. 학식있는 부인들에 관하여 말한다면, 그녀들이 자신의 책을 필요로 하는 것은 자신의 시계를 필요로 하는 것과 같다. 즉 그녀들은 비록 그 시계가 보통 그대로 서 있거나 또는 정확한 시간을 가리키지 않더라도, 시계를 하나 가지고 있다는 것을 남에게 보이기 위해서 그것을 소지하고 있는 것이다.

10. 이성을 방해하는 것이 욕정이다.

11. 욕정은 순수 실천 이성에서는 암이며 대개는 불치의 병이다. 왜냐하면 이 병에 걸린 사람은 치료되기를 원하지 않으며 그것에 의해서만 치료가 될 수 있는 원칙의 지배를 거절하기 때문이다.

9가 대표적으로 여성차별적인 말이고 10, 11이 성을 부인하는 것이라면 1은 겉으로 보기에 애매하게 들린다. 5도 마찬가지다. 마치 칸트가 여성에게 지배권을 주는 듯이 보이기 때문이다. 그러나 칸트는 지배보다 통치를 더 중요하게 생각한다. 칸트가 보기에 여성은 통치능력이 없다. 통치권을 가진 남성이 지배권을 여성에게 넘겨주는 것은 그리 대수로운 일이 아니다. 흡사 두목이 하수인에게 모든 권한을 위임하고 자기는 그 위에서 하수인이 하는 역할을 감독하는 이치와 같다. 국가가 가장에게 모든 권한을 위임하는 '가족을 통한 통치'와도 같은 것이다. 그 때문에 여성의 성은 '가족성' 하나로 둔갑하고 거기에 매이게 되는 것이다. 칸트는 그런 두목과 국가의 위치에서 여성을 바라다본다. 여성은 성욕에 지배된 남성을 지배하지만 우아하고 은근하게 그런 행동을 하는 여성의 모습은 우둔한 것이고 칸트는 그 우둔한 행동을 미소를 띠며, 반감을 갖고 바라다본다. 이것은 필자의 말이 아니라 칸트가 「미와 숭고의 감성에 관한 고찰」에서 한 말이다. 칸트의 눈은 통치의 눈이요 여성의 눈은 한 수 아래의 지배의 눈일 뿐인 것이다.[8]

별하늘을 보며 철학을 했던 칸트가 보기에 무성주의(無性主義),
남녀의 위계질서는 그가 말하는 '자연의 합목적성'(Zweckmassig-
keit)인지도 모른다. 앞에서 말했듯이 칸트는 천문학과 지리에 밝았
던 사람이다. 특히 인류의 역사 속에서 늘 최대의 주목을 끌었던 천
문학적인 사건이 칸트에게 준 영향은 자못 큰 것이었다. 1744년 칸
트가 숭고하다고 일컬은 그 쾨니스베르크의 밤하늘에 나타난 혜성
은 칸트의 계몽주의이론의 형성과정에 중대한 영향을 끼쳤다. 엥겔
하르트 바이글이 이야기하듯이 칸트는 "태양계의 구성적 기술과 항
성계의 배치상황의 해명이라는 근대천문학의 두 가지 위대한 성과
속에 위치해 있는 것"[9] 이다. 그렇다면 우주의 일반규칙을 연구하
던 칸트에게 남성과 여성의 관계도 과학적으로 자연적으로 비치지
않았을까. 음양이론에 빗대 남녀차별을 정당화한 동양사상처럼 말
이다.

그런데 칸트가 앞에서 제시한 항목들 중 10과 11에서 말하듯이 욕
정을 암이라고까지 하면서 부인한 이유는 어디에 있을까. 종족번식
이 자연법칙이고 그것을 여성이 벗어날 수 없다고 칸트가 믿었다면,
그 다음으로 칸트가 성애를 부정한 까닭은 어디에 있었을까. 구성애
가 음부의 사랑만을 이야기하고 거기에 소녀들의 성이 노출될까봐
전전긍긍하면서 정작엔 클리토리스의 사랑, 여성의 성욕을 억압하
는 이유는 무엇일까? 장 바티스트 보튈은 칸트가 만인의 찬사를 받
을 수 있는 근거로 독신생활을 들고, 칸트를 편견의 시선으로 보지
말라고 독려하긴 하지만, "아름다운 성(여성)이 원칙을 가질 수 없
다고 생각한다"[10] 는 칸트를 두고 성욕의 부정이라고 이야기할 도리

---

8) 이 점에 대해서는 이종영, 『성적지배와 그 양식』, 새물결, 2001, 부록편을 보라.
9) 『思想』, 岩波書店, 1995.9, 145쪽.

밖에 없지 않을까?

　구성애씨처럼 칸트에게도 슬픈 과거가 있었다. 구성애씨의 과거
가 구성애씨로 하여금 아우성치게 만든 것은 이해되는 일이지만, 슬
픈 과거를 더 넓혀 사고할 수는 없을까. 그것이 과거를 지우고 진정
으로 망각하는 방식일 테니까. 그러나 그 위대한 칸트도 그의 개인
적인 과거에서 자유롭지 못했다. 보뷜은 마리 샤를로테의 성적 유혹
에피소드까지 들먹이며 철학을 성에서 구해내려고 하지만 칸트는
여/성에 접근하지 못했다. 어머니에 대한 기억, 모성이 욕정을 가로
막고 있었던 것이다. 칸트가 "욕정이 이성을 방해한다"고 말했지만
칸트의 개인생활에서는 "모성이 욕정을 방해했던" 것이다.

　칸트는 사춘기로 접어들 즈음의 나이인 13살 때 어머니를 잃는다.
칸트는 강의 중에 자기의 어린시절을 얘기하는 법이 전혀 없던 인물
로 알려져 있다. 그러나 어머니에 대한 기억이 사무쳤는지 어머니
얘기를 주위 사람들에게 종종 들려주었다고 전해진다. 그런데 문제
는 단순히 성적으로 인격적으로 민감한 사춘기 시절에 어머니를 잃
었다는 사실에 있지 않다. 어머니가 돌아가시게 된 배경이 문제였던
것이다. 칸트의 제자 바지안스키에 따르면, 어머니가 돌아가시게
된 경위는 대충 요약하자면 이렇다.

칸트 어머니에게는 여자친구가 있었다. 그 여자는 어떤 남자와 사랑하였
다. 순결과 덕은 보존되었다. 그런데 남자가 결혼 약속도 해놓고는 어느
날 갑자기 다른 여자와 결혼해버렸다. 그러자 그 여자는 실성했고 칸트
의 어머니는 그 여자를 간호해 주었다. (평소 넷째 아들인 칸트와 산책
을 하면서 별 이름과 풀 이름을 가르쳐주며 지냈던) 어머니가 약을 지어

---

10) 「임마누엘 칸트의 성생활」, 『세계의 문학』, 2002년 가을호, 23쪽 재인용.

그 여자에게 권했으나 그 여자는 구토기가 있다고 하면서 약 먹기를 거부하였다. 그러자 칸트 어머니는 그 약을 자기가 먼저 시음해 보다가 구토를 일으키고 정신을 잃으며 사망하였다.[11]

사실 어머니의 친구는 심한 병에 걸렸던 것인데, 어머니는 자신의 여자친구가 남자한테 버림을 받아 괴로워하다가 티푸스에 걸린 것이라고 믿었다. 칸트의 어머니는 결국 친구의 연애사태에 휘둘려 목숨을 잃게 된 것이다. 칸트의 아버지는 이 사태를 칸트에게 정확하게 이야기해 주지 않았기 때문에 어머니를 잃은 칸트의 슬픔은 더 컸을 것이고 애매한 의혹, 그것도 연애사태에 대한 애매한 의혹을 품으며 사춘기시절을 보냈을 것이다. 그래서 나가지마 요시미치는 "칸트의 성애에 대한 혐오의 정이 이 때 배양되었다고 생각할 수도 있지 않을까"[12] 라고 말한다. 나가지마도 칸트의 성애혐오증의 원인을 모조리 이 사건으로 돌리는 것을 유보하긴 하지만, 칸트 집안의 장녀인 레기나 도로테아도 평생 결혼하지 않은 것을 보면 연애사태가 불러일으킨 어머니의 죽음이 칸트에게도 충분한 영향을 미쳤다고 말해도 무리는 아닐 것이다. 물론 보틸이 주장하듯이 칸트가 이러한 영향에도 불구하고 연애에 반대하지 않았을 수도 있다. 여자를 전혀 모르지 않을 수도 있다. 하지만 보틸의 주장 역시 그 자체가 혼돈스럽다. 칸트가 뉴턴이나 로베스피에르 뒤를 이어 목석(木石)이 되었다고 주장하는 면도 있으니 말이다. 보틸은 칸트의 예의 『인간학』을 인용한다. "사회의 쾌락을 결여하고 있는 냉소주의자의 청교도주의와 수도사의 정조관은 덕을 왜곡한 것이며 결코 덕을 실천

11) 「칸트의 여성관」, 『現代思想』, 靑土社, 1994, 142쪽.
12) 같은 글, 143쪽.

하는 것도 아니다."[13] 그러나 바로 칸트의 그 덕이 욕정을 억누른 것은 아닐까? 소년시절 칸트의 눈에 더 고급한 세계에 대한 동경을 품게 만든 사람이 바로 어머니였던 것처럼 어머니의 덕스런 모성이 칸트를 목석으로 만든 것 아닌가 하는 말이다.

프로이트는 칸트의 정언명법이 오이디푸스 콤플렉스의 직접적인 계승자라고 말한다.[14] 프로이트에 따르면 유아는 의식의 관점에서 볼 때 부도덕하고 타락한 감정과 욕망을 거대하게 축적해간다. 유아에게 가장 이해되기 어려운 것은 '정상적인 성행위'이다.[15] 그래서 유아는 근본적으로 근친상간을 동경한다. 초자아란 자아의 가장 높은 무의식적인 영역으로서 자아를 지배하여 자아가 본능을 억압하도록 명령을 내리는 검열관이다. 본능이 자아의 눈을 피해 나가는 것을 막도록 하는 것이다. 자아는 금지하고 본능은 그러한 금지를 위반하려고 하는데 이것을 검열하는 것이 초자아이다. 초자아는 막연한 죄악감으로 나타나는데, 의식은 이 죄악감을 인정하지 않고 싸움을 벌인다. 물론 그 싸움이 자아의 승리로 끝난다면 사람에게는 자학이나 금욕주의, 우울증 같은 병리적인 현상들이 없을 것이다. 따라서 이러한 현상들이 나타난다는 것은 의식이 욕망과 악과 싸움을 벌이지만 완전하게 승리하지 못한다는 것이다. 초자아가 형성될 때 제일 중요한 것은 유아가 아버지를 복사하려고 한다는 것이다.[16] 위엄있게 '너는 ~해야 한다'고 명령하고 금지를 명하는 아버

---

13) 「임마누엘 칸트의 성생활」, 18쪽.
14) *Reading Seminars I and II: Lacan's return to Freud*, edited by Bruce Fink etc., State Univ. of NY, 1996, p. 319.
15) 바흐찐・볼로쉬노프, 『새로운 프로이트』, 송기한 역, 예문사, 1998, 76쪽.
16) 실연이란, 사랑하는 사람-대상을 소유하지 못하는 것이다. 그렇게 되면 인간은 자기가 사랑했던 사람의 성격을 흡수하려고 하고 그 사람과 비슷하게 되려고 한다. 이러한 것도 프로이트가 설명하는 동일화의 방법이다. 옛 애인의 목소리를 닮았다고 해

지가 되고 싶어하는 것이다. 그렇게 하기 위해 유아는 아버지의 목소리를 자기 내면에 받아들이게 되고 거기에서 아버지의 목소리가 내적 권위의 목소리, 의무의 목소리, 그리고 자아로부터 독립한 양심의 최고 명령의 목소리로서 계속 들려오게 된다.17) 칸트의 정언명법이 안으로부터 울리는 양심의 목소리라고 할 때, 그 말은 프로이트 식으로 말하자면 명령하던 아버지의 목소리가 내면화되어 나타난 것이라는 뜻이다. '너는 ~해야 한다'는 명령이 '너의 의무를 다하라'라는 정언명법의 목소리로 변한 것뿐이다.

프로이트와 칸트가 이렇게 한 쌍이라면 칸트와 사드의 경우에는 어떨까? 변태로 오독되고 있는 사디즘이란 말을 유행시킨 장본인 사드가 구성애를 만난다면 어떤 일이 벌어질까? 사실 사디즘이란 말은 크라프트-애빙이 만든 말이지 사드하고는 아무런 관계도 없는 것이지만 말이다.

서 사람을 죽이는 것도 이러한 지독한 동일화의 경향 때문에 저질러지는 것이다.
17) 『새로운 프로이트』, 89쪽.

21 사드가
구성애를 만나다

사드는 아우성을 모른다. 사드에게 성이란 아름다운 것도 건강한 것도 행복한 것도 아니다. 사드에게는 성이란 일단 서갑숙의 경우처럼 즐거운 것이기는 하다. 구성애처럼 여성에게 소극성, 수동성을 가르치는 것보다 적극성, 자신만만함을 가르키는 서갑숙이 낫다. 구성애는 여성에 대해 이야기하지 않지만 서갑숙은 여성의 몸, 여성의 성욕에 대해 이야기한다는 의미에서 구성애보다 낫다고 할수 있다. 하지만 구성애에 비해서 그렇다는 것이지 사드하고는 아무런 관련도 없다. 사드는 칸트처럼 도덕성이라는 이름으로 이야기하는 사람을 '도착자'라고 부른다. 프로이트는 아버지의 목소리를 내면화하지 못하고 유아기로 퇴행한 사람을 가리켜 도착자라고 말했지만 사드에 따르면 다른 사람들의 주이상스를 통제하는 위치에 있는 사람들이 바로 도착자들이다. 프로이트가, 명령하던 아버지의 목소리가 양심의 목소리로 바뀌어 안에서부터 들려나온다고 설명하는 아버지의 목소리는 양심의 목소리가 아니라 도착의 목소리인 셈이다. 따라서 프로이트의 초자아는 자아에 대해 억압의 과정을 명령한다는 점에서 도착적이고 새디스트적인 초자아이다. 프로이트는 그 목소리가 양심의 최고 명령의 목소리이므로 유아의 주이상스를 통제하는 것이 아니라고 말할 것이니 말이다.

프로이트가 초자아라고 불렀을 판사, 사제, 교수는 사드에게는 도착자들일 뿐이다. 사드에게 있어서 가장 최악의 도착자는 올바름(righteousness)이라는 것이다. 잘못된 것, 비정상적인 것, 나쁜 것, 죄악은 사드에게 모두 정상적인 것이다. 사드 이전에도 라메트리(LaMaitrie) 같은 사람은 자신의 글 「행복론」에서 '죄'를 추천하고 나선 적이 있다. 사드에게 죄악감은 초자아의 통제대상도 아니고 초자아와 싸움을 벌여야 하는 경쟁대상도 아니다. 그것은 무제한으로 드러나야 하는 욕망일 뿐이다. 무제한의 방탕은 억압과 통제의 대상이 아니라 주이상스의 대상일 뿐이다. 칸트가 '너의 의무를 다하라'고 말한다면 사드는 '너의 욕망을 마음껏 즐겨라'고 이야기하는 것이다.

'칸트와 사드'는 철학과 정신분석의 역사에서 논쟁의 대상이 되어왔던 주제이다. 이 주제의 정식 명칭은 '사드와 함께 하는 칸트'(Kant with Sade)인데 이 명칭은 라캉의 논문 주제에서 온 것이다. 언뜻 보기에 칸트와 사드는 서로 대립적인 것으로 여겨지는데, 두 사람의 미묘한 공통점과 차이를 두고 여러 사람들이 이야기를 해 왔다. 아도르노와 호르크하이머는 『계몽의 변증법』 중 '부연설명 2' 부분에서 칸트와 사드의 관계를 다루면서 사드는 "아직 성숙하지 않은 부르주아적인 주체가 이끌지 않는 이성을 드러낸다"고 하면서 사드에 대해, 칸트와 사드의 관계에 대해 처음으로 언급하였다. 그 후 15년 뒤 라캉이 1958-59년의 정신분석 세미나에서 "사드는 칸트의 진리다"라고 하면서 칸트와 사드의 관계를 언급하였으며 이어서 1963년에 『에크리』에 「사드와 함께 하는 칸트」라는 글을 발표하였다. 그 후 슬라보예 지젝이 「사드와 함께 하는(혹은 반대하는) 칸트」, 「이상적인 커플, 칸트와 사드」라는 글을 발표하면서 칸트와 사드의 관계는 지금까지도 완전하게 해결되지 못한 채 논쟁거리가 되고 있다. '칸트는 앞으로도 사드와 좋게 지낼 것인가?'

구성애	사랑	칸트	황수정	착한 여자	현실원칙
서갑숙	성	사드	마돈나	나쁜여자	쾌락원칙

슬라보예 지젝은 「사드와 함께 하는(혹은 반대하는) 칸트」에서 일본문화의 예를 든다. 우리나라 사투리에도 '눈 깔아라'는 말이 바로 쳐다보는 것을 불손하고 건방진 행위로 보는 것을 나타내듯이, 일본문화에서도 다른 사람의 눈을 바로 대하는 것은 무례하고 불경한 것으로 간주된다. 일본에서 다른 사람의 시선을 피하고 똑바로 쳐다보지 않는 것은 그 사람을 회피하는 것이 아니라 존경한다는 표시라는 것이다. 다른 사람을 존경한다는 것은 그/그 여자에게 너무

가까이 접근하지 않는 것을 뜻한다. 다시 말해 적절한 거리를 유지하는 것이 존경의 표시인 것이다. 너무 가까이 접근하게 되면 결핍된 것, 모자란 것을 가리고 있는 유사성이 해체되고 그것들이 아주 잘 보이게 된다. 다른 사람의 단점이 잘 드러나게 하는 것은 존경심이 아니다. 여기서 유사성이란 우리가 쳐다보는 다른 사람과 그의 인격의 일치, 그 둘 사이에 차이가 없는 것을 말하는데, 가령 이슬람문화에서 여자들이 얼굴을 덮고 다니는 베일을 가리킨다고도 말할 수 있다. 여성을 성적 쾌락의 대상으로 드러내는 자본주의 문화는 여성을 불경스럽게 대하는 것이다. 이것을 정신분석에 대입시켜 보면 지젝이 말하듯이 "존경이란 궁극적으로, 늘, 타자의 거세에 대한 존경인"[18] 것이다.

그렇다면 새디즘은 무엇인가?

"나는 당신의 육체를 즐겁게 해줄 권리를 갖고 있다"고 어느 누구도 나에게 말할 수 있다. 그래서 나는 그 권리를, 내가 만족시키고 싶어하는 강제적인 요청이 예측 불가능하게 나오더라도, 그런 요청에 어떠한 제한도 가하지 않은 채, 실행할 것이다.[19]

사드의 제국은 타자의 자유의 제국이다.[20]

새디스트는 타자를 존경한다. 타자의 결함, 단점이 다 보이도록 너무 가까이 가지 않으면서 타자의 자유를 통제하는 것이 아니라 타자의 자유, 성적인 향유, 쾌락의 자유를 돕는 것이다. 매저키즘은

---

18) *The Žižek Reader*, edited by Elizabeth Wright and Edmond Wright, Blackwell Publishers Ltd, 1999, p. 292.
19) *Reading Seminars I and II*, p. 231.
20) 같은 책, p. 234.

그렇게 하기 위해 자기의 몸을 도구로 사용하는 것이고 새디즘은 타자의 자유에 참여하고 그 영역이 확장되는 것을 돕는 것이다. 예를 들어 칸트는 결혼을 육체의 '한 부분'을 상호소유하는 것으로 보았지만 사드는 결혼을 육체의 '어느 부분일지라도' 서로 즐기는 것으로 본 것이다. 라캉연구자인 자끄 알랭 밀러는 「라캉의 '사드와 함께 하는 칸트'」라는 글에서 이렇게 말한다.

그와 반대로 내 고객(사드)은 한 사람이 다른 사람에 대해 갖는 온갖 소유권들을 거부한다. 향유권은 좋지만 소유권은 노!다. 예를 들어 우리는 이렇게 말할 수 있다. 모든 여자가 모든 다른 사람의 욕망에 자기 자신을 빌려주는 것은 아주 중요하다. 그리고 남자도 그들을 욕망하는 모든 사람들에게 그들 자신을 제공해주는 것은 매우 중요하다. 그는 그것을 인권으로 정당화한다. 아무도 어느 누구의 소유가 될 수 없다. 그는 말한다. "자유로운 존재에게 소유의 행위를 행사하지 말라." 그것은 '프랑스인이여 공화주의자가 되려면 한 번 노력하라'는 제목의 글에서 한 말이다. 여자를 소유하는 것은 노예를 소유하는 것만큼이나 부당한 것이다. 모든 인간은 자유롭게 태어났고 동등한 권리를 갖고 있다. 다른 사람을 소유만 하는 것은 결코 정당할 수 없다. 따라서 여자는 자기를 욕망하는 누군가를, 자기가 누구 다른 사람을 사랑하고 있다는 사실을 일깨우면서, 거부하는 것을 정당화시킬 수 없다. 이것은 하나의 배제이기 때문이다. 남자는 그 여자가 모든 남자의 소유물인 것이 분명한 이상 여자의 소유로부터 배제될 수 없다. 이것이 나의 고객으로 하여금, 여자를 즐겁게 해주기를 바라는 남자는, 법이 정당하다면, 여자를 특별한 장소로 불러낼 자격이 있고, 비너스성의 기혼부인이 축복하는 가운데 그 여자는 초라하고 복종적으로 그의 온갖 채찍과 환상을 충족시켜야 한다는 결론으로 이끄는 것이다. 그리고 남자들도 그들을 욕망하는 여자들을 위해

똑같이 해야 할 것이다. 21)

　우리가 흔히 '새디즘, 새디스트'라고 말하는 것은 이 인용문에 잘 드러난 사실을 속류화하거나 희화화한 것이다. 새디즘이란 말이 사드에서 비롯되긴 한 것이지만 그 둘은 사실 아무런 관련이 없고 새디즘을 변태, 도착이라고 보는 것도 사드에 접근하는 것을 방해한다. 변태, 도착이란 'perversion'을 옮긴 말인데 도착이란 말 자체도 일상에서는 변태라는 말로 왜곡되어 있다. 사전에는 도착이 이상적 (異常的)이라고 되어 있고 일상에서는 도착이 마치 병리적인 것, 혹은 무슨 질병인 것처럼 인식되고 있다. 그러나 드 로레티스(de Lauretis)에 따르면 도착이란 비-이성애 혹은 비-규범적인 이성애에 불과한 것이다. 'perversion'이란 이성애로부터 완전하게(per) 돌아선(vert) 것 아닌가! 따라서 이성애자의 눈에 새디즘은 도착으로 보일 수밖에 없다.

　정신분석을 공동화(空洞化)시키기 위해 프로이트의 도착이론을 검토한 조나단 돌리모어(Jonathan Dollimore)는 『성의 불일치』라는 저서에서 이렇게 말한다. "애초에 인간의 본질로서 구비되어 있는 것은 도착적인 성애 쪽이지 정상적인 성애가 아니다. 사실 정상의 성애를 획득하는 것도 또 그것을 계속 유지하는 것도 꽤나 어려운 일이다…도착에는 억압적인 성 규범을 내부에서부터 불안정하게 만드는 반란적인 성질이 있다."22) 돌리모어는 도착을 지지한다. 정신분석적으로 사드를 지지하는 것이다. 라캉도 도착을 두고 보통 다른 사람들의 상태를 주체로 존경하지 않고 그들, 그들

---

21) 같은 책, p. 233.
22) 『思想』, 1998.4, 20쪽 재인용.

의 육체를 이용하는 것으로 인식되는 것에 반대한다. 라캉에 따르면 도착자는 스스로를 타자의 주이상스, 타자의 성적인 향유에 바치고 잃어버린 성적인 향유를 타자에게 회복시켜 주려고 한다는 것이다.[23]

구성애는 사드를 어떻게 생각할까? 미지의 영역일까? 낙태, 강간으로부터 딸들을 보호하자는 것은 어느 정도 일리 있는 말이다. 그러나 그러한 주장이 건전한 성을 유지하는 데 초점이 맞춰져 있다면 그건 잘못이다. 성은 건전한 것도 불건전한 것도 아니다. 성은 성일 뿐이다. 그리스시대에는 위생학이 곧 윤리학이었다. 그리스 윤리학은 '무엇이 나에게 좋은가?'라는 질문에 대답하는 것이었다. 구성애라면 건전한 성, 아우-성이 좋은 것이라고 대답할 것이다. 사드의 철학은 구성애에게는 불건전한 것으로 비칠 것이다. 우리에게는 아직도 성을 위생학적으로 보려는 경향이 강하다. 이것은 우리나라 근대 초기에 기독교가 수입되면서 성(性)을 불결한 것으로 성소(聖所)는 청결한 것으로 나누어 주입시키게 되면서부터 생긴 일이다. 건전/불건전, 건강/불건강, 순결, 청결/불결, 불순, 성(性)/성(聖)의 지독한 이항대립이 아직도 막강한 망령으로 우리의 머리 속을 지배하고 있다. '건강한 육체에 건강한 정신'은 착취해야 할 노동력이 절실하게 필요했던 소위 '한강의 기적' 시대에 만들어진 담론적인 이데올로기일 뿐이다. 이항대립의 망령. 이 망령에서 구성애는 자유롭지 못하고 사드는 자유롭다. 라캉은 사드가 칸트보다 더 정직하다고 말한다. 라캉이 '사드와 함께 하는 칸트'를 쓴 까닭은 사실 사드를 통해 칸트를 다시 읽음으로써 칸트가 사악한 인간임을 밝히기 위해서였다. 사드가 아니라 도덕률, 최고선을 주장한 칸트가! 라캉이 만든

---

23) *Reading Seminars I and II*, p. 213.

공식 V(voice) ⊂S(subject)은[24] 칸트가 말하는 내면의 목소리가 결국엔 칸트라는, 혹은 도덕적 주체의 자기애정에 불과한 것이지 타자의 자유를 인정한 것이 아니라는 말이고 그런 의미에서 칸트는 내면의 목소리, 양심의 목소리를 듣는 것처럼 보이지만 그것은 결국 자기애정(auto-affection)으로 끝나는 것일 뿐, 타자의 목소리에 귀를 기울이는 것이 아니라는 말이며, 그런 의미에서 칸트는 사악하다는 것이다.

칸트의 경우 목소리는 자기에게 회귀하는 주체이다. 라캉이 칸트와 사드를 함께 독해한 이유는 목소리와 주체를 분리시키지 않는 칸트를 비판하기 위해서였다. 프로이트의 경우 유아의 내면에서 울리는 최고 양심의 목소리가 결국 아버지의 목소리였듯이 칸트의 경우 양심의 목소리, 의무의 목소리는 결국 도덕적 주체의 목소리일 뿐이다. 그러나 사드의 경우는 다르다. 사드는 타자의 자유, 타자의 성적 향유권을 인정하는 탓에 타자를 발설하는 주체로 위치지운다. 따라서 사드에게 주체는 S가 아니라 $이다. 주체가 타자와 주체로 분열되어 있는 탓에 지워져있는 것이다. 앞에서 인용한 사드의 "나는 당신의 육체를 즐겁게 해줄 권리를 갖고 있다, 고 어느 누구도 나에게 말할 수 있다"는 문장을 보자. 이 문장은 '나'로 시작하지만 이것은 진술의 주체가 아니다. 왜냐하면, " " 안에, '있다, 고'의 인용문이 들어 있다. 그러니까 '나'는 이미 인용이지 주체가 아니라는 것이다. 이것을 라캉은 a$로 표현한다.

---

24) 목소리가 주체에게 '너의 의무를 다하라!'고 명령한다. V→S. 그러나 칸트의 경우 목소리는 주체에게 돌아가는 되돌이표 화살로 바뀐다. V⊂S. 라캉은 이렇게 말한다. "의무를 발설(enunciate)하는 누군가가 있다, 그리고 의무를 발설하는 그는 의무에 충실하지 않다. 의무를 발설하는 사람이 그가 발설하는 의무에 종속되지 않는 것이다. 그는 사악한 성격이다." 같은 책, p. 222.

    사드를 처음 발견한 아도르노와 호르크하이머는 칸트를 이렇게
비판한다.

    도덕론은 도덕 자체가 아무런 근거가 없다라는 의식에서 나오는 일종의
폭력 행위이다. 상호 존중의 의무를 이성의 법칙으로부터 도출하려는 칸
트의 시도는 서구 철학 전체에서 가장 사려깊은 것이지만 이를 지지해줄
수 있는 어떤 근거도 『비판』에서 찾을 수 없다…. 칸트가 할러에게 쓰고
있는 바에 따르면 이 위대한 윤리적 힘들 중의 하나인 상호 존중과 사랑
이 침몰한다면 "비도덕성이라는 무(無)가 도덕이라는 것을 한입 가득 물
고는 물방울 하나를 마시듯 제국 전체를 집어삼킬 것이다"라고 한다. 25)

    칸트에게 있어서 도덕론의 무근거성이란 칸트의 윤리학을 텅 빈
공간(a void)으로 규정하는 라캉의 논리와 비슷하다. 라캉에 따르면
칸트의 윤리학에서는 "세계가 사라지고" 칸트의 법에서는 "고통과 쾌
락의 차원이 사라지"며 "병리학적인 것이 완벽하게 거부된"다. 26) 칸
트가 키스를 촉촉한 키스와 메마른 키스로 나누고 후자를 더 중시했
다거나 땀, 정액, 타액을 보존해야 한다고 말한 사실을 곰곰이 생각
해 보자. 칸트에게는 감정이니 열정이니 정염이니 하는 것이 들어설
여지가 없다. 그저 깡마른 논리적 기준만이 남을 뿐이다. 아도르노
와 호르크하이머가 도덕 자체가 아무런 근거가 없다고 했듯이 라캉
도 칸트의 『실천이성비판』의 요지가 결국엔, 진정한 미적 기준을
우리가 가질 수 없다는 것이라고 말한다.
    라캉에 따르면 칸트의 도덕률은 특정한 행위를 언급하거나 대상

---

25) 아도르노 · 호르크하이머, 『계몽의 변증법』, 김유동 역, 문학과지성사, 2001, 136- 137쪽.
26) *Reading Seminars I and II*, pp. 226-227.

을 특정하는 것이 아니다. 따라서 그의 정언명법은 필연적으로 지켜야 할 무슨 십계명 같은 것이 아니다. 아도르노와 호르크하이머가 칸트의 도덕론을 일종의 폭력행위로 보았듯이 라캉도 칸트의 윤리학을, 일체의 감정을 배제한 일종의 테러로 파악한다.[27] 그렇다면 이제 사드의 『쥘리에트』처럼 '악의 승리'를 노래해도 좋지 않을까? 그럴 경우 이 세상이 야만의 상태로 빠진다는 두려움은 칸트와 프로이트만의 두려움 아닐까? 칸트가 생각하는 바처럼 과연 우리 여자들이 그렇게 미성숙해서 계몽이 필요하고 그 미성숙의 원인이 여자들 스스로에게 있는 것일까? 그 정도에 미치지 못하겠다면, 구성애처럼 '좋은 엄마'가 되지 말고 차라리 '좋은 여자'가 되거나, 더 나아가 '착한 여자'가 되지 말고 '나쁜여자'가 되라고 말해야 하지 않을까? 성을 한껏 즐기고 여자의 성을 부란기, 자궁, 생식이라는 메타포의 망령으로부터 해방시키라고 주장해야 하지 않을까? 물론 노동중독증에 시달리는 여자들은 나쁜여자가 되고 싶어도 시간적으로 경제적으로 불가능하다. 중산층여성들만이 아니라 모든 여자들이 나쁜여자 되는 방법을 강구해야 한다. 성을 가족에게만 바치는 가족성이 가장 야만이 아닐까. 여성을 포함해 우리가 정작 두려워해야 할 것은 '여'성/여'성'을 배제 억압하는 가족성의 논리 아닐까.

성은 불순물이 아니다. 성은 불순물처럼 의료대상이 아니다. 섹스는 성기하고 아무 관련이 없다. 이것은 프로이트도 인정한 바다. 성을 건강한 성, 아름다운 성이라고만 외쳐대는 구성애의 아우성이 불순하다. 아우성은 성이 아니라 섹스 이야기만 한다. 그래서 더욱 불순하다. 그런 주장들은 여성의 성욕을 남자의 성기에만 맞춰대며

---

27) 같은 책, 같은 곳.

오염시킨다. 딸들을 사회적 위험으로부터 지키는 것이 어떻게 '좋은 엄마들'만의 몫인가? 구성애는 왜 의료치료만 이야기하고 사회적 기능과 역할에 대해서는 전혀 언급하지 않는가? 여자의 성이 어떻게 화목한 부부의 성으로 축소될 성질의 것인가. 부부의 성에서 구성애는 과연 여자의 성을 이야기하는가. 여자의 성이야기는 배제한 채 남자의 성에 대해서만 이야기하는 것은 아닌가. 가령 「러브호텔」이란, 이런 시는 불순할까?

내 몸 안에 러브호텔이 있다/나는 그 호텔에 자주 드나든다/상대를 묻지 말기를 바란다/수시로 바뀔 수도 있으니까/내 몸 안에 교회가 있다/나는 하루에도 몇 번씩 교회에 들어가 기도한다/가끔 울 때도 있다…. 최근 이 나라에 가장 많은 것 세 가지가 러브호텔과 교회와 시인이라고/나는 온 몸이 후들거렸다/러브호텔과 교회와 시인이 가장 많은 곳은/바로 내 몸 안이었으니까…/그리고 보니 내 몸 안에 러브호텔이 있는 것은/교회가 많고, 시인이 많은 것은/참 슬쓸한 일이다/오지 않는 사랑을 갈구하며/나는 오늘도 러브호텔에 들어간다.[28]

　　내 몸이라는 성(城) 안에, 아니 내 몸이라는 성(性) 안에 불순과 순결이, 성(聖)과 성(性)이, 석녀(石女)와 색녀(色女)가 공존한다는 시인의 믿음에 더 이상의 계몽이 필요할까?
　　"당신은 두렵기 때문에 고함을 지른다"고 말한 라이히처럼,[29] 우리들의 성이 아름답다고 외치는 아우성은, 혹여, 여성의 성욕, 건강하지 못한 성, 불순한 성, 나쁜여자들이 두렵고 여성들에게 클리토

28) 문정희, 「러브호텔」, 『오라, 거짓 사랑아』, 민음사, 2001.
29) 라이히, 『작은 사람들아 들어라』, 곽진희 역, 일월서각, 1991, 68쪽 이하. 문맥상, 작은 사람들은 소인배(小人輩)로 번역해야 옳다. '소인배들아, 들어라!'라고

리스를 돌려주는 것이 두려운 것 아닐까? 가수 지현이의 노래 〈마스터베이션〉의 한 구절을 들어 보자. "내 몸 속에 숨어 있는 기쁨을 환희를 욕망을 아~아~", 즐거움은 두려움의 대상이 아니다.

22 라이히, 구성애를
비판하다

라이히는 사실 구성애만큼이나 어린이와 청소년의 성적 권리를 고민한 사람이기도 하다. [30] 이런 측면에서 두 사람은 일치한다고 할 수 있다. 그러나 라이히가 여성의 평등한 성적 표현을 중시했다면 구성애는 앞에서 본 것처럼 여성의 성적 표현에 별반 신경을 쓰지 않는다. 프로이트의 정신분석이 반(反) 성욕적인 이론이라면 라이히는 성적 욕망을 인정하는 이론이고 성적 욕망, 성적인 에너지를 누르고 억압할수록 정신병이 생긴다고 본 사람이다. 라이히가 오르가즘의 능력을 재생시키는 것이 정신치료법의 목적이라고 보고 오르곤이라는 성욕증진기구를 발명했던 것은 이미 잘 알려진 사실이다. 구성애가 사춘기에 접어든 남학생들의 자위를 부끄러워하지 말

---

30) 앤소니 기든스,『현대 사회의 성 · 사랑 · 에로티시즘』, 배은경 · 황정미 역, 새물결, 2001, 244쪽.

라고 말할 때 아우성은 그 이상도 그 이하도 아니다. 신체 전체의 성욕을 주장하는 마광수의 경우도 마찬가지다. 마광수나 구성애는 '성억압에서 성해방으로!'라는 구호를 외치는 것처럼 보이지만, 사실은 성의 억압을 한 사회의 경제적 사회적 정치적인 특수성과 연관시켜 설명하지 않고 있기 때문에, 성을 둘러싼 우리의 의료시스템이 마늘광고만큼이나 '발기하는 사회'를 부추기는 것이거나 '페니스의 독재'를 유지하는 이데올로기로 작용하는 상황에서, 그들의 논의는, 구성애처럼 남학생들의 자위를 긍정하든 마광수처럼 성기적인 성을 거부하든, 그 이상 그 이하도 아닌, 성(sexuality)보다는 성(sex)에 대한 설명으로 그치는 작업에 불과하다.

딱히 라이히의 이론을 구성애나 마광수의 논의에 견주어 얘기할 가치는 없다. 프로이트나 사드, 칸트의 경우에도 마찬가지다. 다만 그러한 대비를 시도한 것은 우리 시대의 성에 대한 논의가 너무나 일천한 탓에 성 혹은 성욕에 대한 깊은 논의를 전개하고자 함이었다. 라이히도 성해방이 만병통치약인 듯이 생각한 문제점은 지적할 수 있는 것이지만 그러면서도 적어도 욕망을 긍정했고 그 욕망을 가족적인 욕망이 억압하며 가족적 욕망이 곧 사회적 욕망에 연결된다는 생각을 했다는 점에서는 긍정적이다. 라이히의 이러한 문제의식을 끌어들인다면 90년대 이후 제기된 '욕망'이라는 문제설정이나 우후죽순처럼 표현된 성해방에는 복종과 명령의 문화가 지배하는 우리 시대의 문제가 연결되어 있다는 것을 알 수 있다. 욕망을 긍정한다는 점에서는 지젝의 경우도 마찬가지다. 지젝이나 라이히는 파시즘의 문제를 건드렸다는 점에서 피상적으로나마 공통적이다. 그러나 물론 『파시즘의 대중심리』를 통해 지젝보다 일찍 욕망과 이데올로기(파시즘)의 관계를 처음으로 제기했다는 측면이 라이히에게는 있다.

라이히의 이 문제제기를 다루기 전에 파시즘 이데올로기와 연관하여 지젝의 논의를 잠시 살펴보자. 우리의 경우 정신치료 병원은 많아도 독일의 섹스-폴 운동처럼 정작 정신분석을 깊이 연구하는 사람이나 단체가 없는 것은 지젝이 말하듯이 아마도 파시즘이 제일 두려워하는 것이 정신분석이기 때문이 아닐까?31) 정신분석은 '희생·봉사·사랑'이라는 형식적인 행위 속에 작동하는 외설적인 향락을 지적해주고 드러내줄 수 있으며 그러한 심리적인 구호가 '근면·성실·협동'이라는 사회적인 구호, 개발독재시대의 이데올로기를 폭로해줄 수 있기 때문이다. 아직도 학교에 '체력은 국력'이라면서도 품행이나 외모로 왕성한 체력을 가진 학생들의 성적 욕망을 억압하는 것은 왜 그럴까? 요즘따라—늦은 감은 있지만—〈색즉시공〉이니 〈품행제로〉니 하는 영화가 유행하는 데에도 그럴 만한 이유가 있을 듯하다. 어쨌든 칸트의 정언명령을 외설적이라고 보는 지젝의 논의를 끌어들인다면32) 우리의 경우 정작 외설스러운 것은 사이버상의 빨간 그림들이 아니라 청소년들의 욕망을 '청소년보호법'으로 묶어두고 있는 대한민국의 법이 외설적인 것이고 '영상물 등급제'가 외설적이라는 생각을 가질 필요가 있다. 근친상간이 외설적이라기보다는 '너희들의 결혼'을 즐기는 정치인의 자식들과 재벌들 자식들 간의 정략결혼이 현대판 근친상간적인 결혼으로서 더 외설적이지 않을까. 근친상간이 종족보존에 한 몫을 한다면 그러한 정략결혼은 우리 시대를 지배하는 가벌(家閥)을 생산·보존할 뿐만 아니라 지배계급의 지배구조를 대대손손 재생산하는 근친상간의 외설스런 구조

---

31) 지젝, 『이데올로기라는 숭고한 대상』, 이수련 역, 인간사랑, 2002, 148쪽.
32) 같은 책, 144-151쪽.

가 아닐까. 또한 그저 법이기 때문에 따르는 것이고, 그저 애들이고 청소년들이니까 보면 안된다는 식으로 하는 것이 더 외설적이 아닌가? 실제로 외설은 성적인 문제하고만 결부되어 있는 것이 아니라 우리 사회의 권력구조와도 결부되어 있는 것이다. 따라서 외설을 성하고만 연결시켜, 봐도 된다, 보면 안된다는 식으로만 끌고 가는 것은 문제의 본질을 호도하고 결국 '외설스러운 권력'을 은폐시키는 효과를 낳을 뿐이다. 또한 여성주의의 관점에서 어머니의 표상에 강제되었던 향락의 포기, 희생을 생각한다면 이것이 바로 파시즘의 이데올로기가 요구하던 것이라는 사실을 알아둘 필요가 있다. 지젝의 다음과 같은 이야기는 우리 시대에 부란그로서 자판기인생으로서 살아온 어머니들의 인생이 파쇼화된 삶이었음을 잘 보여주는 말이다.

파시즘적인 이데올로기는 순수하게 형식적인 명령법에 기초해 있다. 지켜라, 왜냐하면 너는 그래야 하니까! 바꿔 말해서 그 의미를 묻지 말고 향락을 포기하고 너 자신을 희생해라. 그런데 희생의 가치는 바로 그러한 의미 없음에 있다. 진정한 희생은 희생 자체를 위한 희생이다. 너는 그것의 도구적인 가치에서가 아니라 희생 자체 속에서 긍정적인 성취를 찾아야 한다. 잉여 향락을 산출하는 것은 바로 그 향락의 포기, 희생이다. [33]

여성으로서의 향락을 포기하고 너 자신을 희생하라! 이것이 우리 시대의 정언명령이고 도덕적인 명령이었다면 이러한 파시즘적인 도덕률은[34] 적어도 개인적으로는 이제 통하지 않는다. 시민으로서의

---

33) 『현대 사회의 성·사랑·에로티시즘』, 147쪽.
34) 지젝은 칸트의 도덕적 형식주의 이면에 결국에는 파시즘에 이르는 도착적이고 외설적인 차원이 숨겨져 있다고 말한다. 같은 책, 148쪽.

향락을 포기하고 국민으로서 너 자신을 희생하고 시민적인 권리를 포기하라는 민족주의적인 파시즘은 아직 작동하지만 말이다. 또한 여기에는 지젝의 지적처럼 향락은 향략이되 불가능한 향락을 강제하는 기독교의 희생과 사랑의 이데올로기가 다방 숫자만큼이나 많은 교회를 통해 종교적인 파시즘을 일상화하고 있다는 상황도 큰 몫을 한다. 여성을 포기하고 신자로서 너 자신을 희생하라! 타자가 무엇을 원하는지 알 수 없으면서, 그래서 불안해하면서, 왜 나는 타자(신)가 나라고(신자라고) 말하는 바(신자)가 되는 것일까?라는 질문에 궁극적으로 대답할 수 없으면서, 타자(신)에 대한 헌신과 희생을 통해 타자(신)를 메우고 완전하게 하며 그러한 결여의 메움을 통해 나(신자)의 결여를 메우고 완전해지려고 하는 것일까?

라이히는 이미 1920-30년대에 권위주의적인 가족제도와 보수적인 성도덕을 여지없이 비판하고, 결혼제도의 모순을 고발했으며, 혼전성교를 지지하는 파격적인 주장을 한 바 있다. 필자 또한 미성년자이니까 무조건 안돼라는 외설적인 주장에는 동조하지 않는다. 사랑의 열정이 문제인 것은 아니기 때문이다. 그러한 열정은 긍정되어야 할 것이고 오히려 문제는, 그러한 열정을 사회가 제도적으로 뒷받침해주지 못한다는 데 있다. 영국 같은 나라에서는 청춘남녀들이 열정을 이기지 못해 결혼할라치면 시에서 방을 제공해 준다. 결혼해서 애를 낳게 되면 방을 두 칸짜리로 옮겨준다. 요컨대 문제는 도덕적 판단이 아니라 성적인 복지의 문제라는 말이다. 어쨌든 라이히는 니체의 전통을 이어 삶을 부정하기보다 삶을 긍정했고 그것을 가능하게 하는 쾌락을 지지했다. 성적 억압이라는 것이 처음에 지배계급으로부터 시작하였고 순결이 지배계급의 여성에게 엄격하게 적용되었으며 그렇게 된 이유가 하층계급으로부터 착취한 재산을 보호하기 위한 것이었다는 라이히의 주장35)은 순결이 지배계급의 이데올로기에 불과하다는 생각을 가능하게 만든다. 적어도 우리처럼 현대판 근친상간을 통해 지배계급의 구조가 재생산되는 상황에서 순결이 순종(純種) 생산과 재생산의 이데올로기로 이용되었다는 생각을 해볼 수 있을 것이다. 우리는 이미 중독된 터라 감지하지 못하지만 숱한 드라마를 통해 부유한 집안의 남자와 가난하고 문제적인 집안의 여자가 결혼에 골인할 것이라는, 골인했으면 하는 환상을 떨치지 못한다. 그러나 앞의 2장에서 이야기한 것이지만, 현대판 근친상간은 잡종을 거부한다. 잡종을 부인하고 순종을 지키는 것이 지배계급의 재생산과 가벌의 유지에 필수인 탓이다. 순결이 지배계급의 여성에게 엄격하게 적용된 이유가 하층계급으로부터 착취한 재산을 보호하기 위한 방편이었다는 라이히의 주장은, 거꾸로 말하면 가벌들의 재산이 하층계급만이 아니라 일반 소비자의 소비에 근거한 것이라면 딱히 하층계급으로부터 착취한 재산을 '보호하기' 위해 순결을 강제했다고까지 말할 수 없다 하더라도 그 연관관계는 추정해볼 수 있는 문제인 것이다.

라이히는 남자는 여자를 유혹할 수 있어도 여자가 남자를 유혹할 수 없다는 것은 가부장제의 효과라는 사실을 간파하고 있었다. 물론 프로이트의 「문명과 그 불만」에 대한 비판으로 쓰여진 라이히의 『성혁명』은 구 소련사회를 대상으로 하는 한계가 있지만 보수적인 도덕군자들이 많은 우리의 유교적인 사회, 명령과 복종의 군대식 이데올로기가 만연한 사회에 대한 좋은 지침서가 될 수 있다. 라이히는 『파시즘의 대중심리』에서 가족의 출현, 가부장제의 출현이 여성성의 억압에 기초하고 있다는 사실을 다음과 같이 간파하고 있었다.

---

35) 라이히, 『파시즘의 대중심리』, 오세철·문형규 역, 현상과 인식, 1984, 123-124쪽.

권위주의적인 가족이라는 제도를 유지하기 위해서는 아내와 아이들이 남편과 아버지에게 경제적으로 의존하는 것 이상의 것이 요구된다…아내는 성적인 존재로서가 아니라 단지 아이를 낳는 사람(child-bearer)으로 그려진다…. 여성이 성적으로 일깨워진다는 것, 즉 여성이 성적인 존재로서 확인되고 인정된다는 것은 권위주의적 이데올로기의 완전한 붕괴를 의미한다…. 게다가 보수적인 성개혁은 성과 생식을 같은 것으로 생각하는 반동적인 개념을 약화시키기는커녕 주로 생식의 기능에 의존하였다. 36)

라이히의 이러한 주장은 오늘날 우리의 여성에게 지워진 성적인 억압에도 통하는 말이다. 라이히는 이러한 권위주의적인 가족제도의 모순을 파시스트 이데올로기와 연관시켜 이야기한다. 라이히가 말하는대로 공격적 제국주의와 국가사회주의는 이러한 가족적 억압을 이데올로기적이고 사회적인 억압과 동일한 것으로 파악하고 있기 때문이다. 라이히가 욕망을 이데올로기의 문제라고 본 것은 이러한 가족 안의 성적 욕망의 억압이 강제적인 사회제도인 국가를 유지하는 데 기여한다는 사실을 지적하는 것이다. 라이히에게 있어서 가족은 권력의 가장 중요한 도구가 된다. 37) 그러나 그렇다고 해서 라이히가 국가의 폐지를 주장한 것은 아니다. 라이히는 국가관료주의의 위험성을 보지 못한 레닌을 비판하면서 국가(구 소련의)가 자치-행정으로 대체되어야 한다고 생각한 것뿐이다. 라이히는 국가관료주의에 일-민주주의를 대립시킨다. 여기서 일은 사랑, 지식, 생명과 더불어 정치, 국가, 민족 같은 거대담론들에 대립하는 것으로서

---

36) 같은 책, 136쪽.
37) 같은 책, 85쪽.

자율적이고 합리적인 일의 과정을 통해 사회, 정치가 얼마나 비합리적인가를 깨달아가는 '민주화되는 과정', 자율성의 질서를 나타내는 것이다. 라이히는 일-민주주의 원칙에 따르면 산업노동자만이 노동자인 것이 아니라 생명에 있어서 필요한 사회적인 일을 하는 사람들을 노동자로 볼 수 있다고 말한다. 라이히의 이러한 주장은 기술자, 교육자, 노동자의 공동체적인 연대 가능성을 제기한다는 점에서 주목할 부분이 있지만—그러나 일-민주주의의 요체인 일, 사랑, 지식을 생물학적인 생활기능의 충족을 지향하는 데에만 맞춤으로써, 나중에 라즈니시같은 사람에게 영향을 주었다는 점에서는—일-민주주의를 통해 사회의 변화를 어떻게 이루어낼지에 대한 구체적인 문제제기에는 이르지 못한 것으로 보인다.

그러나 어쨌든 적어도 라이히는 권위주의적인 가족제도를 비판하고 일-민주주의를 제기하면서 가족과 노동이라는 문제를 인식할 수 있었고 거기서 가족과 노동의 이중억압, 성적인 억압이 곧 파시즘의 이데올로기적인 억압이라는 명제를 제기했다고 말할 수 있다. 라이히는 1920년대에 가족과 노동의 이중억압을 구 소련에서 보았고 성적인 억압이 곧 이데올로기적인 억압이라는 것을 독일에서 발견하였다. 전자가 라이히의 『성혁명』이라면 『파시즘의 대중심리』는 후자에 속한다고 말할 수 있다. 이 두 저서에서 발견되는 문제의식이 구성애에게 없는 것은 당연한 일이겠으나 문제는 아무런 문제의식도 없는 성 강의가 방송을 타고 청소년들의 의식을 파쇼화하는 아우성의 외설스런 효과에 있다. 청소년들의 성은 치료의 대상이 아니라 욕망의 대상이라는 문제설정이 아우성에는 없다는 말이다. 라이히가 『소인배야! 들어라』에서 말하듯이 학생들에게 가르칠 일은 자위하는 법을 가르치는 것이 아니라 스스로를 소인배가 아니라 위대한 사람으로, 욕망을 박탈당해 수동적으로 사는 소인배가 아니라 능동적이고, 욕망을 드러내 주장할 줄 아는 사람으로 키우라는 주문이다. 물론 이 때 욕망은 성적인 욕망만이 아니라 사회적인 욕망도 가리킨다. 라이히는 그 둘의 관계를 정신분석의 역사에서 처음으로 인식한 사람일 터이니 말이다.

들뢰즈와 가타리는 라이히에 대해 다음과 같이 말한 적이 있다.

라이히는 욕망과 사회적 장의 관계 문제를 최초로 제기하였다(그리고 그는 이 문제를 가볍게 건드린 마르쿠제보다 더 밀고 나갔다). 그는 유물론적인 정신치료의 진정한 창설자이다. 문제를 욕망의 관점 안에 설정시킴으로써 그는 대중이란 어리석고 신비화된 것이라고 너무도 성급하게 말해버리는 요약식 맑스주의의 설명법을 처음으로 거부하였다. 그러나 생산의 개념을 충분하게 정식화하지 않은 탓에 욕망이 경제적인 하부구조에 투사되고 충동들이 사회적인 장에 투사되는 것을 규정하는 데 실패하고 말았다.[38]

요컨대 라이히는 욕망을 사회적 욕망으로 파악하는 데 실패했다는 것이다. 욕망이 이데올로기와 연관된다는 사실은 간파했지만 욕망이 경제적 토대에 투사되고 성적 욕망에 정치적·경제적 욕망 등이 공급되어 있다는 사실을 간파하지는 못했다는 말이다. 예를 들어 〈나쁜 남자〉같은 영화를 여성주의 비평가들은 성적 욕망의 관점에서 비판한다. 김기덕 감독의 영화들은 대개 여성주의 비평가들로부터 호평을 받지 못한다. 여성을 성적 학대나 억압의 대상으로 환원시켰다는 것이다. 그러나 다른 한 편에서 우리는 이 영화에서 성적 욕망에 투

---

38) *Anti-Oedipus*, pp. 118-119.

사되어 있는 사회적 욕망을 봐야 하지 않을까? 학벌문제만이 아니라 학력문제가 무의식적으로 억압되어 있는 우리 사회에서 사창가의 조폭인 한기가 자기의 욕망을 실현하는 유일한 방법은 어떤 식으로 이루어져야 할까? 요즘은 고등학교 졸업한 남자가 대졸여성과 결혼하는 사례가 나타나긴 하지만 얼마 전까지만 하더라도 그것은 어림없는 일이었다. 학력이 없는 한기에게 대학생인 선화는 다다를 수 없는 욕망의 '대상 a'였다. 선화는 완벽하거나 일관성있는 여자가 아니라 돈지갑을 훔치고 책방에서 그림을 찢어 소유하려는 욕망을 가진 여자였다. 타자로서의 선화도 결여를 가지고 있었던 것이다. 그러나 한기의 결여는 사회적인 결여, 목소리를 잃어버린("깡패새끼가"만이 영화에서 들을 수 있는 유일한 그의 목소리다) 사회적인 결여였다. 영화에서 한기의 목소리의 상실은 사회적 위치의 철저한 상실과 그로 인한 사회적 박탈감이다. 어쨌든 지젝이 "향락의 유일한 기표는 타자 속의 결여에 대한 기표, 타자의 비일관성에 대한 기표"[39] 라고 말했듯이 선화의 왜곡된 욕망과 한기의 뒤틀린 욕망이 뒤섞인다. 그러나 선화의 욕망과 한기의 욕망이 각각 꿈틀거리는 방향이 다르기에 영화 말미에서 흡사 두 사람이 성취한 듯이 보이는 사랑의 모습이, 관객에게 거부감을 줄 정도로 상당히 어색하게 나타난다. 그러나 이것은 사회적 욕망을 성취한 선화와 사회적 욕망을 거부당한 한기의 모습이 철저하게 다르기 때문일 것이다.

〈나쁜 남자〉를 성적 억압의 관점에서 보는 것도 일리는 있지만 이러한 태도는 마치 라이히가 사회적인 욕망을 모두 성적인 욕망으로 환원시킨다고 비판받는 것과 통하는 것이다. 성적인 에너지가 근육 조직 안에 흘러다닌다고 보고 이러한 생에너지의 자연적인 흐름이

---

39) 『이데올로기라는 숭고한 대상』, 213쪽.

억압되었을 때 도착과 노이로제 등의 현상이 빚어진다고 말하는 라이히의 주장은[40] 욕망의 흐름을 인정하는 긍정적인 측면도 있지만 그 흐름을 봉쇄하는 사회적 욕망이나 사회적 환상을 적시하는 데 실패하고 있는 것이다. 그러나 라이히는 앙리 르페브르가 지적하듯이 성과 가족관계가 사회적 관계 안에 그것과 다른 한 쪽을 갖고 있다고 주장함으로써 가족을 통해 생산되고 재생산되는 사회구조를 드러내는 데 성공하고 있다.[41] 다시 말해 가족을 기업에 상응하는 것으로 보고 사장은 아버지라고 생각한 라이히는 족벌체제가 강한 우리 사회의 분석에 유용한 틀을 제공해줄 수 있다는 말이다. 라이히는 가족문제만이 아니라 노동문제를 통해 성과 계급의 관계 문제를 제기한다. 라이히는 권위주의적인 가족제도가 국가의 구조와 이데올로기를 제조하는 공장이 된다고 말한 적이 있는데 이 말에는 흡사 라이히가 필자의 가국체제론을 선취한 것 같은 면이 있는 것처럼 보인다. 물론 라이히는 가족의 이데올로기와 민족주의적 이데올로기가 근본적으로 연결되어 있다는 점을 들어 가국체제가 민족 개념을 동원하는 논리를 제공함으로써 한 걸음 더 나아간다. 가족을 국가의 축소판이라고 보는 라이히는 어머니가 아이들의 고향이라고 보면서 고향이니 고국이니 하는 말들이 민족주의적인 정조(sentiment)로 이용되고 가족적 유대, 어머니와의 고착적인 유대가 뿌리박혀 있다는 사실이 그러한 정조를 더 조장한다고 말한다.[42] 아버지(patri-)가 지배하는(archy) 'patriarchy'(가부장제)에서 성적 제한을 받는 어머니가 조국, 민족이라는 말과 연결된다는 것은 결코 우연이 아니다.

---

40) 빌헬름 라이히 편저, 『프로이트와의 대화』, 황재우 역, 종로서적, 1982, 52쪽.
41) Henri Lefebvre, *The survival of capitalism*, Schocken books, 1981, pp. 49-50.
42) 『파시즘의 대중심리』, 88-89쪽.

그러한 말들은 남자의 제국에서 가동되는 실제의 강력한 남성권력에 아무런 영향을 끼치지 못하는, 제국과 전혀 무관한 추상적인 것이거나 제국에서 추방된 어머니가 다시 민족주의적인 정조나 동원의 논리에 말려드는 이중과정을 통해 제국의 남성권력에 기여하는 모순을 보여줄 따름이다.

라이히의 성-경제학은 라이히 자신의 말처럼 '성적인 생활에 대한 사회학'을 가리키는 것인데,[43] 사회의 사회-경제적인 구조와 성적인 구조의 뒤얽힘이라는 라이히의 문제의식은 가족제도만이 아니라 경제적인 문제, 계급적인 차이의 문제가 성적 억압을 낳는다는 것을 이해하게 해준다. 특히나 IMF 이후에 노동강도가 거세어진 우리 상황에서 성문제는 점점 더 억압적으로 변해간다. 몇 해 전 울산에서 일어난 인권영화제 문제에서 보듯이 여성노동자, 그 중에서도 식당노동자라는, 노동자 중에서도 가장 주변적 위치에 몰려있는 여성노동자에게 가해진 성적 억압과 그들이 감당해야 하는 성적인 쾌락의 금지는 밑으로 내려갈수록 점점 더 상황이 심각해진다는 사실을 깨닫게 해준다. 울산 인권영화제에 상영된 〈밥·꽃·양〉은 힘든 노동 끝에 파김치가 되어 집으로 간 여성식당노동자에게 남자들이 요구하는 성행위는 노동억압에 이은 성억압이며, 다른 한편으로는 노동강도 탓에 성적인 쾌락을 제대로 누릴 수 없는 고통스런 상황을 절절하게 보여주는 것이다. 노동시간이 하층계급으로 갈수록 커지고 밤낮을 가리지 않고 25시간 노동이라고 할만큼 장시간노동이 이루어지며 여가시간이 그만큼 줄어드는 우리의 현실에서 라이히가 말한 성적인 생활의 사회학은 우리에게 생각할 고민거리를 많이 제공해준다. 돈버는 데 대개의 시간을 다 써버리고 여가시간이 부족해

---

43) 같은 책, 59쪽.

그 시간을 쪼개고 쪼개어 사용하는 우리의 경우 짧은 시간에 여가를 즐겨야 하기 때문에 래프팅같이 격렬한 스포츠를 즐기게 된다는 생각을 해볼 수 있다는 말이다. 근친상간이 하층계급에서 더 두드러지게 나타난다는 것도 성적인 문제와 계급의 문제를 생각하게 해주는 대목이다. 여러 명의 식구가 같은 방에서 잠을 자야 하는 상황은 성이 쉽게 노출되는 데 아주 유리한 조건을 빚어내는 바, 성적 욕구를 해결할 경제적 능력이 없는 상황이 근친상간을 유발시킨다고 말할 수 있다는 것이다. 성의 억압이 정치적인 반동을 강화시키고 대중들을 수동적이며 비정치적으로 만든다는 사실도 음미해볼 만한 대목이다. 반(反) 성적이고 보수적이며 도덕군자인 척 하는 사람들일수록 반동적인 정치로 기운다는 것이다. 성적 금기를 유별나게 강조하는 사람일수록 정치적으로는 보수적이라는 뜻이 아닐까? 라이히가 충동은 가지고 태어나는 것이 아니라 이차적이고 사회적인 것이라고 말한 점을 고려해 본다면, 그리고 들뢰즈 가타리가 근친상간은 없다라고 말한 점을 고려해 본다면, '성적 충동의 사회학'을 제기하는 것은 의미있는 일이 될 것이다.

5부

성차별의
재현양식들

23 소녀-
  되기

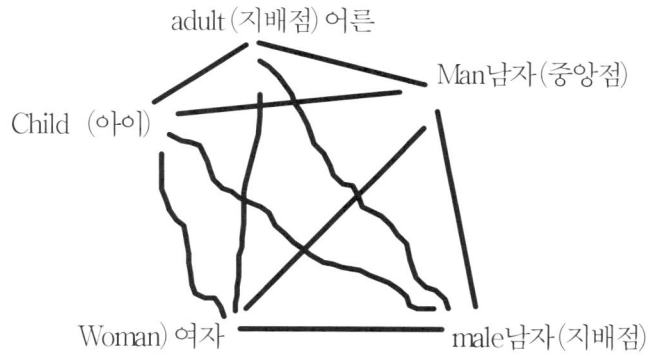

adult (지배점) 어른

Man남자(중앙점)

Child (아이)

Woman) 여자 ——————— male남자 (지배점)

Pierre Rosenthiel and Jean Petitot, 「무사회적 자동체와 무중심적 체제」, 1974

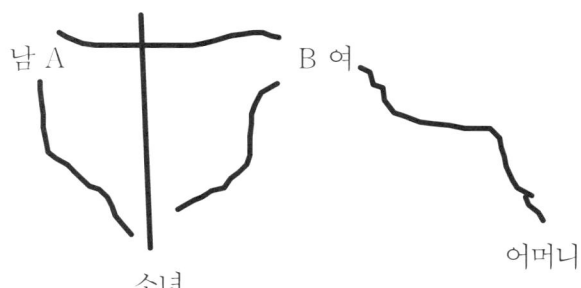

남 A

B 여

어머니

소녀

소녀는 무엇인가? 소녀집단이란 무엇인가?…의심 할 바 없다.
소녀가 몰적 혹은 유기적 의미에서 여성이 된다는 것은. 그러나
거꾸로 여성-되기 혹은 분자적 여성은 소녀 자체다
들뢰즈, 『천의 고원』

어머니에서 탈주하는 전략은 없을까? 어머니-되기에서 나이 들어서도 소녀처럼 사는 것은 불가능할까? 소녀란 무엇일까? 아니, 들뢰즈 식으로 소녀는 어디에 위치할까? 이런 질문에 대답하기 위해서 소녀의 비밀을 캐는 여행을 시작해 보자. 우리의 착한 어머니들이 아이들 손을 잡고 보러 나가던 미야자키 하야오(宮崎 駿)의 애니메이션을 통해 남성에서 여성으로 이어지는 선을 가로지르는, 그리하여 이항대립이라는 편집증에 균열을 내는 소녀의 여행이야기를 시작하자.

미야자키 하야오의 애니메이션에는 '여행'이 나온다. 〈센과 치히로의 행방불명〉도 그렇고 〈천공의 성 라퓨타〉에서도 마찬가지다. 이 때 여행은 마음 안으로 떠나는 것이 아니라 밖으로 나가는 것이다. 여행은 그래서, 합체할 줄 모른다. 거기엔 늘 상실이 있고 그래서 다시 또 여행을 떠나게 된다. 여행을 떠나 집으로 돌아오지만 그러한 귀향은, 다시 여행과 동일한 것이 된다. 여행은 분열병환자의 삶 속에 있고 우울증환자의 특징은 합체에 있다고 한다. 그렇다면 미야자키의 분열증적인 여행은 무엇을 욕망했던 것일까?

먼저 1986년 작품 〈천공의 성 라퓨타〉를 보자. 줄거리는 다음과 같다.

산업혁명기의 어느 나라. 폐광촌 앞 탄광길에서 일하는 고아소년 파즈는 하늘에서 내려온 소녀 시타와 만난다. 시타는 '비행석'을 가지고 있기 때문에 군대, 해적, 도라집안의 추격을 받는다. 시타와 파즈는 도주하는데 시타가 군의 요새에 납치되어 간다. 특수기관의 무스카 대위는, 시타는 천공의 성 라퓨타 왕가의 후손이고 비행석에 라퓨타의 장소를 나타내는 주문이 있을 것이라고 따지고 대든다. 시타가 할머니에게서 받은 주문을 외우자 지하에서 잠들어 있던 로봇이 살아 움직인다. 로봇은 시타를 보호하며 레이저를 쏘아댄다. 그러자 주위는 전장터로 변한다. 파즈는 도라와 함께 시타를 구출하지만 비행석은 무스카에게 빼앗긴다. 라퓨타를 탐색하기로 한 시타와 파즈는 도라의 타이거모스 호를 타고 행동을 개시한다. 라퓨타를 둘러싸고 있는 동굴을 앞에 두고 거대한 전함 골리아데의 추격을 받고 타이거모스 호는 파괴된다. 파즈와 시타는 간신히 라퓨타에 도착한다. 그 곳은 문명이 없어지고 아무도 살지 않는 궁전으로 식물, 로봇, 자그마한 동물들이 살고 있는 낙원이었다. 무스카는 시타를 잡아 병기를 조종하고 군대를 괴멸시켜 세계정복을 기도한다. 파즈는 도라집안을 구출한 무스카와 대결한다. 시타와 함께 결의를 다진 후 '작아져라'고 주문을 외운다. 그러자 라퓨타가 대폭발을 일으킨다. 라퓨타 성의 아랫부분은 무스카와 함께 바다로 빠지고 중앙에 있는 거대한 나무가 윗 부분을 남긴 채 부유하는 섬이 되어 하늘로 올라가며 사라져간다.

미야자키 하야오는 일본 안에서 자신과 쌍벽을 이루는 타카하타 이사오(宮澤賢治)의 유산을 발전적으로 이어 오고 있는 애니메이션 감독이다. 물론 두 사람 사이에는 직접적인 관계가 없고 심지어는 서로 대립하기도 하지만 〈천공의 성 라퓨타〉만 하더라도 〈은하철도〉를 연상시키고 〈칼리성〉에는 〈세무서장의 모험〉이 도입되어 있다. 〈센과 치히로의 모험〉에 나오는 해상열차도 〈은하철도〉를 연상시키기에 충분하고 〈洞熊소학교를 졸업한 3인〉에 나오는 동물들이 다는 아니지만 〈센과 치히로의 행방불명〉에 다시 나온다. 그러나 이러한 세부사항에서의 공통점 말고 타카하타와 미야자키를 묶는 것은 바로 '여행'이다. 1) 〈센과 치히로의 행방불명〉에는 길 떠나는 이야기가

---

1) 사이토우 타마키, 「倒錯王의 윤리적 여행」, 『유리이카』, 靑土社, 2001, 66쪽.

세 번 나온다. 온천탕에 틀어박혀 살다가 갑자기 다른 세상에 던져 지는 부분, 고독한 여행을 위해 타는 해상열차, 집으로 돌아오는 부분이 그것이다. 여기서 이미 다른 세상에 친근해져버린 주인공 치히로에게 부모님과 함께 집으로 돌아오는 과정은 다르지만, 친근한 세상의 주인과 헤어진다는 상실의 표현이다. 따라서 귀향은 합체가 아니라 다시 또 그 다른 세상을 떠나는 여행이 되는 것이다. 이렇게 〈센과 치히로의 행방불명〉에서는 귀향이 곧 '다시 떠남'이고 그런 탓에 합체나 정주공간이 없다. 늘 언제나 돌아온 그 지점에서 바로 다시 떠나는 것이다.

그렇다면 이러한 "떠남"이 소녀에게는 어떻게 반영되어 나타날까? 미야자키 하야오는 그 이전의 애니메이션 감독들과 달리 유독 '소녀 취향'이 강한 사람이다. 〈천공의 성 라퓨타〉든, 〈센과 치히로의 행방불명〉이든 이름들은 각각 달라도 여주인공의 얼굴은 어디서나 똑같다. 아마도 미야자키가 린타로우와 갈라지는 지점이 있다면 그것은 미야자키의 '소녀애'일 것이다. 그런데 미야자키의 애니메이션에서 그 소녀의 부모는 누구인지 밝혀져 있지 않다. 〈천공의 성 라퓨타〉에서 시타는 고아란 증거가 없지만, 파즈는, 〈센과 치히로의 행방불명〉에서 치히로가 처음 만난 비밀스런 소년 하쿠와 달리, 고아로 나온다. 시타와 파즈는 주문을 외워야만 열리는 '라퓨타'만큼이나 비밀에 싸여 있다. 물론 시타가 더 비밀스럽다. 파즈는 고아로 밝혀져 있으니 말이다. 미야자키에게 있어서 시타는 비밀스런 소녀이자 비밀스럽다는 의미에서 가공의 소녀라고 말할 수도 있다. 미야자키의 애니메이션을 '생명론'의 관점에서 해석한 예들은 많다. 그러나 여기서 주목하는 것은 소녀의 비밀이다. 〈천공의 성 라퓨타〉에 나오는 시타의 비행석, 〈루팡 3세, 칼리오스트로의 성〉에 나오는 클라리스의 반지는 모두 비밀을 간직하고 있다. 그 비밀은 과거 조상의 비밀이라거나 마법적인 힘의 비밀이라기보다 소녀 자체의 비밀이다. 무스카에게 비행석을 빼앗겼을 때 그 비밀은 더욱 증폭된다. 있을 수 없는 이상의 실천을 동경하다가 좌절하고 그 좌절의 상처에서 아름다운 이야기를 거미줄처럼 뽑아내는 작가가 미야자키라면, 미야자키의 애니메이션에 나오는 소녀의 비밀은, 이룰 수 없는 이상향이란 비밀일 수밖에 없다는 것을 나타내는 것일까? 시타와 파즈가 여행길에서 들어간 라퓨타에 펼쳐진 낙원의 풍경은 로봇의 이미지가 환기시키듯이 낙원의 비밀, 혹은 그 불가능성을 보여주는 것일까? 그러나 소녀의 비밀은 소녀가 어머니-되기에서 떠나가는 여행에서 찾아야 하지 않을까? 혹은 소녀들이 어머니라는, 이미 규정된 성/섹슈얼리티에서 떠나가는 여행에서 찾을 수 있지 않을까?

〈천공의 성 라퓨타〉에서 비밀스런 비행석을 소유한 인물은 소녀 시타다. 시타는 류시타 토엘(진실) 우르(왕) 라퓨타라고 불리는 먼 과거의 왕국 라퓨타의 왕녀이름에서 온 것이다. 이것은 영화 중에 나오는 말인데, 이것으로 시타의 비밀이 밝혀진 것은 아니다. 그것은 시타의 배경의 비밀일 뿐이기 때문이다. 무스카 대위가 시타에게 "그 소년의 운명은 너한테 있어"라고 말할 때에도 마찬가지이다. 이 말은 시타의 비행석에서 나오는 강한 힘을 가리키는 것이기 때문이다. 시타, 파즈와 같이 라퓨타를 탐색하기로 한 도라는 파즈에게 "여자애 하나 지키지 못하는 녀석"이라고 핀잔을 준다. 그런데 이 핀잔은 소녀-시타를 지키지 못하는 것이 파즈라는 뜻이다. 도라는 다시 이렇게 말한다. "믿을 수 있나? 저 애가 엄마가 되는 걸." 그러자 시타는 도라에게 이렇게 말한다. "도라도 엄마잖아요" 〈천공의 성 라퓨타〉에는 타이거 모스 호 안에 마련된 부엌 장면이 나온다. 이 장면에서 시타는 도라의 자식들에게 음식을 해주는 어머니의 이미지로 나온다. 파즈는 부엌에서 해방되어 있다. 그러나 부엌 장면에서 주목할 것은 그 점이 아니다. 도라의 자식들이 부엌에서 일하는 시타를 좋아해 시타에게 꽃을 갖다주는 장면이다. 이 장면은, 파즈는 시타가 소녀로 머무르는 것을 돕지 못했지만―그래서 파즈는 부엌 밖, 시타는 부엌 안이라는 이분법이 나오는 것인데―도라의 자식들이 꽃들을 갖다주는 장면, 하나씩 둘씩 시타 일을 도와주다가 모두 나서 일을 거드는 장면은 시타가 소녀로, 여전히 구애대상의 자격을 갖춘 소녀로 남을 수 있다는 것을 보여준다. 도라가 파즈에게 "남자가 됐군"이라고 이야기했다면 시타는 소녀로 남게 되는 것이다. 파즈-남자/시타-소녀의 이분법. 그런데 여기서, 왜 파즈-소녀/시타-소녀의 이분법이 나오지 않는 것일까? 후자가 정확하게 성의 대칭성을 표현한다면 전자는 그 비대칭성을 표현하는 것이다. 그렇다면 그 비대칭성의 의미는 무엇일까? 파즈는 남자가 되었지만 시타는 왜, 여자가 아니라, 부엌에서 일하는 어머니가 아니라, 소녀로 남아 있게 된 것일까?

키리도시 리사쿠(切通理作)는 『미야자키 하야오의 세계』 중 '모성'과의 거리감이란 부분에서 다음과 같이 말한다.

미야자키 애니메이션의 특징으로 주인공들에게는 부모가 없거나 있어도 존재감이 거의 없다는 점을 들 수 있다. 그들을 돕는 것은 대개 조부모 세대이다. 미야자키 하야오의 작품에는 모성이라는 것을 똑바로 마주 대할 수 없는 무엇인가가 있는 것 같다.[2]

---

2) 키리도시 리사쿠, 『미야자키 하야오의 세계』, 남도현 역, 써드아이, 2002, 329쪽.

〈센과 치히로의 행방불명〉에서도 치히로의 부모는 아무런 역할을 하지 못한다. 오히려 치히로가 돼지로 변한 부모를 다시 인간으로 돌아오게 해준다. 키리도시는 이러한 소녀의 모습을 '남성보다 더 남성답고 여성보다 더 여성다운' 소녀의 모습, 즉 '초소녀'(超少女) 라고 규정한다. 키리도시 리사쿠는 미야자키의 작품들 중 거리감있는 모성의 예들을 지적하면서 다시 다음과 같이 말한다.

버림받은 아이 같은 거리감에서 마마보이에 이르기까지 중심이 되는 모성에 대한 인식은 양극단화되어 있고 중간이 없다. 그 진폭은 미야자키 자신이 모성에 대해 접근하지 못했던 상황을 솔직히 표현하고 있는 것인지도 모른다. 그것은 그의 히로인이 소녀와 성인 여성으로 양극화되어 있는 것인지도 모른다. 모성을 추구하면서도 소녀라는 우회로를 취하지 않을 수 없다. 그것은 시대적 필연이기도 하다. 부모로서의 역할도 어른으로의 규범도 제시하지 못하는 시대에는, 모성을 보충하기 위하여 소녀와 조부모의 세대가 양극화되어 나타나는 것이 아닐까.[3]

한 쪽에는 〈천공의 성 라퓨타〉에 나오는 도라와 〈센과 치히로의 행방불명〉에 나오는 유바바, 다른 한 쪽에는 시타와 치히로가 있다. 이런 점에서는 모성의 부재가 소녀와 할머니라는 양 극단으로 이어진다는 키리도시의 지적은 설득력이 있다. 〈센과 치히로의 행방불명〉에서 유바바는 겉 모습은 노파와 유사하면서 애기를 가진 어머니의 모습과 중첩되어 있는 인물이다. 이것 또한 모성의 부재와 연결되는 대목이기도 하다. 그렇다면 키리도시가 말하는 우회로로서의 소녀의 이미지는 모성보충용으로 끝나고 마는 것인가, 아니면 다른 세상에

---

[3] 같은 책, 331-332쪽.

서 어린이-소녀로 누리던 소녀 시절을 그리워하는 것인가. 〈센과 치히로의 행방불명〉에서 치히로는 다시 엄마-딸의 관계로 돌아가지만 굴을 빠져나온 치히로가 자기가 한때 속해 있던 그 온천탕의 세계를 바라보는 시선은 무엇을 의미하는 것일까. 애니메이션 끝부분에서 부모는 무슨 일이 있었는지 전혀 모르지만 치히로는 온천탕의 세계에서, 현실과는 또 다른 세계, 또 하나의 세계에서 소녀로서의 강렬한 체험을 했다. 유바바의 위협, 요괴와의 만남, 그리고 무엇보다 중요한 하쿠와의 만남. 이 만화영화에서 중요한 것은 소녀로 있었을 때의 체험과 사건들이다. 따라서 현실로 돌아온 치히로가 딸이 되는 과정은 소녀성을 상실하는 과정이라고 말할 수 있다. 미야자키는 어머니의 소녀되기, 딸의 소녀되기를 통해 소녀가 소녀로 남는 과정을 중요하게 생각한다. 그렇지만 이렇게 이야기해도 소녀가 누구인지는 또렷하게 떠오르지 않는다. "소녀는 그 존재를 객체화해서 이해하기 어려운 단어"[4] 라고 무라세 히로미가 이야기했듯이 말이다.

미야자키 하야오만큼 소녀에 집착하는 사람이 있다. 들뢰즈는 『천의 고원』 중 10번째 고원 '강렬한-되기, 동물-되기, 지각불능한-되기'에서 '소녀론'을 전개한다. 들뢰즈가 소녀의 관점에 주목하는 것은 남/녀를 다시 파악하기 위해서이다. 들뢰즈에게 있어서 소녀란 전-여성(前-女性), 즉 미성숙한 여자가 아니라 남녀의 구분 이전의 자율적인 중간상태의 한가지 이름이다. 들뢰즈에게 있어서 소녀의 쌍을 이루는 개념은 소년이 아니다. 소년/소녀의 구분은 중간상태인 소녀에게 다시 소형의 남/녀라는 주형을 할당하고 소녀에게 남/녀구분이라는 철로 된 족쇄를 채우는 일이기 때문이다. 소년에 대립하는 것도 아니고 미성숙하기 때문에 여성으로 성숙해가야 하거나

---

4) 같은 책, 334쪽.

어머니에게 접근해가야 하는 것도 아닌 존재. 남/녀, 소년/소녀가 몰적인 이항대립에서 나온 것이라면 들뢰즈가 말하는 소녀는 그러한 몰적인 이항대립이 생기기 전의 분자적인 상태를 체현하는 개념이다. 무라세 히로미는 이렇게 말한다.

여자아이는 자신을 '소녀'라고 부르지 않는다. '소녀'라는 말, 혹은 개념 자체가 여성에 대한 성차별이다. '소녀'라는 개념은 남자를 기준으로 한 것이고 그 기준에서 본 대상을 가리키는 표현이다.[5]

소년과 소녀는 전혀 다른 생물이다. 따라서 소년은 반드시 소녀를 욕망하는 것도 아니고 소녀 또한 반드시 소년의 욕망의 대상이 되는 것도 아니다. 이런 사고는 소년과 소녀를 이항대립적으로 구분한 데서 나오는 것이다. 소녀에게는 남-녀/소년-소녀 같은 성별이 없다. 치히로가 하쿠를 만나고 시타가 파즈를 만나도 우리는 거기서 성적인 욕망의 흐름을 읽어낼 수 없다. 거기서 하쿠는 소년이고 치히로는 소녀인 것이 아니다. 치히로는 굴을 지난 순간 이미 센이고 하쿠 또한 소년이기 전에 이미 용이다. 아니, 하쿠는 소년이 되기 전에 용이 되어 하늘로 날아간다. '소녀'라는 말이 소년/소녀라는 구분, 그 자체가 이미 성차별적인 구분에서 나온 말이기 때문에 그 말을 되도록 쓰지 않으려고 하는 무라세 히로미가 "히로인들은 성의 비밀을 알지 못한다"[6]고 했을 때, 이 말을 들뢰즈 식으로 말한다면 소녀는 성의 비밀을 모르는 것이 아니라 이미 소녀 자체가 비밀인 것이다. 물론 소녀상으로서 순수함을 유지할 것을 강요한 것이 근대

---

5) 같은 책, 333쪽.
6) 같은 책, 334쪽.

의 이데올로기라는 무라세 히로미의 말도 중요한 지적이긴 하지만, 오히려, 들뢰즈에 따르면 성의 냄새가 나지 않는 비밀은 없다는 것이다. 그러나 그렇다고 해서 소녀가 성욕으로 애를 태우거나 한다는 말은 아니다. 비밀은 반드시 성적인 매력을 띤다는 것이고 설령 성에 대해 아무 것도 모르는 아이들의 비밀기지라고 해도 거기에는 늘 성적인 뭔가에 관계하는 매력이 잠복해 있다는 것이다. 비밀에 마음 설레는 일이 생기는 한 아이들은 이미 성적이라는 말이다. 설렌다는 것, 그것은 이미 성적인 것이다. 미야자키 하야오의 애니메이션이 욕망의 흔적은 모조리 지워버리며 다닐 정도로 금욕주의에 경도되어 있다는 지적은, 그의 애니메이션을 생명론으로 파악하는 것처럼 올바른 것이 아니다.[7] 그의 작품에는 소년의 욕망의 대상이 아닌, 소녀의 생생한 섹슈얼리티가 잘 표현되어 있다.

들뢰즈가 집요하게 소녀를 들고 나오는 것은 여러 가지의 비밀들 중심에 소녀가 있기 때문이다. 들뢰즈는 소녀가 선험적으로 무죄라고 하면서 다음과 같이 말한다.

남자들은 번갈아가며 여자들에 대하여 부주의하다든지 쓸데없는 수다만 늘어놓는다든지 연대심이 없고 배신을 잘 한다고 비난한다. 그러나 한 여성이 어떤 것도 숨기지 않고 투명성, 순진무구, 속도에 의해 비밀이 될 수 있다는 것은 흥미진진한 일이다. 궁정연애에 나타난 비밀의 복합적인 배치는 참으로 여성적이고 최고의 투명성으로 작동한다. 중력에 저항하는 신속성. 국가장치의 중력에 대항하는 전쟁기계의 신속성. 남성들은 육중한 태도를 취하고 비밀을 경호하는 기사가 된다. "내가 어느 정도의 하중을 지고 있는지 봐라. 나의 진지함을, 깊이있는 진중함을." 그러

---

7) <원령공주>에서는 생명론이 파탄되어 나타난다.

나 결국 남자들은 모든 것을 다 말해버리고 만다. 어떻게 되도 다 좋다는 듯이. 거꾸로 어떤 종류의 여성은 어떤 것이든 모조리 다 말하고 말하는 데 있어서 고도의 기술을 발휘한다. 그러나 이야기가 끝나는 시점에서 시작하기 전보다도 많은 것을 알게 되지는 못한다. 여자들은 신속함과 투명성으로 모든 것을 감춰버렸기 때문이다. 여성들에게는 비밀이 없다. 자신이 하나의 비밀이 되어버렸기 때문이다. 이와 같은 여성은 우리들보다 더 정치적일 수 있을까? 이피게니아. 선험적으로 무죄. ─이것이 남성들이 "선험적으로 유죄"라고 목청껏 외치고 심판하는 것에 저항하는 소녀. [8]

엘리자베스 그로츠는 들뢰즈와 가타리가 옹호하는 저항의 인물이 어린 소녀라는 점을 두고 의미심장하다고 말하는데[9] 다음 구절에는 들뢰즈가 생각하는 소녀의 이미지가 잘 정리되어 있다. Ⅳ-1 단락 첫 부분에서 본 그림대로 소녀는 남-녀/소년-소녀의 이분법을 통과하는 간주곡(intermezzo)이다.

소녀가 처녀성에 의해 정의되는 존재가 아니라는 점은 확실하다. 소녀는 운동·휴식·속도·느림과의 관계에 의해, 원자의 결합에 의해, 분자의 방출에 의해 정의된다. 그것은 차성(此性/haecceity)의 철학이다. 소녀는 기관없는 몸에 관한 방황을 결코 멈추지 않는다. 소녀는 추상적인 선이며 탈주의 선이다. 따라서 소녀는 나이, 집단, 섹스, 특정집단, 왕국 등에 소속되지 않는다. 소녀는 모든 곳, 즉 특정집단·행동·나이·섹스 등과 같은 그 모든 곳으로 미끄러져 들어간다. 소녀는 자신이 가로질러

---

8) Gilles Deleuze and Félix Guattari, *A Thousand Plateaus*, Univ. of the Minnesota, 1987, pp. 289-290.
9) 엘리자베스 그로츠, 『뫼비우스 띠로서 몸』, 임옥희 역, 여이연, 2001, 339쪽.

통과하는 이분법 기계와의 관계에서 탈주의 선 위에서 무한대인 n 분자적인 성(sex)을 생산한다. 이 이분법을 벗어나는 유일한 방법은 사이에 있는 것이며 사이를 통과하는 것이며 간주곡이 되는 것이다…소녀는 각각의 상반된 어휘들, 즉 남성 여성 어린아이 어른과 동시대적으로 남아 있는 되기의 블록과 같은 것이다. 소녀가 여성으로 되는 것이 아니다. 다름 아닌 여성으로 되기가 보편적인 소녀(universal girl)를 생산하는 것이다…. 분자정치학이 소녀와 아이를 통해 진행한다는 것은 분명하다. 그러나 소녀들과 아이들이 그들을 억누르는 몰적인 상태나 유기체와 그들이 받아들이는 주관성에서 힘을 끌어오지 않는다는 것도 확실하다. 그들은 그들의 힘을 그들이 성들과 나이들, 어른의 아이-되기, 아이의 아이-되기, 남자의 여성-되기, 여성의 여성-되기 사이를 지나가게 만드는 분자적-되기에서 끌어온다. 소녀와 아이는 되지 않는다. 되기 자체가 소녀요 아이다. 아이는 어른이 되지 않고 마찬가지로 소녀는 여자가 되지 않는다. 아이가 모든 나이대의 젊은이 되기와 마찬가지로 소녀는 각각의 성별의 여성으로-되기이다. 나이 먹는 방법을 안다는 것은 젊은 채로 남아있는 것을 의미하지 않는다. 이것은 자기 나이로부터 바로 그런 나이대의 젊은이로 구성하는 분자·속도·느림·흐름을 뽑아낸다는 의미이다. 그것은 자신의 성별(sex)로부터 바로 그런 섹슈얼리티의 소녀를 구성하는 분자·속도·느림·흐름과 무한대인 n섹스를 뽑아낸다는 의미다. 사랑하는 방법을 안다는 것은 남자로 혹은 여자로 남아있는 것을 의미하지 않는다. 그것은 자기의 성에서 그 섹슈얼리티의 소녀를 구성하는 분자·속도·느림·흐름 n성들을 뽑아낸다는 뜻이다. 다름 아닌 나이 그 자체가 아이로 되기이며 대문자 섹슈얼리티 혹은 어떤 섹슈얼리티든지 마찬가지로 아이로 되기이며 여성으로 되기, 달리 표현하자면 소녀로 -되기다. 10)

---

10) *A Thousand Plateaus*, pp. 276-277. haecceity는 둔스 스콧트의 조어로서 '이것'을 뜻하

들뢰즈에게 '되기' 자체가 소녀다. 그 소녀는 '무엇으로 되는 것'이 아니라 되기 자체라는 말이다. 소녀는 이분법 기계를 탈주하는 선이고 따라서 '남'성과 '여'성을 관통하는 선이며 성별이 없는 n성이다. '되기' 자체가 소녀이므로 소녀는 여성이 되지 않고 어머니가 되지 않는다. 들뢰즈는 모성에 대한 이야기를 하지 않지만 말이다. 들뢰즈에게 소녀는 기관없는 신체와 같은 것이다. 그로츠는 들뢰즈가 소녀의 되기를 보편적인 계기로 일반화하여 '보편적인 소녀'를 주장하는 것을 두고 소녀의 육체적인 특수성에 주목하지 않는다고 비판하는데, 들뢰즈는 몸의 문제를 중요하게 보고 몸이 소녀에게서 강탈되는 역사에 주목한다. 그로츠가 들뢰즈 비판의 초점으로 제시하는 소녀의 육체적 특수성이나 여성의 성적인 특수성은 페미니즘의 관점에서 더 검토해야 할 사안이겠지만, 여기서 들뢰즈가 말하는 소녀-되기는 근대이데올로기의 부산물인 성적인 이항대립들을 극복하는 대안이 될 수 있으며 여성, 어머니에 저항하는 표상이 될 수 있다는 긍정적인 의미를 갖는다. 더구나 소녀는 그 자체가 비밀이고 이러한 비밀이 소녀를 지각불가능한-되기, 기관없는 신체로 환원시킨다는 점에서 소녀를 소년의 욕망의 대상으로 남아 있지 않게 만든다.

키리도시 리사쿠가 미야자키 하야오의 애니메이션에 나오는 인물들 중에 중간이 없고 소녀와 조부모로 양극단화되어 있다고 말한 것은, 들뢰즈 식으로 말하면, 소녀는 사이존재이자 간주곡이기 때문에, 그러한 양극단화라는 결과가 나타난 것이라고 말할 수 있다. 키리도시는 그러한 양극단화가 모성보충용이라고 하지만[11] 들뢰즈의

는 haec에서 온 말이다.

11) 이 말은 미야자키 하야오의 어머니가 결핵균이 척추에 들어가 생기는 척추 카리에스병 때문에 평생 병석에 누워있었다는 전기적인 사실에 바탕을 두고 그 점을 강조해서 나온 것으로 여겨진다.

탈주선으로서의 소녀라는 이미지에 맞추어 보면 미야자키의 애니메이션에서 소녀는 모성보충용이 아니라 모성, 어머니, 여성에 저항하는 이미지를 갖는다. 그러니까 키리도시는 소녀→어머니(/아버지)→조부모라는 식으로 나이대에 맞추어 생각하는 것이지만 들뢰즈에게서 소녀는 앞의 185쪽의 두 번째 그림의 것이거나 소녀↔어머니=조부모[12] 로서의 소녀인 것이다. 키리도시가 말하는 '초소녀'는 말괄량이(tom/boy)가 아닌 것은 분명하지만 '남성보다 남성답고 여성보다 여성다운' 것이 초소녀라고 하기보다는, 들뢰즈가 말하는 대로 그 나이대에서, 그리고 그 나이대의 성에서 n성들을 뽑아내는 것이 초소녀인 것이다. 들뢰즈가 "소녀는 모든 곳으로 미끄러져 들어간다"고 말하듯이 모든 곳으로 미끄러져 들어가 거기서 모든 것들을 뽑아내는 것이 초소녀라는 말이다. 〈천공의 성 라퓨타〉에서든 〈센과 치히로의 행방불명〉에서든 주인공 소녀들이 보여주는 모험과 구출 행동 안에서의 남성다운 모습은 자신의 성에서 "그런 섹슈얼리티의 소녀를 구성하는 속도나 혹은 무한대의 n섹스"를 뽑아낸 것을 보여줄 뿐이지 초소녀의 모습은 아니라는 말이다.

미야자키 하야오의 소녀에게는 들뢰즈가 말하는 식의 '몸 강탈'이 보이지 않는다. 소녀가 여성이 된다는 것은 들뢰즈에게 있어서 몰적인 것이다. 여성-되기는 그 여성이 분자적인 여성이거나 소녀일 때에만 가능하다. 들뢰즈는 "우선적으로 소녀의 되기가 소녀의 이름에다 역사나 전사를 강제할 때 도둑맞는다"[13] 고 말하는데, 미야자키 하야오의 소녀에게는 이러한 역사나 전사가 강제되지 않고 소녀는

---

12) <센과 치히로의 행방불명>에 나오는 노파 유바바는 애를 가진 어머니로 등장한다. 따라서 유바바는 조부모=부모의 등식을 표상하는 인물이다.

13) *A Thousand Plateaus*, p. 276.

소녀-되기로, 소녀로 남아있다. 부모가 돼지로 변해도 치히로는 센으로 이름만 바뀌었을 뿐 여전히 소녀로 남아있다. 치히로에게는 몰적인 여성이나 어머니의 몸, 돼지의 몸, 유바바 같은 노파의 몸이 강제되지 않는 것이다. 이 말을 바꾸어 말하면 미야자키 하야오의 애니메이션에 나오는 시타나 치히로 같은 소녀는 그러한 몸들 사이를 지나면서 그 몸들 중 어느 것에도 고정되지 않은 채 생성변화를 체현하는 것이다. 이 점에서는 〈루팡 3세 칼리오스트로의 성〉에 나오는 클라리스와 대도둑 루팡 3세도 마찬가지다. 클라리스는 왕녀이지만 백작과 정략결혼할 뻔하다가 대도둑 루팡을 믿고 따르는 존재로 변하고 루팡 또한 말할 것도 없이 제니가타로 백작으로 신출귀몰하게 변장하는 인물이다. 이런 점에서 클라리스와 루팡은 어울리는 한 쌍이다. 들뢰즈는 "되기들만이 비밀들이고 비밀은 되기를 갖고 있다. 비밀의 기원은 전쟁기계에 있다"[14]고 말한다. 그리고 "비밀은 더 여성적인 상태를 띤다"[15]고 말한다. 이 때 비밀은 비행석의 비밀이고 라퓨타의 비밀이며 클라리스가 끼고 있는 반지, 반지가 숨기고 있는 계보의 비밀이기도 하지만, 클라리스나 시타라는 소녀 자체가 비밀이라는 것을 나타낸다. 루팡과 함께 위조지폐 지하공장을 운영하는 칼리오스트로 공국의 백작과 싸우는 클라리스나 무스카 대령이 차지하려고 하는 천공의 성을 먼저 찾아나선 시타는 국가장치에 대항하는 전쟁기계이기도 하다. 비밀이 지각불능한 것이듯이 소녀는 소년의 대립물도 아니고 여성도 어머니도 아니라는 점에서 남-녀/소년-소녀 사이의 존재라는 점에서 지각불가능한-되기의, 지각불가능하게 된 비밀이다. 들뢰즈에게 있어서 비밀은 아이-되기,

---

14) 같은 책, p. 287.
15) 같은 책, p. 289.

여성적(으로)-되기, 분자적(으로)-되기 같은 '되기'들이듯이 소녀
또한 되기이고 비밀이며 아이이자 여성적이며 분자적인 것이다. 따
라서, 앞의 185쪽에 나오는 첫 번째 그림을 다시 그리면,

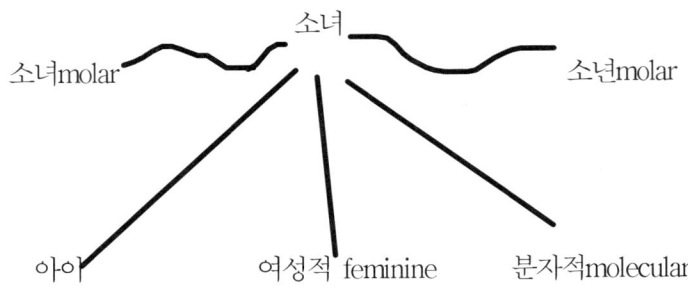

으로 될 것이다.[16)]

　들뢰즈나 미야자키에게 있어서 소녀는 인류(Man)의 남자(man)/
소년(boy)과 이항대립 관계에 있는 여자(woman)/소녀(girl) 사이를
지나가는 비밀이다. 나이든 사람한테 '참 젊게 사시네요'라고 말한다
는 것은 들뢰즈처럼 젊은이로 남아있다거나 남아있어야 한다는 말
이 아니라 그 나이의 젊은이를 구성하고 있는 분자·속도·흐름 등
을 자기 나이에서 추출해내야 한다는 뜻이다. 이것이 젊게 사는 것
이듯이 나이가 들어서도 소녀처럼 산다는 것은 여자가 소녀가 되기
위해, 소녀가 여자가 되는 것이 아니라, 여자의 소녀-되기를 위해,
스스로의 손으로 운영하는 비밀기지가 있어야 한다는 뜻이다. 시타

16) 여기서 소녀는 중립적으로 보이고 그 중립적인 소녀가 여성적인 것에 연결되는 관계
　　를 갖기 때문에 페미니스트에게 논란거리를 제공할 수 있다. 그로츠가 말하듯이 이
　　리가라이가 들뢰즈의 기관없는 신체나 욕망하는 기계에 거부감을 갖는 것도 그 중립
　　성이 여성을 다시 포섭하는 남성의 도구라고 보기 때문이다. 이 점에 대해서는 그로
　　츠의 저서 3장 7절, '강도와 흐름'을 참조

에게 라퓨타가 있고 치히로에게 온천탕에서 떨어져있는 섬이 있고 클라리스에게 호수가 있듯이 여자에게는 비밀스런 무인도가 있어야 한다. 라퓨타는 하늘에 떠있는 섬이고 호수 또한 그 중앙에 섬을 연상시킨다. 섬이 육지도 아니고 바다도 아니며, 따라서 육지와 바다 '사이에' 있는 것이듯이 소녀 또한 그런 존재이고, 따라서 여자는 소녀가 되어야 한다. 치히로가 온천탕이 있는 육지와 섬을 연결하는 바다(영화에서 보듯이 깊은 바다라기보다는 얕고 넓은 호수 같은)를 해상열차로 여행하면서 찾아가는 섬에 비밀기지를 두어야 한다. 가정에서도 남편과의 사이에는 늘 여성만의 섬, 무인도가 있어야 한다. 〈루팡 3세 칼리오스트로의 성〉에서 루팡이 클라리스와 헤어질 때 "클라리스, 너의 인생은 이제부터 시작인 거야. 나처럼 더럽혀지면 안된다구"라고 말했듯이 여성의 비밀기지는 소녀가 된 여자의 인생이 새롭게 시작하는 공간이 되어야 한다. 루팡이 클라리스의 마음을 도둑질해 갔듯이 여성의 비밀기지에서는 누군가가 키스를 하며 마음을 도둑질해 가는 사건도 일어나야 한다. 남편의 몸과 뚝 떨어진 무인도에서 말이다.

무인도를 위하여

바닷물이 스르르 흘러 들어와
나를 몇 개의 섬으로 만든다.
가라앉혀라,
내게 와 罪 짓지 않고 마을을 이룬 者들도
이유없이 뿔뿔이 떠나가거든
시커먼 삼각파도를 치고
수평선 하나 걸리지 않게 흘러가거라,

흘러가거라, 모든 섬에서
막배가 끊어진다.[17]

　'사람들 사이에 섬이 있다. 그 곳에 가고 싶다'고 읊조리는 정현종
의 섬과 달리 미야자키와 들뢰즈에게는, 남성과 여성, 소년과 소녀
사이에 섬이 있고, 그 섬은 가고 싶은 욕망의 대상이 아니라 남성/
소년은 가지 말아야 하는 금기의 곳, 비밀기지다. 왜냐하면 여성은
이미 소녀가 되었으므로, 그리고 소년과 소녀는 각자 별도의 인격적
으로 독립적인 생물이므로.

---

17) 신대철 시집, 『무인도를 위하여』, 문학과지성사, 1989.

24 언어와
페미니즘

남자의 제국을 강화시키는 것은 이성애주의·가부장제·팔루스·생식이데올로기만이 아니다. 성희롱과 성폭력이 일어나는 것도 남자의 제국 탓이다. 물론 거기에서는 권력이 작용하여 실상을 은폐시키기도 한다. 성희롱과 성폭력이 드러나지 못하고 은폐된 채로 진행되거나 유야무야로 끝나는 것은 우리 사회의 권력관계가 지독하게도 위계질서적이기 때문이다. 프로이트는 아이가 부모를 유혹한다고 말했지만 들뢰즈와 가타리는 유혹의 원인을 '원초적인 아버지'에게서 찾는다. 아이가 어머니를 유혹하는 것이 아니라 아버지가 아이를 유혹하고 강간하고 학대하는 것이다. 들뢰즈와 가타리는 오이디푸스를 가장 악성의 유전자 혹은 바이러스로 파악한다. 우리는 그 바이러스에 대한 항체를 아직 개발하지 못했다. 가족주의 이데올로기가 우리의 관념을 지배하고 있는 탓이다. 마누라가 남편 보고 아빠라 부르고 어른이라고 부른다. 남편이 아빠로 둔갑하는 이런 가족주의적인 상황에서는 여자가 매를 맞아도 이혼할 줄 모른다. 요즘은 상황이 많이 변했지만 그것은 교육받은 계층에서만 그럴 뿐이다. 그렇지 못한 계층의 사람들 사이에서는 남편의 폭력은 남편의 폭력이 아니라 아빠의 폭력이다. 그렇기 때문에 아빠의 폭력은 감수하고 넘어가도 될만한 것으로 치부된다. 딸이 잘못한 게 있어서 아빠가 때리는데 뭐 하는 식이다. 아버지/남자는 강자이고, 실제의 권력이 아니라 상징적인 것일지라도 강한 권력의 소유자이며 따라서 늘 가해자의 위치에 서지만 '아빠'라는 언어는 남자의 그러한 여러 가지 위치들을 남편-마누라 관계의 가족주의로 치환시킨다. 그런 탓에 권력관계가 가족주의로 둔갑해 은폐되고 만다. 이렇게 언어는 권력을 은폐시킨다. 아니 권력을 은폐시킨 채 그러한 권력이 계속 작동할 수 있도록 도움을 준다. 롤랑 바르트가 '탈명화현상'(Ex- Nomination)이라고 부른 것도 마찬가지다. 우리는 만일 어떤 직업을 가진 사람이 기자일 경우 그 기자가 남자이면 그냥 '기자'라고 부르지만 여자일 경우에는 반드시 '여기자', 소설가이면 '여류소설가', 교수면 '여교수' 등등 하면서 꼭 '여자'라는 글자를 '첨부'한다. 왜 그럴까? 여기에는 성 차별이 아주 교묘하게 은폐되어 있다. 이 사실을 파악하는 과정은 성희롱이나 성폭력만큼이나 중요하고 의의있는 것이다. 이 사실을 모른다면 이미 여성들은 성차별적인 언어에 의해 희롱당하거나 폭력을 당하며 살고 있는 것이고 그러한 삶을 자기도 모르게 암묵적으로 인정하며 사는 것이나 진배없기 때문이다.

  1980년대 후반과 1990년대 초반에 서양 특히 영어권의 페미니스트들이나 프랑스어권의 페미니스트들은 언어 속에 나타난 여성의 문제에 깊은 관심을 보이기 시작하였다. 그 관심은 두 줄기로 갈라

저 나타났는데 하나는 '언어 속의 성차별'(sexism in language) 문제고 다른 한 줄기는 '언어 속의 성차'(sexual difference in language) 문제이다. 전자는 언어체계 속에서 엿보이는 성차별적인 현상을 대상으로 하는 연구이다. 후자는 성에 의한 언어사용의 차이를 대상으로 하는 연구이다. 다시 말해 남성과 여성은 각각 언어를 어떻게 사용하는가, 남녀의 말하는 방식은 어떻게 다르게 나타나는가를 연구의 대상으로 삼는다는 말이다. 먼저 전자의 경우를 살펴보자. 후자의 경우에는 대중가요 분석을 통해 남녀의 이야기방식에 나타난 차이를 보면 될 것이다. 언어에 나타난 성차를 이해하고 성차별을 인식하는 일은 성희롱, 성폭력을 방지하는 데 도움을 줄 것이다. 남자의 제국을 지탱하는 또 다른 요소가 있다면 언어이고 그런 의미에서 남자의 제국은 '언어의 제국주의'라고 달리 말할 수 있을 것이다. 언어는 모두 남자의 전유물 혹은 전리품이 되어 있기 때문이다.

그 한 가지 예를 보자. 앞에서 바르트가 말한 '탈명화현상'이 그것이다. 바르트는 이것을 자연화(naturaization)라고도 부르는데 가령 공기는 눈으로 볼 수 없지만 그렇게 공기를 볼 수 없는 이유는, 우리가 공기란 너무 당연하게 있는 것으로 여기기 때문이다. 여기서 그 '당연하다', '자연스럽다'는 인식이 공기를 눈으로 볼 수 '없게' 만든다. 즉 시각적으로 은폐시키는 것이다. 그러나 공기는 촉각적으로 그 정체가 탄로나는 존재이다. 어쨌든 우리가 너무나 당연하게 여기고 있어서 문제제기를 못하게 하지만 분명히 거기에는 공기처럼 뭔가가 숨어있을 듯하다. 이것을 바르트는 신화라고 불렀다. 물론 공기는 보이지 않지만 있는 것이고 신화는 눈으로 보이는데 그 보이는 것 밑에 숨어 있어서 보이지 않는 것이다. 그래서 바르트에게 신화란 "그 동기의 자연화를 통해 한 사회 내의 지배적인 가치

또는 지배이데올로기의 전달체로서 기능하게 되는 것"18)이다. 이러한 신화는 어디서든지 작동한다. 앞에서 든 예처럼 남성교수는 '교수'로 여성교수는 '여교수'로 표현되고 사람들은 그렇게 말을 사용한다. 이것은 남성이 교수라는 직업을 갖는 것은 대단히 당연하고 정상적인 것이지만 여성이 교수라는 직업을 갖는다는 것은 지극히 특별하다는 뜻을 나타낸다. 남성의 직업은 아주 자연스럽고 당연한 것이기 때문에 여성의 경우에서처럼 특별히 규정되고 나면 혹은 명명될 필요가 없는 것이다. 그래서 남성은 남류화가, 남기자, 남교수, 남경찰이 아니라 화가, 기자, 교수, 경찰로 대변되고 표현된다. 지배적인 것은 너무나 당연하고 자명하기 때문에 문자 그대로 특별히 지명될 필요가 없는 것이다. 이것이 바르트가 말하는 탈명화현상인데 여기에는 직업이란 애시당초 남성의 영역이라는 성별 혹은 성차별의 이데올로기, 바르트식으로 말하면 성차별의 신화가 숨어있는 것이다. '여경찰'처럼 '여'란 글자가 지금 시각적으로 눈에 보이지만 성차별의 신화는 보이지 않는다. 이렇게 언어는 보이지만 신화는 보이지 않는 것, 다시 말해 보이는 것과 보이지 않는 것의 관계를 밝히는 것은 남자의 제국이 언어를 어떻게 도구로 사용하는지 파악하는 데 있어서 대단히 중요한 것이다.

그럼 영어에 나타난 언어 속의 성차별의 예를 들어 보자. 언어는 단순히 사회의 성차별을 복사하는 것이 아니라 그 사회의 남성중심적인 가치관을 유지하고 정당화하며 자연스럽게 보이게 하는 데 중요한 역할을 한다. 페미니즘의 목적들 중에서, 여성을 사회가 규정한 역할에서 해방시키는 것이 그 하나라면, 그 사회가 어떠한 틀로 여성들의 삶을 규제하는가를 아는 것이 필요하고 사회의 남성중심

---

18) 박정순, 『대중매체의 기호학』, 나남출판, 1995, 286-287쪽.

적인 사고를 반영하고 유지하는 현상을 지적하며 그것을 성차별이 없는 것으로 개선하는 운동이 필요할 것이다.

영어에서 페미니스트들이 제일 먼저 성차별이라고 규탄하고 나선 것은 he와 man의 남성형 대명사가 총칭적으로 사용된다는 점이었다. 지시물의 성을 나타낼 때 영어는 성을 남성형과 여성형으로 구분한다. 그런데 성이 지정되고 나누어지지 않는 경우에는 남성형이 사용된다. 예컨대 "Man is unique among the apes in that he grows a long beard and it is to this that he owes his superior intelligence."(인류는 긴 수염을 기른다는 점에서 유인원 중에서 특이한 존재이고 그의 뛰어난 지능도 그 수염 덕택이다.) 여기서 Man 은 남자가 아니라 인간/인류로, he 역시 그 '남자'가 아니라 인류/인간이란 뜻으로 쓰인다. 페미니스트들은 이런 문장 혹은 Man과 he라는 글자를 비판한다. 왜냐하면 이런 언어들은 남자는 인류라는 종이고 여자는 그 아류라는 인식을 심어주기 때문이다. 남성형대명사가 '총칭적으로' 사용된다는 것은 Man이나 he가 '인류'라는 총칭을 나타내는 뜻으로 쓰인다는 의미이다. 페미니스트들은 이러한 언어 사용이 여성을 보이지 않는 존재로 만들고 이야기하는 사람에게 여자의 존재를 의식하지 못하게 만드는 것이라고 비판한다. 이것이 아니더라도 우리는 She라는 언어에 he가 숨어있는 것을 쉽게 알 수 있다. 즉 S/he. 따라서 She는 He에 S라는 철자가 첨가된 것이다. 흡사 '여기자'란 말이 기자란 글자에 '여'라는 글자가 첨가된 것이듯이(여/기자). 따라서 그 여자란 뜻의 She는, 여자란 남자 He에 S자가 첨가된 존재일 뿐이다. 여자란 부속품, 액세서리로서의 여자일 뿐이라는 말이다. 그래서 페미니스트들은 역사라는 단어 History도 그 안에 His-Story 즉 남자를 포함하고 있다고 해석한다. 물론

History는 라틴어 historia에서 온 것이기 때문에 his/toria로 나눌 수는 없지만 페미니스트들의 해석은 억지주장이라기보다는 설득력이 있는 것이다. 페미니스들이 이러한 남성 중심의 역사를 거부하고 여성의 역사를 강조하며 그것을 위해 Her-story를 주장하는 것은 충분히 납득이 가는 일이라는 말이다.

프랑스의 제2세대 페미니스트인 이리가라이가 주장하듯이 이런 현상은 명사, 대명사의 성을 나누는 서유럽언어에서는 일반적인 것으로 보인다. 이리가라이는 『말한다는 것은 절대 중립적이지 않다』(1985), 『나, 너, 우리: 차이의 문화를 위하여』(1990)에서 언어 속의 성차별 분석을 한다. 이리가라이의 언어 속의 성차별에 대한 관심은 박사논문인 『검시경』 이전의 단행본으로 출간한 『치매환자의 언어』(1974)에서부터 제기된 것으로 알려져 있다. 이리가라이는 언어가 중립적이지 않고 개인과 사회의 정체성을 구성하는 무의식의 역할을 한다고 보는 점에서 언어 속에 나타난 성차별을 인식하는 일을 대단히 중요한 과제로 본다. 언어는 그저 의사소통 수단이라거나 사회를 반영하는 것이 아니라 우리의 사고체계를 지배하는 무의식이라는 뜻이다. 제임슨이 '언어의 감옥'이라는 표현을 썼지만 이러한 감옥으로서의 언어에서 해방되지 않는 한 남자의 제국에서 해방될 수 없는 바, 그러한 해방은 언어 속의 성차별, 언어를 통한 여성 억압의 기제, 언어 자체에 내장된 가부장적인 여성 억압을 해체하는 작업을 필요로 한다. 언어는 여성을 언어라는 감옥에 가둔 채 제국 밖으로 추방시킨다. 그러한 추방은 영어에서 남자+인류인 Man에서 이루어지지만 프랑스어에서는 il에서 이루어진다. 예를 들어 프랑스어에서 '눈이 온다'는 'Il neige…', '반드시…해야 한다'는 'Il faut…'로 표현된다. 여기서 주어로 등장하는 Il(he)은 중성이지만 남성대명사

'그'와 동일한 il로 표현되기 때문에 사실은 남성과 다를 바 없다. 즉 il은 중성＋남성이라는 말이다. 중성과 남성이 모두 il이라는 것은, 중성으로서의 il이 겉으로는 중립적이고 일반적인 것 같지만, 남성 il을 숨기고 있다는 뜻이고, 따라서 거꾸로 말하면 일반적인 것 il을 늘 남성이 대변한다는 가부장적인 무의식이 담겨 있다는 뜻이다. il이 'Il neige…' 같은 문장에서는 중성으로 '보이지만' 그 밑에서 '보이지 않는' 남성 대명사 il이 무의식으로 작동하고 있는 것이다. 프랑스어에서 여성 elle(she)과 남성 il을 묶어 ils, 즉 '그들'이라는 복수인칭대명사가 만들어지는데 이 ils도 il＋s, 즉 '그 남자/들'이라는 것을 알 수 있다. 여기에서도 여성을 늘 남성의 그늘 속으로 감춰지게 하고, 음지의 제국으로 스며들게 하는 가부장적인 무의식이 드러난다는 것이 이리가라이의 설명이다. Man이 여성을 배제하고 man의 무의식으로 만들어버리거나 혹은 man의 부속물로 전락시키는 것처럼 il도 여성을 배제하고 일반적인 것으로서의 il의 무의식으로 만들어 버리거나 ils처럼 여성을 철저하게 배제해 버리는 것이다. 이렇게 해서 언어가 배제되고 무의식의 영역으로 추방되는 것은 남자의 제국이 여성을 제국 밖으로 추방하는 것과 닮은꼴이다.

이리가라이는 이렇게 언어가 성별로 고정된 경우의 문제를 다룬 후 언어를 활용할 때 생기는 성차별의 문제도 다룬다. 남성 il과 중성 il 모두 남성 ils이 되어버리고 여성마저도 남성이 되어버리는 elle＋il＝ils, 혹은 남성 속에 파묻혀 소멸되는 시스템 안에서 여성은 여성으로 말할 수 없고 말하려 들지 않으며 어느 새 '그녀는 그녀가 아니라 그가 되어버리는' 정체성의 역전이 발생한다.[19] 문화를 표상하는

---

19) 유지나, 「차이의 문화를 향한 근원적 열정 뤼스 이리가라이」, http://emerge.joins. com/ 2002.9, 4쪽. '그녀'란 단어는 우리말이 아니라 일본어다. '彼女'를 그녀라고 번

대표적인 언어가 이렇게 구성되어 있는 한 여성은 자신의 여성성을 문법에 맞추어 문법적으로 전환해야 하는 고통과 부담을 안을 수밖에 없다는 것이다. 이리가라이가 말하는 언어활용 차원에서 일어나는 성차별은 가치가 있는 것은 주로 남성이 차지하거나 때때로 중성의 가면을 쓰고 남성을 구현하는 데 반해 여성은 문장 안에서 부차적인 존재에 머무른다는 것을 보여준다. 문장 차원은 아니지만 단어 차원에서의 she같은 현상을 가리키는 것이다. 어쨌든 이리가라이는 여성이 언어, 문장 차원에서 이런 식으로 구성되어 있는 상황을 극복하기 위하여 남성적인 글쓰기/말하기에 대해 여성적인 글쓰기/말하기 전략을 제시하고 그 모범으로서 버지니아 울프의 경우를 예로 든다. 버지니아 울프의 소설『댈러웨이 부인』을 바탕으로 만든 영화 〈디 아워스〉(*The Hours*)에서 이야기 줄거리가, 소설『댈러웨이 부인』을 쓰는 울프,『댈러웨이 부인』을 읽는 로라, 댈러웨이 부인이라고 불리는 뉴욕의 레즈비언 편집장이자『댈러웨이 부인』의 유명한 첫 장면처럼 꽃을 사러 가는 클래리사 세 명의 주인공들 사이를 흘러가듯이, 이리가라이가 말하는 여성적인 글쓰기란 여러 개의 통로(세 명의 여주인공)로 시작해서 물처럼 유연하게 여러 통로를 넘나드는 글쓰기를 지칭하는 것이다.

이런 식의 문제가 명사나 주어가 성별로 나누어져 고정되어 있는 라틴어권만의 문제인지 아닌지는 '언어와 페미니즘'을 다루는 데 있어서 별반 중요한 사항이 아니다. 한글은 라틴어권이 아니기 때문에 언어 속의 성차별을 다룰 수 없다고 말할 수 없는 문제이기 때문이다. 문제는 언어의 기원이 아니라 그 언어가 현재 성차별을 어떻게

역한 것인데, 어쨌든 글을 쓸 때 '그녀'나 '우리'라는 단어는 글쓰는 주체에게 늘 부담으로 다가온다.

작동시키고 있는가를 파악하는 작업이다. 가령 한글에서 '마누라', '아내'라는 언어가 몽고어에서 왔는데, 몽고에서 그 언어가 성차별을 포함하지 않았다고 해서 '마누라'라는 말을 사용해도 좋다고 말하는 것은 큰 의미를 갖지 않는다는 말이다. 오히려 서유럽의 페미니스트들은 언어 속의 성차별이나 성차 문제에 대해 깊은 관심을 갖는 데 비해 일본이나 한국의 페미니스트들은 이리가라이처럼 구체적인 작업을 하지 않고 거대담론에만 매달려 있다는 것이 더 큰 문제일 것이다. 이것은 남성 il이 일반/중성 il을 대변하듯이 엘리트여성이 일반여성'들'을 대변하듯이 그들을 배제하고 소멸시키는 행위가 아닐까? 만일 그렇다면 한국의 페미니스트들은 남성적인 문법과 언어의 작동방식을 무의식적으로 모방하고 있다고 비판할 수 있을 것이다.

들뢰즈와 가타리가 『분자혁명』, 『기계적 무의식』 등에서 보여주는 언어에 대한 작업은 언어가 페미니즘적인 실천만이 아니라 정치적인 실천에도 밀접하게 연관되어 있다는 것을 보여준다. 가부장권력을 포함하여 권력구성체가 언어의 의미작용을 지배하는 과정에 대한 정교한 분석은 주로 가타리의 저서에서 잘 나타나는데, 특히 『분자혁명』 제 5장 제 7절 '그와 나-자아'(il et moi-je)는 이리가라이가 다루었던 il의 문제를 이어받은 것은 아니지만 동일한 언어를 다루고 있다는 점에서 흥미롭다.[20] 바흐찐이나 페쇠와 그리 멀리 떨어져 있지 않은 가타리의 이러한 작업은 우리의 경우 흔히 사용하는 언어 '우리/들'도 권력구성체나 이데올로기와 밀접한 연관이 있다는 사실을 일깨워준다. 국민교육헌장이 '우리는 민족중흥의…'로 시작되는 것을 생각해 보자.

이젠 좀 다른 문제를 거론해 보자. 영어에는 여성을 능멸하고 모

---

20) 가타리, 『분자혁명』, 윤수종 역, 푸른숲, 1998.

욕하는 언어로 어떤 것이 있을까. 페미니스트들은 여자를 지칭하기 위해 사용되는 언어에는 부정적인 의미가 많다는 사실에 주목하였다. 영어에는 여자를 성적인 대상물(특히 매춘부)로 묘사하는 단어가 무수하게 많다. 이것은 앞에서 보았듯이 이분법의 계보학의 경우 여성의 부정적인 측면을 나타내는 단어가 한국어에도 많다는 것과 일맥상통하는 것이다. 영어에서 ass, tail, crumpet, skirt, flash, slag, tart, nympho, prickteaser는 각각 모두 여성을 성의 대상물로 묘사하는 단어들이다. ass는 항문이란 뜻이지만 성교대상으로서의 여성을 나타내기도 한다. 즉 여성이되 성교대상으로서의 여성이라는 뜻이 ass라는 말이다. tail은 외음부란 뜻도 있지만 ass처럼 성교대상으로서의 여성이란 뜻을 갖는다. crumpet은 성적인 매력이 있는 여성이란 뜻이다. skirt는 젊은 여자, flash는 카리스마적인 매력, slag은 음란한 여자, 매춘부, tart는 행실이 나쁜 여자, 매춘부, nympho는 이상성욕적인 여성, prickteaser는 cockteaser라고도 하는데 노골적으로 유혹하면서도 몸은 허락하지 않는 여자란 뜻이다. 영어에서는 성기를 뜻하는 cunt를 사용하여 여성일반을 나타내기도 한다. 여자가 언어로 표현될 때에는 이렇게 부정적인 의미가 부가된다는 사실과 그 의미는 더 거론하지 않겠지만 영어에서는 남녀를 대-(對) 형상으로 나타내는 언어의 경우에도 그런 현상이 있는 것을 볼 수 있다. 이 경우에도 여자 쪽의 경우에는 부정적인 의미가 주어지는 경우가 많다. 예를 들어 bachelor은 독신남성, spinster는 독신여성이란 뜻인데 전자에는 긍정적이고 독립적이며 성적으로 자유로운 독신남이란 뜻이 있지만, 후자에는 추하고 성적인 매력이 없는 독신여성이라는 의미가 있다. 우리 말에서도 여자가 독신이거나 과부인 경우 여성이 사람들의 눈총을 받는 부정적인 인물로 그려지는 경우와 비슷하다. 또 다른 예는 같은 단어인데도 남자를 나타낼 때에는 좋은 뜻을 갖지만 여성을 나타낼 때에는 부정적이고 성적인 의미로 둔갑한다. 예를 들어 'He is professional.'은 '그는 전문가다'라는 문장 뜻으로 해석되지만 he 자리에 she가 들어앉게 되면 문장해석이 전혀 달라지게 된다. 즉 그 여자는 성적인 전문가이다, 매춘부라는 뜻으로 해석된다는 말이다.

그리하여 영어권에서는 성차별적이지 않은 언어를 위한 개혁운동을 벌였다. 영어를 성차별적인 언어로부터 비성차별적인 언어로 개혁하는 운동이 그것이다. 페미니스트들은 chair/man(의장), fore/fathers(선조), house/wife(주부)는 각각 chair(person), ancestors, homemaker로 바꾸자고 주장했다. 앞의 두 단어는 man, father라는 남성언어가 남자와 여자 양 쪽을 다 포함하는 것처럼 쓰이고 나머지 단어는 여자만 가사일에 종사하는 듯한 인상을 주기 때문이라는 것이다. 페미니스트들은 이렇게 언어 속에 내장된 성차별적인 요소를 제거하는 운동과 더불어 여성 특유의 경험을 나타내는 언어를 만들기도 하였다. 성차별로 번역하는 sexism도 여성에게 여성 특유의 경험을 살려주기 위해 만들어진 것이고 dyke lesbian(동성애의 여자, 특히 남성적인 여성을 뜻한다)처럼 타락한 의미를 재평가하기도 하고, 철자를 고치는 작업도 실천하였다(women을 men의 요소가 없는 wimmin으로 바꾸는 작업).

그렇다면 우리의 경우에는 어떨까? 하지만 여기서 중요한 것은 국어에 나타난 성차별적인 현상을 조사하는 것이 아니다. 여자라는 이름들의 나모그라피에서처럼 성녀, 마녀, 색녀, 옹녀, 요부, 기생, 독부, 화녀, 작부 등의 언어가 가부장제에 편입되지 못한 여귀들의 근대적인 이름이고 아직도 그러한 근대를 극복하지 못했다는 사실일 것이다. 또한 일본의 경우나 우리의 경우 영어나 프랑스어에서 가장 큰 문제로 취급되는 남성형 (대)명사의 총칭적인 사용이나 여성에 대한 모멸적인 언어가 영어나 프랑스어만큼 팽배해있지 않다는 점도 중요하게 지적해야 할 사실이다. 가령 일본이나 우리가 한자를 쓸 경우 남녀를 지칭하는 가장 일반적인 '남'과 '녀'가 똑같이 '사람 인'(人)의 하위개념으로 쓰이지 영어처럼 남자만이 인간/인류라는 뜻으로 쓰이지 않는다. 남자가 여자도 포함하는 인간 전체의 의미로 사용되는 경우는 없다는 것이다. 특히 일본어의 경우 여자를 지칭하는 데 쓰이는 부정적인 언어가 많지만 그 경우에도 서유럽언어와 달리 오히려 비성적(非-性的)인 능멸어가 많다는 것이다. 일본어에서는 성적으로 모멸감을 주는 언어가 매춘부(매녀賣女, 음부)와 애인(이호二号, 첩, 정부)를 나타내는 데 한정되어 있을 뿐이다. 즉 이들 언어들이 여성 일반을 지칭하는 데 사용되는 경우는 적다는 말이다. 영어는 매춘부를 나타내는 단어만 해도 tart, slag 등으로 많고 slag은 음란한 '여자'라는 뜻을 가지기도 하지만 일본어의 경우 가령 '정부'란 언어만 가지고는 여성이란 언어를 성의 대상으로 추락시켜 모멸적으로 만든다는 인상을 주기가 힘들다는 것이다. 어쨌든 우리에게는 일본어의 二号란 언어가 없고, 일본어와 비슷한 한자권에 속해 있다지만, 우리의 경우에는 성적으로 모멸감을 주는 언어가 한자/한글을 통해 더 발달되어 있는 것처럼 여겨진다. 이것은 여자에게 부정적인 의미가 덧칠해지는 이유가 제국 밖으로 여자가 추방된 것에서 찾을 수 있듯이 우리의 경우 그 역사적인 특수성이 보여주듯이 세계사의 바깥으로 추방되었던 한국사의 과정과 통하는 것이다. 다시 말해 여성이 피해자이고 추방당한 자이듯이, 그래서 부정적인 의미가 여성이란 언어에 부과되었듯이 한국은 피해자이고 추방당한 존재이고 그 중에서도 여성은 남자의 제국 중 가장 낮은 단계에 있었기 때문에 최고의 피해자, 최고도로 추방당한 존재이며, 따라서 여성에게 성적 모멸감을 주는 의미가 더 쉽게 덧칠해진다는 것이다. 화냥년, 양갈보, 양공주, 위안부란 언어에 일제식민지나 미군정 시기라는 한국사의 특수성이 잘 드러나 있다는 사실도 주목할 만한 일이다. 우리나라 말에 一盗, 二婢, 三娘, 四寡, 五妾이란 말이 있다. 이 말은 도둑과 노비보다도 못한 존재가 과부이거나 첩이었다는 뜻이다. 이런 언어의 경우에는 성적인 차별의 강도가 서유럽보다 더 강하다는 것을 나타내며 우리에게는 비성적인 능멸어가 적고 많다는 식의 논의보다 가부장적인 질서가 남자의 제국 안에서 여성의 순서를 결정한다는 것이다. 즉 도둑→노비→처자→과부→첩의 순서로 여자의 위치가 위계화되어 있다는 사실일 것이다. 이러한 '숨막히는' 위계화의 질서는 현재 한국사회의 구석구석을 규정하는 절대적인 원리로 고정되어 있다. 남자→여자→ 이혼녀/과부/첩, 서울대→… 대졸(남)→여대졸→고졸→남고졸→남자공고졸→여고졸→여상졸→중학교…, 서울→강남→강북→부산… 들뢰즈와 가타리가 말하는 견고한 수목상의 원리. 그 나무들 사이에는 아주 미세한 위계화, 차별화의 막들이 쳐져 있다. 옆으로 뻗어나가는 리좀(Rhizome, 뿌리)의 원리는 우리 한국사회에 부재한다.

그러면 이제는 우리가 현재 일상적으로 사용하는 언어 속에 성차별적인 현상이 어떻게 작동하고 있는지 살펴보기로 하자. 권명아는 「아줌마 뭐해여?」라는 글에서 예의 아줌마담론을 고민한다. 여성이 아줌마라는 언어로 변하는 과정에는 "보상심리를 자극하는 것도 들어 있고 가장 반여성적이라 할 수 있는 여성에 대한 생물학적, 가부장적 구별의 지표를 끝없이 재생산하는"[21] 위험이 있기 때문이다. '선생님'

---

21) http://www.femcritic.com/webzine, 5-6쪽.

이란 언어가 여성의 공적 영역으로의 접근 자체를 막는다든가—여성한테는 이 단어를 잘 쓰지 않는다—성인 남성의 경우에는 학생-직장인 단계를 거치지만 여성의 경우에는 아가씨-아줌마 단계만을 거치는 일반적인 이데올로기에 포섭되어 있다는 것이다. 이렇게 해서 지식과 공적인 영역에서 여성의 존재를 인정하지 않으려는 정치적 무의식은 여성을 다시 주부의 이미지에만 옭아매두게 된다. 만능주부니 슈퍼우먼이니 미시주부는 기존의 주부를 리메이킹하고 주부의 심리를 보상하는 교묘한 논리에 불과하다는 것이 권명아의 생각이다. 요컨대 만능주부 등의 언어가 주부와 사적인 영역에서 완전히 이탈하는 데에는 실패했다는 말이다. 아줌마란 언어의 경우에도 사정은 마찬가지이다. 그렇다면 여성을 끊임없이 주부로, 만능주부로, 어머니로 환원시키는 지배이데올로기에서 탈피하려면 아줌마 담론은 어떻게 재구성되어야 할 것인가? 권명아는 아줌마담론이 처한 딜레마만큼이나 페미니즘 정치학의 딜레마를 인식하고 있다. 그렇기 때문에 권명아는 정치적인 소수집단으로서의 여성이 대안이라는 확신이 가져올 자기도취로 인한 배타적인 자기정당성의 문제를 진지하게 성찰해야 한다는 결론을 내리고 있다. 이 문제는 앞에서 이야기한대로 대-형상화와 자기재정의의 관계문제이기도 하지만 여성이 자신에 대해 다시 정의를 내리는 작업이 권명아의 지적과 다르지는 않을 것으로 보인다. 그러나 여성이 한국사회에서 차별받는 집단이 분명한 이상 다른 정치적인 소수자들—장애자, 동성애자, 영락물, 기지촌여성, 매춘부—과 연대하는 운동은 분명히 필요한 일로 보인다. 하지만 우리에게는 아직도 페미니즘 담론은 있어도 페미니즘 '운동'[22]은 보이질 않는다.

---

22) 호주제폐지운동, 위안부문제, 여성영화제 등이 여성의 경계 안을 다루는 여성운동이라면 페미니즘 운동은 여성의 경계 안과 밖을 포괄하는 운동이다.

25 영화와
가요 속의 성차

이제 '언어 속의 성차' 문제를 이야기하자. 대중가요 속에 나타난 성차 문제를 통해 언어가 성별로 어떻게 갈라지는지 살펴보자는 말이다. 그러나 그러한 구별이 절대적인 것은 아니다. 다만 일단 다음과 같이 상정해보자. 남성의 언어가 시각적이라면 여성의 언어는 대단히 촉각적이고 청각적이다. 〈8월의 크리스마스〉 이후 3년 만의 정적을 깨고 허진호 감독이 만든 영화 〈봄날은 간다〉에서 은수와 상우는 자연의 소리를 통해 교감을 하고 가까워진다. 대나무 숲 속 바람소리를 들으며 두 사람은 가까워지지만 해변가 파도소리를 들으며 두 사람은 멀어져가기 시작한다. 소리가 시공간을 따라 변하듯이 은수와 상우의 사랑도 변해가고 은수는 소리의 변화 속에서 사랑의 변화를 먼저 느끼기 시작한다. 상우는 소리를 녹음하듯이 사랑을 녹음하려고 하지만 은수가 생각하기에 사랑은 녹음의 대상이 아니다. 사랑은 그저 파도소리가 일깨워주는 기억이고 파도와 함께 사라져갈 기억일 뿐이지 녹음해서 잡아둘 수 있는 대상이 아닌 것이다. 소리를 녹취한다는 것은 소리를 소유한다는 것과 같은 것이기에 상우는 은수에게 "사랑이 어떻게 변해요?"라고 질문하게 되지만 은수에게 사랑은 파도소리처럼 녹취의 대상도 소유대상도 아니기에 변할 수 있는 것이다. 페미니즘 영화 〈디 아워스〉에서 버지니아는 런던에서 떨어진 시골 리치몬드에서 느끼는 정적을 죽음으로 느끼고 사람들의 격렬한 흐름이 느껴지는 런던으로 돌아가려고 한다. 남편 레너드는 버지니아를 정신질환에 걸린 비정상으로 보고 버지니아를 '감시'하듯 보호하지만 버지니아의 몸 안에서 일어나는 변화까지 볼 수는 없었다. 버지니아의 런던행은 의사와 남편의 감시에서 탈출하기 위한 행동이었지만 그것이 실패로 돌아가자 버지니아는 죽음으로 탈주한다. 버지니아에게는 그 탈주가 삶을 회복하는 유일한 방법이었기 때문이다. 소설책『댈러웨이 부인』을 들고 호텔로 들어가 자살을 기도하던 로라. 로라의 실패한 자살은 로라로 하여금 자식과 남편을 버리고 떠나게 만든다. 그것만이 남편이 자기에게 투사하고 있는 여자의 이미지로부터 벗어나 자기를 찾는 유일한 방법이었기 때문이다. 클래리사가 보살펴주던 리차드가 창턱에서 투신함으로써 클래리사는 자신의 삶을 찾을 기회를 맞이하게 된다. "너의 삶은 어디로 갔지?"라고 외치던 리차드의 말처럼. 하지만 세 명의 주인공들이 빛을 찾았는지는 미지수이다. 파티를 준비하며 클래리사가 틀어놓은 불안한 음악소리, "애 낳는 것이 여성의 전부"라고 생각하는 키티와 키스하는 로라의 불안한 입술, 클래리사와 샐리의 입맞춤, 버지니아와 강물, 여성과 모성 사이에서 고민하는 로라의 꿈 속에서 호텔방을 뒤덮는 강물. 〈디 아워스〉란 영화는 예민하도록 청각적이고 촉각적이다. 아니 이리가라이의 유체(流體)의 은유처럼 '유체' 같은 영화다. 각기 다른 삶을 산 세 사람의 인생을 엮는 것도 바톤 이어받듯이 부드럽게 이어지는 장면 자체의 구성에 의해 탄탄하게 되어 있고, 여성들의 감정이 불안한 유체를 생산해내며 흔들리는 모습을 잘 보여준다. 배우들 또한 얼굴의 표정을 유체처럼 만들어 내면의 솟구치는 감정을 잘 드러내고 있다.

그리스철학 이래로 시각은 여타 감각에 비해 우월한 것으로 간주되었다. 물론 중세시대처럼 청각이 우월한 시대가 없었던 것은 아니다. 지금이야 소설책 하면 읽는 것이지만 예전에는 우리나라에서도 장편(掌編)이라 하여 소설은 눈으로 읽는 시각적인 것이 아니라 입으로 읽고 귀로 듣는 청각적인 매체였다. 그러다가 근대 초기 시각이 다른 감각들에 비해 선두를 달리기 시작한 것이다. 라디오가 텔레비전으로 발전한 것도 청각에서 시각으로의 감각기관의 변화를 입증해주는 것이다. 어쨌든 시각의 우위에 대해 설명하자면 데카르트의 1637년 저서인 『굴절광학』이나 클로드 푸랑수아 네메스트리에의 1682년 저작 『이미지의 철학』에까지 거슬러 올라가야 하는 것이지만 데카르트는 예의 저서에서 "감각하는 것은 정신이지 신체가 아니다"[23] 라고 말함으로써 신체와 정신을 구분하고 신체기관을 외부의 눈과 내부의 신경-뇌-송과선(松果線)[24] 으로 나누었다. 그 후 메를로 퐁티는 『눈과 정신』에서 정신이 신체에 거주하는 것을 밝힘으로써 데카르트의 『굴절광학』을 비판하고 나섰다. 그러나 퐁티의 저서 중 중요한 것은 시각과 청각/촉각의 번역가능성을 주장하는 『지

---

23) 谷川多佳子, 「眼と表象」, 『思想』, 2001.8, 27쪽 재인용.
24) 조르쥬 바타이유에 의하면 송과선은 '제 3의 눈'이며 따라서 데카르트의 눈과 뇌의 구분, 안팎의 구분은 무의미하다.

각의 현상학』이다. 엘리자베스 그로츠는『뫼비우스 띠로서 몸』에서 시각과 청각을 이분법적으로 구분하는 데에는 논리적인 필연성이 없다고 하면서 시각/청각과 의사소통하는 촉각에 대해 말한다.

하지만 시각과 청각이 양극화된 대립항으로 설정된다면—시각은 공간적·능동적인 것이고 청각은 시간적·수동적인 것으로—이것은 자연의 효과나 자연의 필연성으로 이해된 것이 아니라 전송되고 새겨지고 부여되는 기능적인 방식으로 이해된 것이다…. 촉각은 인상과 순간적 영향력이라는 연속성을 청각과 공유한다. 또한 촉각은 정태적이고 주어진 대상을 가정한다는 점을 시각과 공유한다…. 촉각은 모든 감각 중에서 분석하기가 가장 어렵고 복잡하다고 해도 무방할 것이다. 왜냐하면 촉각은 무수히 상호작용하는 감수성의 차원으로 구성되어 있으며 무수히 많은 다른 기능들과 연관되어 있기 때문이다.[25]

그러나 그로츠에 따르면, 퐁티의 경우 가시적인 것과 촉각적인 것이 상보적이고 상호의존적인 관계에 있는 것이 아니고, 퐁티 또한 결국엔 시각에서 촉각으로 되돌아가게 되었다는 것이다. 그로츠는 이분법적 양극화에 대한 퐁티의 이러한 저항을 페미니스트의 작업과 일치하는 것이라고 평가하고 이것을 더 구체적으로 주장하기 위해 이리가라이를 거론한다. 이리가라이에게 중요한 것은 시각과 촉각의 위계화가 아니라 시각과 촉각의 '차이'이다. 그래서 그로츠에 따르면,

간단히 말해 이리가라이의 주장은, 시각은 촉각을 필요로 하지만 촉각은

---

25)『뫼비우스 띠로서 몸』, 211-212쪽.

시각과는 무관하게 그 자체로 자율적인 존재로 완벽하게 기능할 수 있다는 것이다…이들 감각들은 논리적으로 다른 위치를 차지하고 있기 때문이다. 촉각은 시각의 토대이자 기원이다. 촉각은 비가시적이며 보이지 않는 시각의 환경이다. 촉각은 능동적인/수동적인, 주체/대상 등과 같은 이분법에 선행한다. "나는 빛과 접촉함으로써 비로소 본다."[26]

이리가라이는 한편에서는 가장 최초의 감각인 청각의 여성적인 것/모성적인 것의 기원을 주장하면서 다른 한 편에서는 청각을 동반하고 시각보다 훨씬 더 원초적인 것으로 촉각을 들고 점액질에서 그 촉각을 구체화시킨다. 그렇다면 이리가라이에게 있어서 시각과 청각/촉각의 차이는 여성적인 청각/촉각을 강조하기 위한 전략에서 나오는 것이다. 이리가라이의 성차를 위한 여성담론에 자주 등장하는 유체, 불투명성, 액체, 점액질의 비유들이 촉각적인 것은 물론이다.

그렇다면 대중가요의 경우를 예로 들어 설명해 보자.

성시경 〈미소천사〉
짜증내고 화를 내도 또 너의 미소만 보면 바보 같은 나
넌 누가 봐도 아주 예쁘고 탐스러운 사과 같아
깨물어 주고 싶어 안아 주고 싶어
너의 핑크 빛 화살에 꽂혔어
넌 모두에게 늘 친절해 그래서 착각들 하지
나만의 애인인 걸 잊지 않았다면
내게 더 이상 장난치지마

---

26) 같은 책, 226쪽.

욕심이 지나친 걸까 자신이 없는 걸까 불안한 마음뿐야

　양희은 〈이루어질 수 없는 사랑〉
너의 침묵에 메마른 나의 입술
차가운 네 모습에 얼어붙은 내 발자국
돌아서는 나에게 사랑한단 말 대신에
안녕 안녕 목메인 그 한마디
이루어질 수 없는 사랑이었기에

밤새워 하얀 길을 나홀로 걸었었다
부드러운 네 모습은 지금은 어디에
가랑비야 내 얼굴을 더 세게 때려다오
슬픈 내 눈물이 감춰질 수 있도록
이루어질 수 없는 사랑이었기에

미워하며 돌아선 너를 기다리며
쌓았다가 부수고 또 쌓은 너의 성
부서지는 파도가 삼켜버린 그 한마디
정말 정말 너를 사랑했었다고
이루어질 수 없는 사랑이었기에

　〈미소천사〉에서 여성은 대상화되어 있거나 여성의 몸 또한 파편화된 채 남성의 시선의 대상으로 전락해 있다. 여성의 몸이 시각화되어 있는 것이다. 이에 반해 〈이루어질 수 없는 사랑〉에는 여성 특유의 촉각적인 감성이 잘 드러나 있다. 시각이 청각/촉각에 대해 우위에 있다면, 그것은 사랑을 소유하기 위한 우위일 뿐이다. 미소를 보고 상대 여성을 탐스러운 사과에 견주는 것은 '나만의 애인인 걸' 잊지 말도록 상대 여성을 잡아두려는 행위이다. 그래서 노래를 부르는 남자가수 성시경은 불안하다. 이에 반해 차갑고 메마른 촉각, 얼굴을 때리는 가랑비소리, 파도소리, 침묵의 청각들이 어우러진 〈이루어질 수 없는 사랑〉에는 소유물로서의 사랑이 드러나 있지 않다. 남자 가수들의 여성에 대한 시선은 대체로 이렇게 시각화되어 있다. 이기찬의 노래 〈Please〉를 봐도 가사는 '그녀의 까만 눈을 기억해 촉촉한 그 빨간 입술도 갈색 머리 향기도 작은 두 어깨 여린 떨림까지도…'처럼 몸의 여러 부분들은 보여지는 시선의 대상들이다. 여성은 이런 노래에서 보여지는 대상일 뿐이지 보는 주체로 서지 못한다는 것이다. 이것은 그로츠의 다음과 같은 주장과 통하는 말이다.

촉각의 경우에 만지는 자는 언제나 만져지는 자인 반면에, 보는 자는 (보이는 대상과) 거리를 사이에 두고 보며 따라서 보이는 것에 전혀 연루되지 않는다는 것이 비전에 관한 전통적인 이해이다. [27]

메를로 퐁티는 보는 자와 보이는 것 사이의 역전가능성을 주장하여 화가가 나무를 볼 때 나무 또한 화가를 본다고 주장하지만 대중가요에서 보는 자와 보이는 것은 철저하게 분리되어 있을 뿐이다. 다음 두 노래의 경우에도 마찬가지이다.

　김광석 〈창〉
길게 늘어진 커텐 사이로 차갑게 비치는 네온싸인 아래
그대 모습이 얼핏 보여요 주홍빛 안개 눈물처럼 흐른

---

27) 같은 책, 216쪽.

어두운 골목길 뽀얀 안개 속에 그대 모습이
나는 그 자리에 서서 보일 듯해
그대 그림자 바라보고만 있네.

　가수들은 헤어진 사랑을 회복하고자 사랑의 대상을 시각화하고
포착하려고 애쓴다. 이별이란 남성의 시선에서 대상이 소멸하는 것
일 뿐이고 보는 자와 보이는 것 사이의 간극을 메우지 못한 것일 뿐
이다. 이 간극은 시각에 의해 극복되지 못한다. 그것을 극복하는 유
일한 방법은 촉각적인 접촉이다. 그러나 대중가요는 만지는 것이 만
져지는 순간을 체험하지 못하고 만지고 만져져야 할 어깨를 만지지
는 못하고 '바라다' 본다. "뒤돌아 가는 그대 뒷모습 무심히 바라보
았죠. 흠뻑 젖은 그대 왼쪽 어깨엔 사랑이 젖어들고 있었죠."(유익
종 〈그대의 왼쪽어깨〉) 가수 EOS가 부른 〈내 어깨에 기대어〉라는
노래를 들으면 어깨가 시각의 대상이 아니라 촉각적인 접촉의 대상
으로 변하긴 하지만 그것은 내가 만지고 느끼는 것이지 내가 만져지
는 것은 아니다. 여전히 상호접촉을 부인하는 것이다. "그래도 넌
행복한 거야/기대어 울 수 있는 누군가 있다면/나는 언제라도 좋으
니 나에게로 달려와/기대어 울 수 있는 누군가 필요하다면/내 어깨
에 흘리는 눈물만큼이라도/너를 느낄 수 있으니." 최성수의 〈TV를
보면서〉에는 "기대어 울 사람 여기 있었으면 좋겠네"라는 구절이 나
온다. 그러나 이런 가사에는 타자가 보이지 않는다. 남이 기댈 어깨
를 대주는 것이, 일견하면, 좋은 듯 보이지만 사실 그러한 행위는
나의 외로움을 달래려는 욕망의 표현일 뿐이다.
　남자 가수들의 노래는 모두 시각적이고 여자 가수들의 노래는 모
두 촉각적이라고 말하는 것은 어불성설일 수 있다. 수많은 노래들을

다 범주화하여 이야기할 수 없는 처지이기 때문이다. 그러나 정신분석적으로 말해 우리 시대가 팔루스를 특권화하는 시대라면 시각 또한 대중가요에서 특권화되어 있다고 말할 수 있다. 특히 팔루스라는 은유로 은폐되어 있는 페니스 또한 지독한 시각적 노출증에 시달리고 있고 노골적으로 드러나있는 것이라면 시각의 독재가 우리시대의 중요한 징후임은 틀림없는 사실이라고 할 수 있을 것이다. 보여지지 않는 것은 진리가 아니고 상품이 아니기 때문에 무가치한 것으로 치부되는 시대에 우리가 살고 있기 때문이다. 매장을 둘러봐도 시장에 가봐도 혹은 길거리 가판대를 구경해봐도 여성의 몸과 속옷은 버젓이 다 드러나 있다. 보여지는 대상의 일상성과 일상적인 노출증. 이렇게 남성의 시선만이 존재하고 특권화되어 있는 시대에 팔루스는 한 가지 성(섹스)이 아니라 성(섹슈얼리티) 전체로 확산된다. 들뢰즈/가타리가 "성은 어디에나 존재한다"[28]고 말했듯이 말이다. 그리고 남자의 제국이 남성만이 존재하는 제국이라면 들뢰즈/가타리가 "단일 성의 이념은 반드시 팔루스를 천상에서 내려온 대상으로서 발기시키게 된다"[29]고 말했듯이 우리 시대는 성적인 리비도가 페니스의 발기에 집중 투자되는 시대라고 말할 수 있다. 비아그라라는 상품이 불티나듯 팔렸던 것이나 마늘이 상품화되어 팔리는 것도 마찬가지일 것이다. 이 때 우리가 간과하지 말아야 할 것은 "경제적·정치적·종교적 등등의 구성체들이 무의식적으로 공급되는 그 밑에 무의식적인 성적 공급들, 미세한 공급들이 있고 이러한 것들이 욕망이 사회적 장에 현존하는 방식을 입증한다"[30]는 사실이

---

28) *Anti-Oedipus*, p. 293.
29) 같은 책, p. 295.
30) 같은 책, p. 183.

다. 우리 식으로 말하면 성적인 리비도의 공급과 경제적인 리비도, 교육적인 리비도 등등이 서로 무관한 것이 아니라 상호연관되어 있다는 것이다. 들뢰즈와 가타리가 성은 도처에 있고 국기, 군대, 국가, 은행이 많은 사람들을 발기시킨다고 말하듯이[31] 우리 시대는 페니스가 성적으로만 발기하는 시대가 아니라 경제적으로도 교육적으로도 발기하는 시대인 것이다. 로또열풍이 경제적인 페니스의 발기를 구가한 어처구니없는 현상이었다면 우리아이의 교육문제 하면 사죽을 못쓰는 우리시대의 풍조는 교육적인 페니스를 발기시키지 못해 안달하는 비아그라 환자의 심경과 같은 것이다. 지난 번 서울에서 열린 〈인체의 신비〉 전에 어머니와 아이들이 성황을 이룰 정도로 관람한 전시회만이 아니라 우리시대는 하시라도 페니스 발기가 준비된 시대라고 말할 수 있다. 1986년에 『뉴욕 타임즈』에 실렸던 레이건 대통령의 인체내부도를 브라이언 마쑤미가 분석한 것은 그런 점에서 상당히 흥미롭다. 레이건시대가 군사적으로 미국과 세계의 역사에서 차지하는 의미를 맥락에 두고 레

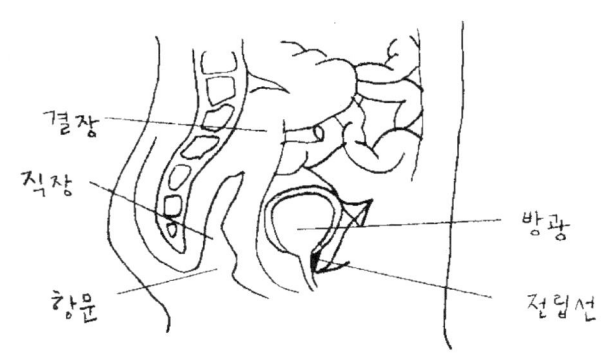

이건의 신체를 보자. 마쑤미가 말하듯이 "레이건은 항문과 직장을 갖고 있는데 이것이 남근적인 것이 항문적인 것으로 사라져버리는

---

31) 같은 책, p. 293.

것을 암시해준다"[32] 면 "레이건이 리비아를 공격했을 때 국가의 사악한 아버지가 될 수 있었듯"[33] 이 레이건의 무생식성(a-genitality)은 주변세계에 대한 침공으로 드러나게 된다고 해석해볼 수도 있을 것이다. 즉 페니스의 결핍이 군사적인 페니스를 발기시키는 행동으로 이어진다고 분석할 수 있다는 것이다.

특히 우리의 대중가요에는 사랑과 눈물이 특권화되어 있다. 특히나 촉각적인 여성의 노래도 눈물의 특권화에서는 남자 가수들의 노래와 별반 다를 것이 없다. 물론 여자를 눈물로 규정하는 것은 남자 가수들의 노래에서 두드러지게 나타난다. 가령 조용필의 〈눈물로 보이는 그대〉나 어느 무명가수의 〈여자는 눈물인가봐〉에서 여자는 바로 눈물이고 눈물 이외에는 아무 것도 아니다. 그러나 남자의 눈물과 여자의 눈물이 아주 같다는 것은 아니다. 〈눈물의 씨앗〉이란 노래에서 사랑은 눈물의 씨앗이고 따라서 눈물을 통하지 않고는 사랑을 얻을 수 없으며 눈물이 사랑에 종속되어 있지만 장나라의 〈눈굴에 얼굴을 묻는다〉에 나오는 '눈물'은 사랑의 희생양으로 전락하지 않는다. "니가 날 버렸을 때 서러운 눈물을 삼키며 나도 나를 버렸지"라는 구절은 눈물에 의한 사랑의 성취가 아니라 눈물을 통한 사랑의 거부로 이어지는 것을 보여준다는 말이다. 과거의 노래들과 달리 요즘 노래들에서는 눈물(액체)이 희생양이 되어 사랑을 완성하지 않으며 따라서 사랑 또한 고체화(완성/형태화)되지 않는다.

그러나 사랑과 눈물의 관계라는 관점에서 보면 그렇게 말할 수 있을지 모르지만 눈물에 관한 한 여자 가수들의 노래 또한 눈물의 한계에서 벗어나지 못한다. 그렇다면 여자가수들이 눈물을 이야기하

---

32) http://www.anu.edu.au/HRC/first_and_last/chapter_3/patchwork.htm
33) 앞과 같은 곳.

고 여자가 바로 눈물 이외에 아무 것도 아니라면 눈물의 액체성, 촉각적인 물질로서의 눈물은 여성성과 어떤 관련을 갖는가? 왜 우리의 대중가요에는 온통 눈물뿐이고 눈물의 바다가 대중가요를 뒤덮을 만큼 압도적인가? 그 단서를 우리는 매리 더글라스가 말하는 '눈물의 잉여성'에서 찾을 수 있다.

타액과 생식기 분비물이…왜 눈물보다 더 오염물질이 되는가? 장 쥬네는 내가 격렬하게 그의 눈물을 마실 수 있다면 하고 적었다…. 하지만 누구나 인정하다시피 깨끗하고 빠르게 흘러내리는 눈물은 낭만적인 시의 소재가 된다. 눈물은 불결한 것이 아니기 때문이다. 이것은 부분적으로 타당하다. 왜냐하면 눈물은 자연스럽게 세척과 관련된 상징의 전제가 되기 때문이다…. 그보다 더욱 중요한 것은 눈물이 소화와 생식이라는 육체적인 기능과 관련이 없다는 점이다. 따라서 눈물은 사회적인 관계와 사회적인 과정을 상징하는 배출구가 된다.[34]

더글라스가 말하는 눈물의 잉여성이란 눈물이 유적인 존재와 생물학적인 보존과 재생산이라는 문화적인 요구로부터 벗어나 있다는 것을 가리킨다. 다시 말해 눈물이 압도적으로 나타나는 이유는 그것이 생식이데올로기와 무관(= 잉여)하기 때문이라는 말이다. 따라서 눈물이 사랑으로 가는 지름길로 찬미되는 만큼 생식에 연관된 액체, 체액은 불결이라는 딱지를 얻는다. 눈물이 투명한 것도 마찬가지다. 그 투명한 공간으로 사회적인 관계와 사회적인 과정은 손쉽게 빠져나가고 끈적거리는 월경혈이나 체액이 빠져나간 투명한 눈물의 공간을 통해 여성의 몸은 거울에 비친 상(像)처럼 남자의 시선에 손쉽

---

34) 『뫼비우스 띠로서 몸』, 372쪽.

게 걸려든다. 투명한 눈물일수록 사랑, 남자가 규정한 사랑, 남자의 시선에 더욱 더 강하게 종속되는 것이다. 이것을 거꾸로 이야기하면 우리의 대중가요에 눈물이 그토록 압도적인 것은, 우리들이 생식이 데올로기에서 한치도 벗어나지 못한 채 여성성을 모성에 말끔하게 환원시키고 있고 따라서 그 결과로 여성성의 잉여성은 하나도 확보하지 못한 채 그저 모성성의 환각상태에 빠져 있다는 뜻이기도 하다. 정수라의 노래제목 〈하얀 눈물〉이나 이미자의 노래 제목 〈눈물은 진주〉처럼 우리의 대중가요에서 눈물은 정결/투명/깨끗함의 신화에 복무하고 있다. 눈물이 여성들로부터 여성성을 그만큼 강탈해가는데도 말이다. 그로츠가 남성의 체액에 관한 현상학적인 설명은 전무하다고 말한 사실을 상기해 보자. [35] 남자의 체액에 대한 이야기는 하나도 언급하지 않은 채 여성의 액체를 맑은 눈물과 끈적거리는 체액으로 구분하고 후자를 불결한 것으로 억압하고 배제하는 논리는 남자의 제국이 작동시키는 이중적인 논리를 잘 보여준다. 첫째 남자의 제국은 단단한 고체성(페니스)에 특권적인 지위를 부여하고 이리가라이가 말하듯이 여성의 흐름들을 고체화하고 남근화시킴으로써, 다시 말해 정액을 수정의 능력이나 애를 생산하는 능력으로 고착시킴으로써, 결국 액체를 고체로 전환시킨다. 그 다음에는 액체를 제국의 밖으로 추방시키고 눈물은 제국 안으로 끌어들인다. 이 두 번째 과정은 여자를 제국 안으로 포섭하여 여자를 성화(聖化)시키거나 어머니의 신화, 장한 어머니 상을 만들어내는 한편 다른 한편으로는 제국 밖으로 추방된 여자를 성녀(性女)/색녀/옹녀 등등으로 분할통치하면서 억압하는 과정과 비슷하다.

　새세대의 〈눈물이 아름다운 것은〉처럼 눈물은 결코 아름다운 것

---

35) 같은 책, 377쪽.

이 아니고 이유진의 노래와 달리 눈물 한방울로 시작하는 것은 사랑이 아니라 여성의 흐름을, 여성의 욕망을 단단한 페니스에 고착시키고 고체화시키는 일뿐이다. 프로이트가 몸에서 나오는 똥이나 아이의 몸을 페니스에 비유했던 사실을 상기한다면 애를 낳는다는 것은 팔루스의 흐름만을 쫓아가는 일이다.

26 메릴 스트립은
바람 피우지 않았다

양희은의 노래 중에 〈사랑 그 쓸쓸함에 대하여〉가 있다. 이 노래
는 다음과 같이 시작한다. "다시 또 누군가를 만나서 사랑을 하게
될 수 있을까?/그럴 수는 없을 것 같아/도무지 알 수 없는 한 가지/
사람을 사랑하게 되는 일/참 쓸쓸한 일인 것 같아." 사랑이란 것이
왜 쓸쓸한 것일까? 다른 사람을 만나 다른 사람과 사랑하는 것이 불
가능하기 때문일까? 아니면 애초부터 사랑이란 불가능한 것이기 때
문일까?

그러나 우리 현실은 그렇지 않다. 사랑은 가능하고 다른 사람을
사랑하는 것은 불가능한 시대에 살고 있는 것이다. 그렇다면, 사랑
이 가능한데 다른 사람을 사랑하는 것은 왜 불가능할까? 다른 사람
을 사랑하는 일이 불가능하다면 애초부터 사랑 자체가 불가능한 것
이 아닐까? 다른 사람을 사랑하는 일이 우리 사회에서 불륜이니 바

람으로 저주받는 이유는 무엇일까? 드라마 〈애인〉으로 시작된 불륜 드라마는 최근 일탈을 소재로 한 일기에 바탕한 이미숙의 음반에 이르기까지 꾸준하게 독려되어 왔다. 이미숙과 유승범의 15살 연하 남자와의 사랑이야기를 다룬 〈고백〉도 마찬가지다. 그러나 불륜드라마가 지속할수록 가부장제나 이성애주의는 점점 더 철통같이 가정을 단속하는 이데올로기로 작동한다. 혹시 내 마누라가. 하지만 곁의 마누라를 의심할 일이 아니다. 의심의 눈초리는 마누라가 아니라 불륜과 비례관계에 있는 가부장제와 이성애주의를 겨냥해야 한다. 우리 사회가 '가출을 권하는 사회'가 된 데에는 가정이 생식이라는 에로스의 목적에서 벗어나지 못했기 때문이지 여자의 바람기에 그 원인이 있는 것이 아니다. 아내를 부인이나 전업주부, 집사람(가인家人)으로만 보았지 여자로 보지 않았던 것이다. 가부장제는 여자로부터 그 이름과 고유명사를 박탈했고 무명의 가인으로 전락시켰다.

가정의 사랑이 가능한 것은 사랑이 에로스의 목적론에 충실할 때에 한해서이다. 여자는 무엇으로 사는가, 여자는 무엇을 원하는가라고 물어볼 때 프로이트라면 사랑을 먹고산다고 말하겠지만 이것은 프로이트가 남자의 사랑과 여자의 사랑을 나누어 생각한 데에서 생긴 것이다. 주지하다시피 프로이트는 남자의 사랑을 대상애(analclitis)로, 여자의 사랑을 나르시시즘으로 나누어 보았다. 전자가 대상에 열려있는 적극적인 것이라면 후자는 타자(남편)의 사랑이 없으면 무가치해지고 타자에 의존하는 수동적인 사랑이다. 프로이트가 멜랑콜리를 사랑의 전망이 없는 데에서 오는 심리라고 파악한 것처럼 프로이트는 사랑의 전망을 남자에게서만 찾는다. 기본적으로 프로이트는 여성의 성, 여성의 욕망을 인정하지 않으며 여성이 무엇을 원하는지 알지 못한다.

가출, 바람, 불륜. 이 또한 여자에게만 적용되는 말이다. 여성에 게만 유독 이항대립이 존재하고 나모그라피가 존재하듯이 남자에게 는 무월경(無月經)과 외도 두 단어만 존재할 뿐이다. 바람을 피우는 것은 불륜이 아니라 다른 사람을 사랑하는 과정일 뿐이며 대타자를 찾아 떠나는 여행일 뿐이다. 남자들은 룸살롱, 보도방을 들락날락 거리면서 카바레, 나이트를 찾는 여성들을 불륜의 온상지에 출입한 다고 눈치를 줄 일이 아니다. 카바레, 나이트는 가부장제, 이성애주 의, 모성이데올로기, 생식과 육아의 이데올로기가 공모하여 억압하 고 있는 음지문화의 표현이자 욕망생산의 공간일 뿐이기 때문이다.

이혼율이 35%를 넘고 성매매에 종사하는 여성들의 숫자가 300백 만 명이며 섹티즌이 범람하는 시대에 이런 주장을 하는 것이 자못 위험하다는 비판을 받을 수 있다는 것을 안다. 그러나 가정이 폭력 의 온상지가 되는 마당에 가정이 행복의 보금자리일 수는 없고 성매 매를 지지하는 것 또한 아니다. 섹티즌이 성을 상업화하고 가수 김 지현이 음반 〈블루〉로 동성애주의를 상업화하는 현실이 문제인 것 이지 여성의 성적인 무의식이 출현하는 것이 문제인 것은 아니다.

클린트 이스트우드가 1995년에 만든 영화 〈메디슨 카운티의 다리〉 (*The bridges of Madison County*)는 우리나라의 영화 〈해피엔드〉, 〈결혼은 미친 짓이다〉, 〈밀애〉처럼 불륜이라는 코드에 걸려있는 영 화다. 하지만 우리가 이러한 영화들에서 읽어내야 할 것은 불륜의 코드가 아니라 불륜을 코드화하고 있는 사랑이라는 추상명사 혹은 허상을 밝혀내는 작업이다. 다시 말해 사랑이 애초에 곤란하고 불가 능한 것인데 이 점을 가족이라는 틀 안에서 희석시키고 있다는 사실 이다. 어떤 의미에서 사랑 자체가 대타자일지 모른다. 대타자가 그/ 그녀에게 'Che Vuoi?'(케 보이, 무엇을 원하는가)라고 물어보지만 주체들이 대타자의 질문의 의도를 파악하지 못하듯이 사랑이 우리에게 무엇을 원하는가라고 물어보지만 사랑이 무엇을 우리에게 요구하는지 알지 못한 채 사랑, 사랑 하며 사랑을 뇌까리듯이 말이다. 결핍이라고는 찾아볼 수 없는 라캉의 대타자[36] 처럼 우리는 사랑을 예정조화적인 에로스로 생각하는 오류에 빠져 있을지도 모른다. 가령, 사랑이 대타자라고 상정해 보자. 우리가 대타자에게 뭔가가 있을 거라고 굳게 믿고 있지만 결국 주체가 대타자에게서 기만당하듯이 우리는 사랑으로부터 버림받는 것이 아닐까? 왜냐하면 사랑이라는 대타자에게는 비밀스럽고 매혹적인 것이 아무 것도 없기 때문이다. 영화에서 프란체스카 존슨으로 분한 매릴 스트립도 결국엔 사랑이라는 대타자에게 기만당하고 만다.

이 점을 좀더 분명하게 하기 위해서는 라캉의 이론을 원용해야겠지만, 먼저 클린트 이스트우드 감독이 남자주인공 로버트 킨케이드로 나오는 영화의 줄거리를 소개하자. 우리나라에서는 1996년에 손숙이 주연한 〈메디슨 카운티의 추억〉으로 연극화되어 인기를 끈 적도 있지만 줄거리를 모르는 사람들도 있을 터이기 때문이다. 〈메디슨 카운티의 다리〉는 영화화되기 전부터 우리나라에서 잘 팔리는 책 제목이기도 했다.

줄거리는 이렇게 시작한다. 메디슨 주라는 작은 시골 마을에 가정집이 있다. 한 남자와 남자 애와 여자 애가 차에 탄다. 앞치마를 두른 부인이 인사를 한다. 한 남자는 부인의 남편이고 남자 애는 아들이며 여자 애는 딸이다. 그 전 화면은 장례식에서 아들과 딸이 어

---

36) 라캉이 말하는 대타자에게는 결핍이 있다. 대타자 안의 결핍으로 인해 주체의 욕망이 작동하는 것이다. 그러나 여기서 대타자에게 결핍이 없다고 말할 때에는 주체의 입장에서 보기 때문이다. 즉 주체는 대타자에게 (팔루스의) 결핍이 없다고 상상한다는 것이다.

머니의 유품을 본다. 어머니의 유언은 자기를 화장해서 로즈만 다리에 뿌려 달라는 것이다. 아들은 엄연히 가족 묘지가 있는데, 왜 그런가 하고 생각한다. 어머니의 실수이겠거니 추측하여 변호사를 설득하려 한다. 딸이 어머니의 유품들을 본다. 단순한 옷차림으로 찍은 사진을 본다. 『내셔널 지오그래피』 잡지를 본다. 그리고 일기장을 본다. 영화는 일기장 속으로 빨려 들어간다. 가족을 축제에 보낸 한 부인이 바람을 맞으며 서있다. 여름이다. 한 중년의 남자가 카메라를 들고 여인에게 뚜껑 있는 다리를 물어 본다. 여인은 남자에게 설명하다가, 그와 같이 그 뚜껑 있는 다리로 간다. 메디슨 카운티의 다리로. 뚜껑 있는 다리로 가는 도중 남자가 담배를 꺼낼 때, 여자의 다리와 남자의 손이 접촉한다. 남자는 사진을 찍고 여자는 구경한다. 뚜껑 있는 다리, 사진 찍으러 온 남자와 뚜껑 있는 다리까지 안내한 여자가 낮 한 때를 보내다가 사진 찍으러 온 남자가 들꽃을 안내해 준 여자에게 준다. 여자는 독풀이라고 한다. 남자는 꽃을 떨어뜨린다. 여자는 농담이었다고 한다. 서로 웃는다. 돌아오는 차에서 같이 담배를 피운다. 집에 돌아온 남과 여는 맥주를 마신다. 좋은 이별이 되지 못하고 남과 여는 헤어진다. 여자가 뚜껑 있는 다리에 저녁 초대 편지를 붙여 둔다. 뚜껑 있는 다리가 있는 고장은 시골이다. 소문은 빠르다. 그러나 여자는 두려워하지 않는다. 저녁이다. 음악이 흐르고 맥주를 마신다. 춤을 춘다. 손을 잡고 어깨를 붙이고 가슴을 붙이고, 음악이 흐른다. 입술이 입술을 탐한다. 여기까지 일기를 읽다가 아들은 화가 나서 뛰쳐나간다. 딸이 읽는다. 남과 여는 같이 목욕한다. 가장 아름다운 장면으로 기억하고 있다. 이렇게 그들은 가까워진다. 이들의 대화: 여인은 이탈리아에서 왔는데 남자도 그곳을 가 보았다. 여인은 남자를 예술가로 보지만 남자는 있는 것만 찍는다고 한다. 남자가 남편에 대해 물었을 때 여자는 웃는다. 예정된 시간이 흘렀다. 남자는 사진을 다 찍었고 멀리 갔던 가족들이 돌아온다. 남자는 여자에게 "한 평생 단 한 번 오는 사랑"이다라는 말을 남기고 떠난다. 전경린의 소설 『내 생애 꼭 하루뿐일 특별한 날』이거나 이 소설을 바탕으로 만든 영화 〈밀애〉처럼. 비오는 날 여자는 비를 맞고 서있는 남자를 보지만 여자는 남편을 선택한다. 일기를 다 읽은 아들과 딸은 유언에 따라 어머니의 재를 다리 아래 강물에 뿌리고 각자의 아내, 남편과 화해한다.

　이러한 영화를 보면 우리는 흔히 불륜이라고 말할 수 없을 정도로 사랑을 잘 그린 영화라고 말한다. 킨케이드와 프란체스카의 관계는 불륜관계가 아니라 사랑의 관계라고 말한다. 하지만 그럴까? 〈메디슨 카운티의 다리〉는 불가능한 에로스에 대한 고백영화다. 에로스란 애초에 불가능한 것인데 그것이 일시적으로 가능한 것처럼 착각하게 만드는 영화다. 에로스가 합법화된 가정이라는 공간을 넘어간다는 것이 애초부터 불가능하고 프란체스카라는 여성은 애초부터 기존의 성체제 바깥으로 나갈 수 없지 않은가? 킨케이드와 프란체스카의 4일 간의 사랑을 보여준 영화가 아들과 딸이 각자의 아내와 남편과 화해하는 것으로 마무리되는 것은 불륜으로 치달을 뻔했던 사랑이 기존의 성체제가 작동하는 가족으로 봉합되는 과정을 보여주는 것이다. 들뢰즈와 가타리 식으로 말하면 사랑과 욕망의 탈주 혹은 탈영토화가 가족으로 재영토화되는 것으로 영화는 끝나는 것이다. 이 영화가 개봉되었을 때 많은 사람들에게 감동을 준 것은 우리도 결국 사랑의 극한에 이르지 못하고 재영토화된 채 살고 있는 사람들에 불과하다는 사실을 정곡에서 찔러 보여주었기 때문이다. 하지만 들뢰즈와 가타리가 말하는 쌍두의 욕망처럼 욕망은 가정이라는 흐름을 만나 절단되어도 다시 흐르는 것이 아닌가?

영화에서 프란체스카는 이상적인 여자를 꿈꾸는 여자로 나온다. 『내셔널 지오그래피』에 사진을 송고하는 킨케이드는 자기가 들고 다니는 카메라에 프란체스카가 갖고 있는 대문자 여자에 대한 욕망을 주워담는다. 그렇게 해서 만난 두 사람이 대화를 나눈다.

- 내가 꿈꾸던 생활은 아니죠. 어릴 적예요.
- 변화를 받아들인다면 위안이 될 수도 있을 겁니다.

그러나 두 사람은 프란체스카의 집 그것도 부엌에 위치해 있다. 킨케이드는 변화를 이야기하지만 프란체스카는 부엌에 고정되어 있다. 변화는 욕망을 포착하는 움직이는 카메라에게나 가능한 것이다. 영화에서 이 부엌이라는 공간은 두 사람의 에로스가 가정으로 재영토화되고 프란체스카가 결국엔 재영토화된 가족으로부터 이탈할 수 없을 것이라는 사실을 암시해주는 공간이다.

- 변화를 두려워하는 사람들 중의 하나입니다라고 프란체스카가 말하자 킨케이드는 카메라처럼 여자의 욕망을 포착하며 말한다.
- 그렇지 않은 것 같은데요.

메디슨 카운티 다리의 위치를 킨케이드에게 알려주려고 킨케이드 차에 올라탄 프란체스카는 다리의 위치를 공간적으로 설명하며 이렇게 말한다. "나가서 오른 쪽으로"(out and right). 이것은 무슨 뜻일까? 다리가 만남의 상징공간이라면 '나간다'는 것은 집을 벗어난다는 뜻이고 '오른쪽'이라고 하는 것은 기존의 성체제를 나타내는 것이 아닐까? 다시 말해 기존의 성체제를 위반하지 않는 조건 하에서 가출사건이 일어날 거라는 암시가 아닐까?

〈메디슨 카운티의 다리〉는 불륜영화도 간통영화도 아니다. 이 영화가 간통영화라면 '이상적인' 간통에 대한 영화일 뿐이다. 바람나도 들키지 않으면 간통이 아니지 않은가? 앞에서 킨케이드와 부엌에서 나눴던 이야기처럼 프란체스카는 이상적인 여자를 꿈꾸는 주인공이다. 물론 그 이상적인 여자는 가정이라는 욕망을 절단하는 흐름에 봉착해 좌절하긴 하지만 말이다. 이 이상적인 여자가 라캉 식으로 말하면 대문자 **女**(자)이다.

영화에서 여자 주인공 매릴 스트립은 이 영화를 찍기 위해 체중을 늘리고 두 팔을 큼직하게 보이게 만들었다. 전형적인 가정주부를 연출하기 위한 것이었다. 따라서 매릴 스트립이 분한 프란체스카는 기존의 성체제—이성애, 가부장제, 모성, 생식이데올로기로 이루어진—에 속하는 제도 속의 '작은' 여자이다. 프란체스카가 바람을 피웠다면 대

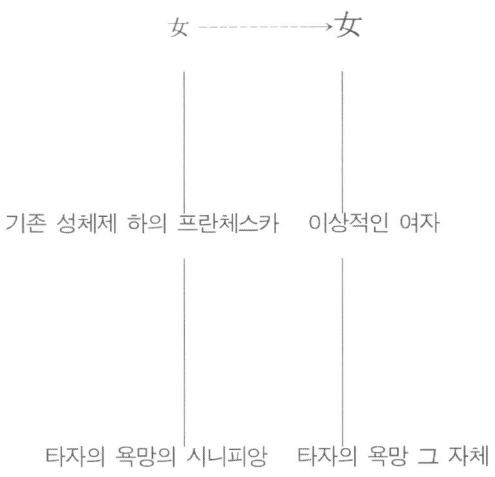

문자 여자가 되고자 하는 욕망이 바람의 열쇠일 뿐이지 정작에 프란체스카가 바람을 피운 것은 아니다. 프란체스카는 대문자 여자가 됨으로써 대문자 여자를 가장할 필요가 없다. 대문자 여자는 에로스의 불가능성을 충분하게 살아갈 수 있지만 작은 여자 프란체스카는 현실에서 대문자 여자가 불가능하다는 것을 깨닫는다. 작은 여자 프란체스카가 불가능한 에로스를 살아가는 방법은 프란체스카가 타자 (킨케이드)의 욕망 자체가 될 때뿐이다.

– 평생을 바치고 싶어요. 당신을 영원히 사랑하면서요. 하지만 같이 떠나면 그게 사라져요.

무엇이 사라진다는 말일까? 불가능한 에로스를 살아갈 수 있다는 가능성일까? 아니면 대문자 여자일까? 대문자 여자가 프란체스카에게 말한 것은 무엇일까? 기존의 성체제 문턱을 넘어서라는 명령이었을까? 하지만 대문자 여자, 이상적인 여자를 꿈꾸고 욕망하던 프란체스카의 마음 속에서 기존의 성체제가 프란체스카의 욕망을 억압한다. 그렇다면 그러한 욕망의 억압과정에서 사랑은 남게 되는 것일까? 프란체스카가 말하는 '그것'은 영화에서 분명히 사랑이다. 같이 떠나면 사랑은 사라지고 킨케이드와 프란체스카는 다시 기존의 성체제 속으로 편입되어 들어갈 뿐이다. 다른 남자를 만나 사랑을 해도 그 남자와 결혼한다면 기존의 성체제는 그대로 용인되는 것이다. 메릴 스트립이 흘리는 눈물의 비밀은, 프란체스카가 대문자 여자를 욕망해도 기존의 성체제 아래에서 프란체스카가 차지하는 성적 위치는 변하지 않는다는 데에 있다. 양희은의 노랫말처럼 '사랑이 끝나고 난 뒤에는 이 세상이 끝나듯이' 기존의 성체제의 이면을 구성하던 세상은 끝나는 것이다. 우리가 바람이라고 부르는, 불륜이라고 부르는 것은 기존의 성체제를 인정하는 데에서 나오는 결과일 뿐이지 욕망의 이면의 존재를 인정한다면 바람이니 불륜이니 하는 단어는 존재할 수 없거나 남자의 제국에서나 통용될 수 있는 말들일 뿐이다.

그렇다면 프란체스카가 대문자 여자의 요구를 알 수 있었을까? 과연 이상적인 여자로서의 대문자 여자가 프란체스카에게 요구한 것은 향락의 질서를 포기하고 가족으로 회귀하라는 명령이었을까? 영화는 프란체스카가 남편을 선택하고 아들 딸이 각자의 아내와 남편과 화해하는 것으로 끝나지만, 영화의 마지막 부분은 킨케이드와 프란체스카가 대화와 사랑을 나누던 부엌에서의 부분 못지 않게 중요하다. 이 영화에서 남편이 죽은 후 프란체스카는 자식들에게 킨케이드를 만났던 다리 밑에 자기의 재를 뿌려달라고 유언한다. 정상적인 사랑의 장으로서의 가정이 소멸한 후 프란체스카는 이상적인 여자의 모습을 죽음으로 실현한다. 킨케이드를 따라 가출하여 이상적인 여자를 실현하는 출가의 상태에 돌입하는 순간 갈등하던 프란체스카에게 대문자 여자는 요구한다. 그러나 그 요구가 무엇인지 프란체스카는 알 수 없다. 적어도 프란체스카가 죽을 때까지 프란체스카는 그것을 알 수 없었다. 그러나 대문자 여자의 요구—사랑—를 깨달았을 때 프란체스카의 몸은 재로 변해 있었다. 들뢰즈와 가타리가 "기관없는 신체는 죽음의 모델"[37] 이라고 말했듯이 욕망의 강도가 최고점에 이르렀을 때 프란체스카는 죽어 킨케이드를 만났던 메디슨가의 로즈만 다리로 재가 되어 떠난다. 들뢰즈와 가타리가 "죽음은 욕망되는 것이 아니라 욕망하는 죽음만이 있을 뿐이다"[38] 라고

---

37) *Anti-Oedipus*, p. 329.

말했듯이 프란체스카의 욕망하는 죽음은 킨케이드를 만나러 간 것이라는 말이다.

프란체스카는 남편이 자식들과 멀리 떠나던 날 가족이라는 합법화된 사랑의 장에 불안과 고독이 다가오는 것을 희미하게 느낀다. 이 점은 영화의 첫 대목에 해당하는 다음과 같은 장면에 암시되어 있다. 일을 마치고 들어온 남편에게 밥상을 차려주고 혼자 있을 때 프란체스카가 조용히 듣고 있던 음악을 자식들이 다른 음악으로 바꾼다. 그 순간 영화에서 프란체스카의 얼굴에 비친 묘한 모습은 기존의 성체제와 에로스의 합법적인 공간인 가족을 뒤흔들며 찾아오게 될 불안의 그림자이다. 영화는 풍경을 담아내는 킨케이드의 카메라가 그 그림자를 페이드 아웃시키며 시작한다. 부엌에 앉은 두 사람. 이탈리아에서 아이오아주로 오게 된 프란체스카. 이것은 프란체스카의 삶에 있어서 대단한 변화이다. 그러나 중년 여성의 일상은 전혀 변하지 않았다. 자식들은 자기들이 듣고 싶은 음악을 듣긴 하지만 여전히 착한 아이들이고 아내로부터 밥상을 받긴 하지만 묵묵히 열심히 일하며 자식들을 데리고 멀리 대회에까지 갈 정도로 자상한 남편이다. 영화 〈디 아워스〉에 나오는 니콜 키드만의 남편처럼, 니콜 키드만의 가정처럼 평온하다. 니콜 키드만의 부엌 싱크대 위에는 아무 것도 없지만 프란체스카의 부엌에는 가족을 위한 음식이 준비되어 있다는 점만이 다를 뿐이다. 니콜 키드만은 남편의 욕망의 대상이 다른 곳에 있고 다른 곳에 있는 욕망의 대상이 자기에게 투사되어 있다는 사실을 견디지 못한다. 자살을 시도하지만 실패한 니콜 키드만은 남편과 자식을 버리고 떠난다. 물론 니콜 키드만이 원

---

38) 같은 책, 같은 곳. 죽음이 욕망되는 것이 아니라는 말은 들뢰즈와 가타리가 프로이트의 타나토스(죽음충동)를 비판하는 것이다.

한 것은 타자의 사랑만이 아니다. 타자의 사랑에 대한 비전이 없어서 가정을 버린 것이 아니다. 낙태문제에 대한 고민을 공유하러 온 이웃집 여자와 로라의 대화장면은 여성의 문제가 로라(줄리언 무어)의 가출의 원인이었음을 암시해주는 대목이다. 프란체스카는 로라처럼, 변영주 감독의 영화 〈밀애〉의 미흔처럼 집을 과감하게 나가지 못하지만 남편이 죽은 후 욕망하는 죽음을 통해 사랑과 욕망의 대상을 킨케이드로 확인한다.

그러나 프란체스카는 불안과 고독의 비밀은 캐지 못한다. 불안과 고독이 사랑의 결핍에서 온 것이라면 결여된 사랑을 충족시켜야 할 것이지만 프란체스카에게 돌아온 것은 배달된 『내셔널 지오그래피』와 편지일 뿐이다. 이것으로 과연 사랑이 실현되었다고 말할 수 있을 것인가? 또한 프란체스카는 죽은 후에야 로즈만 다리에 그 재가 뿌려지고 저 세상에서나 킨케이드와 만날 뿐이다. 프란체스카의 사랑은 이상적인 여자, 대문자 여자와 자신의 욕망을 동일시할 수 있다는 데에서 오는 일시적인 착각일 뿐이다. 대문자 여자 뒤에 있는 대타자의 비밀, 그 대타자가 요구하는 것을 프란체스카는 파악하지 못하는 것이다. 프란체스카에게 이상적인 여자, 대문자 여자는 라캉의 욕망의 도식에서 상상계 안에 머물러 있는 존재이고 프란체스카는 이 존재와 일치한다는, 대문자 여자가 된다는 환상 속에서 자신의 욕망이 구성되고 작동된다고 생각하지만, 기존의 성체제가 존재하는 상징계로 진입하지는 못한다. 상징계 안에서 일상적이고 관습적인 성체제 안에서 사랑은 소멸되어 버리기 때문이다. 라캉 식으로 말하면 이상적인 자아, 대문자 여자와 동일시되긴 했지만 자아- 이상은 실현되지 못한 것이다. 적어도 자아-이상이 실현되려면 〈디 아워스〉의 로라나 〈밀애〉의 미흔처럼 가족을 탈주해야 하지 않았을까? 얼마 전 방송에서 가출하는 여자가 한 달에 1,100명이나 될 정도로 우리시대에도 아내의 외도나 인터넷 채팅의 문제가 대두되었지만 아내가 가출하게 되는 속사정은 더 곰곰이 따져볼 일이다. 그 가출이 출가를 이루는 문제인지 그저 외도인지, 아니면 한국판 로라나 미흔이가 우리 시대에도 생산되고 있는지 아닌지 하는 문제 말이다. 여기에는 가정폭력의 문제도 있을 터이지만 최근 대두되는 아내의 외도문제는 이제 유교적인 요조숙녀의 시대, 여자가 무조건 남자에게 복종하는 시대가 끝났다는 징후일 것이다. 한 남자만을 사랑한다는 것은 바로 그 한 사람이 소유하고 지배하는 가족성, 성의 독점을 인정하겠다는 뜻이 아닌가? 따라서 바람의 문제는 외도나 타락이라는 도덕적인 잣대의 문제가 아니라 가부장제를 용인할 것인가 말 것인가, 페니스의 권력을 긍정할 것인가 부정할 것인가라는 문제이다. 줄리안 무어가 분한 로라가 남편의 사랑에도 불구하고 애까지 버려가며 가족을 떠난 것을 무작정 비판하고 로라를 마녀나 화냥년으로 저주할 일도 아니다. 이렇게 말하면 필자가 무슨 바람을 부추키는 것처럼 여기거나 사이버상의 음란물을 찬양하는 것처럼 보일 수도 있다. 그러나 라이히나 마르쿠제도 적절하게 비판했듯이 사이버상에서 현란하게 비치는 '성기적 성'(genital sexuality)을 필자가 긍정하는 것은 아니다. 이것은 성을 성기에만 집중시킴으로써 페니스의 독재를 통해 가부장제를 강화하는 측면이 있기 때문이다. 이 점에 대해서는 앞에서도 살핀 바 있지만, 어쨌든 요조숙녀와 화냥년의 이항대립을 뚫고 제 3의 길을 찾는 것, 요조숙녀도 아니고 화냥년도 아닌, 이항대립의 덫에 걸리지 않은 채 여성으로서의 자기 길을 찾는 것, 이것이 바람의 요체 아닐까? 이것이 가출이 출가로 이어지는 가인(佳人)의 창조적인 길이 아닐까? 가출한 여자들을 다시 가족으로 영토화하거나 타일러서 혹은 도덕성의 굴레를 씌워 나쁜 년으로 몰아붙이고 가족으로 돌려보내는 것은, 어떤 의미에서 여성이 사회로 진입하는 것을 봉쇄하고 여성을 가인(家人)의 위치에 고정시키기 위한 방편일 수도 있다. 미혼모를 사회적인 지탄의 대상으로 삼는 것도 같은 맥락이다. 가족을 탈주하거나 정상적인 가정을 이루지 못하는 사람들을 사회가 모두 책임질 수 없다는 책임회피이기도 하다는 말이다. 사람들이 사랑을 하든 혹은 가족을 이루며 살든 이혼을 하든 외도를 하든, 문제는 사랑을 오직 하나의 사랑, 오로지 남자 편에서의 사랑, 남자의 제국 안에서의 사랑, 가부장제가 유지된다는 조건하에서의 사랑으로 제한한다는 데 있다. 앤소니 기든스가 말하는 것처럼 여성이 가정에 종속되는 낭만적 사랑과 달리 '합류적 사랑'(confluent love)의 결과가 오늘날 별거하고 이혼하는 사회라면[39] 적어도 여기서 주장하는 것은 그러한 합류적 사랑이지 낭만적인 사랑은 아닌 것이다.

남자의 제국을 침입하는 욕망

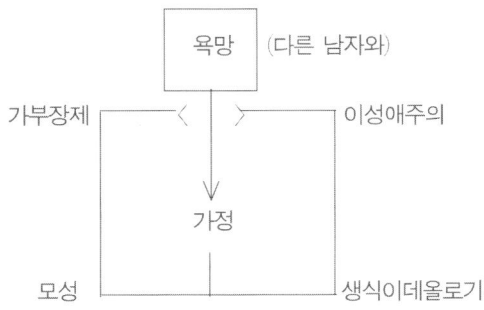

---

39) 앤소니 기든스, 『현대 사회의 성·사랑·에로티시즘』, 배은경·황정미 역, 새물결, 2001, 108쪽.

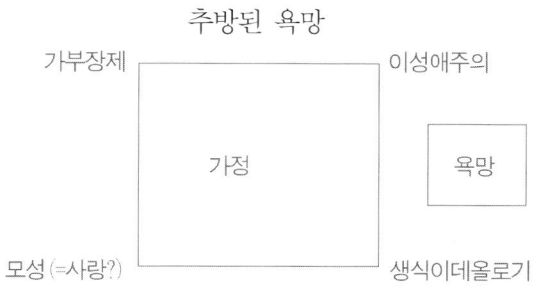

추방된 욕망

가부장제   이성애주의

가정   욕망

모성 (=사랑?)   생식이데올로기

라캉의 유명한 말―케 보이(Che Vuoi)?―즉 여자는 무엇을 원하는가라는 질문은 응당 프란체스카에게도 던져야 할 질문이다. 타자가 물어보는 '여자는 무엇을 원하는가?'(Che Vuoi)에 대해 프란체스카는 어떻게 대답했고 그 결과는 무엇이었는가? 라캉의 케 보이?는 히스테리 여성환자들을 분석할 때 나온 말이다. 히스테리 여성들은 언표와 언표행위의 분열에 직면해 있다. 가령, "난 당신을 사랑하지 않아요"라고 언표 수준에서 말하지만 그 밑에는 언표행위를 하는 주체의 항변이 들어 있다. 일종의 반어법처럼 말이다. "그렇게 굳이 말하는 나의 진짜 의도를 왜 모르는 거요?"라는 항변 말이다. 프란체스카는 이러한 타자의 질문에 대해 반문하지 않는다. 프란체스카가 던진 질문은 나(프란체스카)는 왜 당신(대타자)이 나라고 말하는 바가 되는 것일까, 하는 것보다 대타자 당신이 나에게 진정 원한 것은 사랑, 에로스가 가능할 것이라는 환상이지 않았는가라는 확인성 질문일 뿐이다. 환상이 욕망의 구성 원인이기를 바라면서 말이다.

女 ┄┄┄ 女 ┄┄┄ 대타자 ┌ 가부장제

└ 사랑

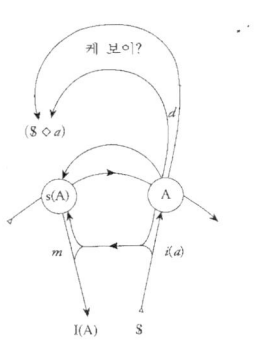

앞의 도표를 옆의 라캉의 욕망의 그래프에 견주면서 말해 보자. 불안과 고독을 느끼는 주체는 이상적인 여자에 자신을 동일시함으로써 불안과 고독을 씻어내려고 한다. 이 과정은 라캉의 욕망의 그래프에서 분열된 주체가 이상적인 자아 i(a)에 머무르고 마는 과정과 동일하고 그러한 상상적 동일시가 가져다주는 환상 안에서 주체가 분열되어 있지 않은 과정을 나타낸다. 히스테리컬한 반문이 케 보이?라면 프란체스카에게는 이러한 주체의 반응이 없는 것이다. 프란체스카는 왜 나는 당신 대문자 여자가 나라고 가정한 그 무엇이 되어야 하느냐, 하는 반문을 던지지 못한다. 〈디 아워스〉의 로라와 달리 프란체스카는 대타자 A, 즉 가부장제를 인식하지 못하기 때문이다. 가부장제가 모성을 요구하고 여자를 아내의 위치에 고정시키는 남자의 제국 중에서도 가장 강력한 이데올로기이고 기존의 성체제에서 가장 위력있는 요소라는 것을. 또한, 그것은 대문자 여자와의 동일시만 이루어지면 모든 것이 가능하리라는 환상을 프란체스카가 갖고 있기 때문이다. 그러나 그렇게 동일시함으로써 과연 프란체스카는 무엇을 얻었을까? 사랑은 얻었는지 모르지만 죽음 또한 얻지 않았는가? 혹은 죽음 이후에나 사랑을 얻은 것은 아닐까? 혹은 영화에서처럼 당신(킨케이드)이 욕망하는 나는 나의 욕망 안에 있는 것이 아니라, 나의 욕망을 드러내는 것이 아니라, 카메라에 담긴 대상처럼 당신(킨케이드)의 욕망 안에만 존재했던 것은 아닐까? 그것은 환상이 아닐까? 그런데도 나는 그러한 환상의 나, 이상적인 여자, 대문자 여자를 내세우기 위해 나 자신의 사랑으로부터 소외되었던 것은 아닐까? 그렇다면 나는 대문자 여자로부터 기만당한 것은 아닌가? 하지만 프란체스카는 그러한 기만을 기만으로 포착하지 못한다. 바람 피운 것이 아니라 기만당한 것이라는 사실을 포착하지 못하고 있는 것이다. 바람이 바람이 되는 것은 남자의 제국에서나 가능한 일이고 남자의 성적 위치에서나 가능한 말이며 가부장제라는 대타자를 고려하지 않을 때에나 가능한 말이라는 생각을 프란체스카는 갖지 못한 것이다. 남자의 제국이 붕괴하고 가부장제가 존재하지 않는다면 프란체스카의 사랑의 행위는 당연히 바람이 아닐 것이고 불륜으로 낙인찍힐 이유가 없는, 남자의 제국의 피해자인 여성의 정당한 욕망인 것이다. 멜 깁슨과 헬렌 헌트가 주연한 로맨틱 코미디 영화 〈왓 위민 원트〉(*What women want*)에서 남성우월주의에 빠진 주인공이 여자의 속마음을 알고 여자를 이해해가기 시작한 것처럼, '케 보이?' 혹은 '왓 위민 원트?'라는 질문에 대해 남자의 제국을 지키는 보루인 가부장제 안에 사는 남자들은 충분한 대답을 해야 할 것이다.

가부장제국 속의 여자들

지은이 ㅣ이득재

초판인쇄일 ㅣ2004년 9월 30일
초판발행일 ㅣ2004년 10월 5일

발행인 ㅣ손자희
발행처 ㅣ문화과학사
주소 ㅣ121-861 마포구 아현동 437-3 고려아카데미텔 1216호
전화 ㅣ335-0461   팩스 ㅣ313-0465
e-mail ㅣtransics@chollian.net

출판등록 ㅣ제1-1902 (1995. 6. 12)
값 12,000원
ISBN 89-86598-65-5 93800